여자는 사업을 모른다는
헛소리가 지겨워서

여자는 사업을 모른다는
헛소리가 지겨워서

래건 모야-존스 지음 | 허진 옮김

No Women

코쿤북스

내 가족(아나이스, 루르드, 아린, 아멜리 로즈)에게,
나를 미치게 하는 동시에 정신 똑바로 차리게 해줘서 고마워.
너희는 내가 존재하는 이유고,
내 주변 거의 모든 것이 이치에 맞지 않을 때에도
완벽하게 이치에 맞는 지구상의 천사들이란다.
마르코스, 당신은 그 누구보다도 더 나를 미치게 만들지만
당신이 없었다면 난 아무것도 해내지 못했을 거야.
최고의 내 편이 되어주고 나를 견뎌줘서 고마워.

모두 사랑해.

가능성을 보여줬지만 '넌 할 수 없어'라는 말만 들어야 했던
여자들을 위해 이 책을 쓴다.

목차

서문 … 10

1장 아이디어를 믿어라 … 22

2장 노력은 MBA를 이긴다 … 39

3장 의심 때문에 포기하지 말라 … 56

4장 위험 요소를 재평가하라 … 68

5장 엄마의 죄책감 … 83

6장 현금이 최고 … 103

7장 기습을 예상하자 … 118

8장 댄스 파트너를 현명하게 선택하자 … 138

9장 팀을 리드하라 … 151

10장 더 크게 생각하라 … 176

11장 팔아야 할 때를 알라 … 193

12장 직감을 믿어라 … 212

13장 우아하게 빠져나가라 … 228

결론 … 240

미주 … 257

서문

"당신은 모른다니까!" 상사가 내 말을 자르며 외쳤다. "당신에겐 기업가의 피가 한 방울도 없어!"

상사(잭이라고 하자)와 나는 부서의 구조 조정에 대해 격렬한 논쟁 중이었다. 여러 가지 변화가 있었지만, 그중에서도 잭은 우리 잡지의 장기 근속 편집장(질이라고 하자)에게 다른 직책을 새로 맡긴 참이었다(쫓겨난 CEO에게 체면치레로 '명예 회장' 호칭을 붙여주는 것과 다를 게 없었다). 거기 앉아서 잭의 장광설을 들으며 가장 괴로웠던 부분은 질이 새로운 직책을 얼마나 '설레어'하고, 그녀의 미래를 생각할 때 그것이 얼마나 '대단한 기회'인지에 대해 반복해서 듣는 것이었다.

좌천돼서 신나는 사람도 있다는 듯 말이다.

다른 날이었다면 나는 잭의 말에 화가 났을지 모른다. 그러나 그날 나는 미소를 참기 위해 입술을 깨물어야 했다. 잭은 까맣게 모르는, 나만 아는 일 때문이었다. 사실 나는 2년 전부터 야간에(정확히는 딸들을 재우고 난 꼭두새벽에) 사업을 하고 있었다. 일주일이나 이주일 뒤면, 사직서를 내고 사업에 전념하려던 참이었다.

잭이 나를 질책하던 바로 그때, 걸음마 단계였던 나의 회사는 백만 달러 매출을 올렸다.

창업 자금 15,000달러를 들여서 나와 친구가 공동 설립한 아덴아나이스aden+anais는 국제적으로 성공을 거둔 기업이다. 비욘세, 제니퍼 가너, DJ 칼리드, 크리시 티건, 프리실라 챈, 채닝 테이텀, 핑크, 그웬 스테파니, 닐 패트릭 해리스, 윌리엄 왕세손 부부가 우리 고객이다. 아덴아나이스는 뉴욕, 영국, 일본에 사무실을 두고 있다. 우리 회사는 전 세계 68개국에서 2,000종 넘는 제품을 판매 중이고, 매출은 1억 달러를 넘었다.

하나 더 밝히자면, 아덴아나이스는 2013년, 2014년, 2015년에 크레인스 뉴욕 비즈니스가 선정한 '50대 급성장 기업'에 이름을 올렸다. 한편 이 사이트에 C급 임원으로 이름을 올린 사람은 누구였을까? 내 직장 상사였던 잭, 나에게 사업을 전혀 모른다고 말했던 바로 그 남자다(그에게 한마디 더 하자면, 나는 2014년에 '올해의 성실한 청년 기업가'로 선정되었다).

너무나 멋진 이 아이러니를 즐겨 이야기하는 만큼, 그리 머지않은 과거에는 나도 사실 잭의 생각에 동의했다. 몇 년 전까지만 해도 나는 스스로를 기업가로 생각하지 않았다. 잭과 위의 대화를 나누웠던 2009년 봄, 나는 이코노미스트 그룹 연구팀 영업 이사로서 10주년을 맞았다. 그러나 이사라는 직책은 약간 과장이었고, 중간 관리자급 영업자에 더 가까웠다. 일을 시작하고 8년까지는 부하 직원도 하나 없었다. 나는 산업 연구 논문에 자금을 지원할 후원 기업들을 섭외하는 일을 싫어하지 않았다. 실적도 꽤 좋았다. 우리 팀은 고작 두 명이었지만 1년에 200만 달러 이상을 벌어 왔다. 문제는 사람이었다. 즉, 편집장이 새로운 직책을 맡고 싶지 않은 이유를 이해하지 못하는 잭 같은 사람 말이다.

한 가지 밝혀두자면, 나는 그때까지 잭에게 그 정도로 솔직하게 의견을 말한 적이 한 번도 없었다. 나는 그저 제일 오래 일한 부하 직원의 기분이 상했다는 사실을 잭이 알고 싶을지도 모른다고 생각했고, 이제 솔직하게 말해서 잃을 것도 없었다.

불행히도 잭은 나의 솔직함을 좋아하지 않았다. 더 정확하게는, 그는 꼭지가 돌았다.

"질은 기업가야, 래건." 잭이 말했다. 그의 목소리가 높아졌다. "질은 우리가 회사를 어느 방향으로 이끌려는지 알아. 이해한다고."

나는 제때 입을 닫치는 일에 늘 서툴렀다. 아마 내 안의 오지* 때문일 것이다. 나는 대체로 누가 물어봐야만 의견을 말했지만, 이번에는 내키는 대로 했다. 이번만큼은 잭이 완전히 틀렸음을 알았기

* Aussie. 오스트레일리아 사람이나 그 전형적 특질을 가리키는 속어. 맥주를 사랑하고, 스포츠에 뛰어나며, 망나니 기질이 있다고 여겨진다 — 옮긴이주.

때문이다. 회사에 대한 사원들의 솔직한 생각과 감정은 닫힌 문 뒤에 틀어박힌 경영진보다 낮은 직급의 사원들이 더 잘 알게 마련이다. 경영진이 아니었던 나는 질이 여러 가지 선택지를 고려하고 있음을 알았다. 분명 질은 새로 맡은 일을 썩 좋아하지 않았다. 그러나 잭은 들으려 하지 않았다. 그는 그저 내가 기업가 정신이 없어서 그런다고 생각했다. 그의 눈에 나는 괜히 문제를 일으키는 사람이었다.

이 점에서 잭이 아예 틀렸다고 할 수는 없다. 나는 사실 문제 일으키는 것을 좋아하는 편이다. 고등학교 때는 파티만 쫓아다니는 문제아에 가까웠다. 수업을 빼먹고, 밤늦게 쏘다니고, 술을 퍼마시는 그런 아이들 말이다. (사소한 문제였지만) 경찰과도 언쟁이 몇 번 있었다. 대학은 첫 학기를 다니다가 자퇴했고, 20대 초반에는 그리스 산토리니 섬에서 술집 탁자에 올라가 (다행히 옷은 다 입은 채로) 춤을 추면서 관광객 끄는 일을 했으며, 배낭여행으로 유럽 전역을 돌아다녔다. 엄마가 40년 동안 반복하는 이야기에 따르면, 나는 두 살 때 엄마가 '안 돼'라고 했다는 이유로 엄마가 잠시 나간 사이 현관문을 잠가버린 적도 있다. 엄마한테 잡히면 어떻게 될지 잘 알았으므로 나는 절대 문을 열지 않았다. 엄마는 창문으로 기어 들어와야 했는데, 내 동생 페이지를 임신한 지 7개월째 몸이었다.

내 타고난 천성(한계를 넘고, 권위에 도전하며, 지극히 독립적인 성격)이 사실 꽤 전형적인 기업가의 특성임을 나는 나중에야 깨달았다.

유럽을 돌아다니다가 돈이 떨어진 나는 시드니의 집으로 돌아와서 처음에는 헤어 제품 전문 브랜드에서, 나중에는 거대 제약 회사인 스미스클라인비첨과 화이자에서 영업자로 일했다. 나는 어느 회사를 가든 최고의 영업 사원이었다. 그러나 실적에도 불구하고 이코노미스트에서는 뒤로 밀려났다. 나는 늘 승진에서 밀렸고, 현재 자리에서 잘하는 일에 집중하라는 말을 들었다. 나는 상사의 말에 무턱대고 동의하기를 거부했고, 거의가 남자였던 상사들은 솔직한 중간 관리자급 여직원이 자신의 리더십이나 결정에 의문을 제기하는 것을 좋아하지 않는 게 분명했다.

나는 언젠가 존재할지 모를 '내' 회사가 어떤 모습일지 꿈꾸기 시작했다. 전부 다르게 할 것이라고, 다른 방식을 중요하게 여기고 회사 내 위치와 상관없이 모든 직원의 말에 귀를 기울이겠다고 생각했다. 무의미한 위계와 말도 안 되는 관료주의를 창밖으로 내던지면 얼마나 즐거울까. 나는 스스로를 기업가라고 생각하지 않았지만 혼자 뭔가를 하고 싶다는 생각은 있었다. 커피숍을 열든 식당을 하든, 사업 자체는 별로 중요하지 않았다. 다른 누군가를 위해 일하는 것이 즐겁지 않았고, 나의 일을 하는 자유로움에 끌렸다. 내게 기업가 자질이 없다고 했던 모든 상사들에게 보여주고 싶은 마음도 있었지만, 내가 할 수 있음을 스스로 증명하고 싶은 마음이 가장 컸다.

그러나 내실 있는, 성공적인 사업이 될 만한 아이디어가 떠오르지 않았기 때문에 성취감도 도전 정신도 주지 못하는 일을 계속했다. 새롭게 가족을 꾸린 터였으므로, 나는 집에서도 직장만큼 많은 압박을 받고 있었다. 그럼에도 불구하고 위험을 무릅써야 한다는 것을, 꿈만 꿀 것이 아니라 시도해야 한다는 것을 깨달았다.

그러한 꿈과 충동을 가진 사람이 나만은 아니다. 점점 더 많은 여자들이 나와 같은 이유로 회사를 떠나고 있고, 그것이 바로 내가 이 책을 쓰는 이유이다. 나는 사업을 시작할 때 아는 것이 너무 없었지만 그럼에도 불구하고 정말 많은 것을 이루었다. 나는 스스로 똑똑하다고 생각한 적이 한 번도 없었고, 아이비리그에서 공부하지도 않았다. 장담하지만 나는 정말 평범한 사람이다. 내가 할 수 있다면 당신도 할 수 있다.

게다가 당신은 혼자가 아니다. 정말로 많은 여자들이 똑같은 도전을 하고 있다. 2007년부터 2017년 사이에 전체 사업체의 수는 44퍼센트 증가한 반면 여성이 소유한 사업체의 수는 114퍼센트 증가했다.[1] 여성은 미국의 신규 기업가 중 40퍼센트를 차지하는데, 이 수치는 1996년 이후 꾸준히 늘어나고 있다.[2] 비백인 여성은 놀라울 만큼 많은 회사를 창립했기 때문에 2007년부터 2016년까지 비백인 여성의 사업체 소유율 증가폭은 전체 여성 기준 증가폭의 4배 이상이었다(467퍼센트).[3] 겨우 50년 전만 해도 여성은 사업 대출은커녕 자기 명의로 주택 담보 대출을 받거나 마이너스 통장을 만들 권리마저 일상적으로 거부당했다. 1970년대 후반에 신용 기회 균등법이 통과한 지 적어도 2년 후에 힐러리 클린턴이 신용카드 발급을 거부당한 일화는 유명하다. 당시 힐러리는 예일 법대를 졸업했을 뿐 아니라 변호사이자 교수였고, 남편보다 수입이 많았다. 그런데도 힐러리는 빌의 신용카드를 쓰라는 말을 들었다.[4]

단 몇십 년 만에 우리는 장족의 발전을 거두었다. 이는 현재 기업 가치 10억 달러가 넘는 더바디샵의 창업자 애니타 로딕과 2016년에 기업 가치 8억 달러로 평가받은 화장품 샘플 구독 업체 입시를 2011년에 20대 나이로 공동 창업한 미셸 팬[5]처럼 앞서서 길을 닦아준 놀라운 역할 모델들 덕분이다.[6]

이러한 발전에도 불구하고 여성 기업가 대부분은 절대로 그 정도의 성공을 거두지 못할 것이다. 전체 벤처 자금 중 고작 2퍼센트만이 여성 소유 기업에 투자된다.[7] 여성 소유 기업보다 남성 소유 기업이 기업 가치 백만 달러에 도달할 가능성이 3.5배 높고, 백만 달러 이상의 수익을 올리는 회사 중에서 여성 소유이거나 남성과 여성의 공동 소유인 경우는 27.8퍼센트에 불과하다. 사실, 2014년 보고서에 따르면 여성 소유 회사의 75퍼센트 이상이 연수익 5만 달러에도 미치지 못한다. 거의 절반은 1만 달러도 벌지 못한다.[8] 이러한 통계는 20년 동안 꿈쩍도 하지 않았다.[9] 다시 말해서, 그 어느 때보다도 많은 여성이 창업을 하고 있지만 여성 소유 기업 대다수는 남성 소유 기업만큼 성공을 거두지 못한다.[10,11]

그렇다면 여자들이 정말로 일을 못하는 것이 분명하다. 그렇지 않은가? 그것이 우리 사회의 일반적인 생각이고, 이 울적한 문제의 책임은 항상 여자의 몫이다. 우리는 더 자신감을 가져야 하고, 덜 감정적이어야 하며, '일과 생활의 균형'보다는 '규모 확장'을 더 신경 써야 한다고 말이다. 여성처럼 행동하되 남성처럼 생각하라는 것이다. 연구와 언론 기사는 여성 기업가들의 어떤 점이 문제인지, 또 여성이 운영하는 회사를 어떻게 고쳐야 할지에 초점을 맞춘다. 예를 들어 여성 기업가는 남자보다 신중하고, 위험을 싫어하며, 사업 확장을 주저한다는 것이 일반적인 생각이다. 여성 기업가는 사업을 남성 기업 수준으로 끌어올릴 자원을 확보하는 데 어려움을 겪는다고, 남성 기업가보다 성과를 내지 못한다고들 한다. 당신은 예전에도 이런 통념을 들어봤을 것이다. 심지어는 이 통념을 믿었을지도 모른다. 그렇다면 깜짝 놀랄 소식이 있다. 최근 연구에 따르면 남성과 여성의 사업 실적에 통계적 차이는 없다(나중에 더욱 자세히 설명하기로 하자).[12]

벤처 자본가가 각각 남성 기업가나 여성 기업가와 나눈 대화를 분석한 『하버드 비즈니스 리뷰』의 최근 연구를 살펴보자. 남자가 젊다면 장래가 유망하다고 생각했지만, 여자가 젊다면 미숙하다고 생각했다. 남성이 공격적인 입장을 취하면 칭찬을 받았지만, 여성이 똑같은 태도를 보이면 감정적으로 굴지 말고 신중하게 행동하라는 말을 들었다. 남성이 신중하면 분별 있고 양식 있다는 뜻이었지만, 여성이 그럴 경우에는 과감성이 부족해 보였다. 당신도 무슨 뜻인지 알 것이다. 남성은 소위 말하는 기업가로서의 잠재력을 칭찬받고 보상을 얻었지만, 여성의 경우에는 똑같은 특성이라도 투자를 하지 않을 이유이자 단점으로 여겨졌다.

여성이 애초에 사업을 하고 싶은 이유가 바로 이것이다. 남성과 달리 여성은 승진 기회가 적고(내 경우가 그랬다), 근무 유연성이 부족하거나 아예 없으며(정말이다), 회사의 체계적인 차별(슬프지만 사실이다!) 때문에 기업가가 되고 싶어 한다. 심지어 매킨지 글로벌 연구소의 직장 여성 실태 보고서와 셰릴 샌드버그의 『월 스트리트 저널』 기사에 따르면 '여성과 남성이 회사에 남는 비율이 대략 비슷하고…… (여성이) 남성과 똑같이 승진을 추구'할 때도 마찬가지였다.[13] 그러므로 여성에게 스스로 뛰쳐나온 회사와 똑같은 기업을 만들라고 권하거나 천편일률적인 방법으로 성공에 다가서라고 밀어붙이면 안 된다고 나는 생각한다. 여성이 회사에서 직면했던 체계적인 성차별을 영속화해서는 안 되기 때문이다.

그리고 사실, 일반적인 통념과는 반대로 여성이 사업을 얼마나 잘하는지 증명하는 연구들도 많다. 여성이 신용 대출을 직접 받을 경우 상환률이 남자보다 높은데, 미국뿐만 아니라 세계적으로도 그렇다.[14] 여성이 이끄는 신생 기술 벤처 기업의 경우 투자 자본 수익률이 35퍼센트 더 높고,[15] 벤처 자금을 지원받을 경우 수익이 12퍼센트 더 높다. 여성 투자자는 거래를 많이 하지 않고 포트폴리오 변동이 적은 경향이 있지만 실제 수익률은 약간 더 높다. 2007년 이후 여성이 소유, 운영하는 헤지펀드의 연간 수익률은 5.64퍼센트였던 반면 헤지펀드 수익률 종합 지수의 연간 수익률은 3.75퍼센트였다. 그러니 여성에게 우리의 독특한 관점, 다양한 기술, 인생 경험이 절대 장애가 아니라 사실은 자산임을 깨닫게 해주어야 하는 것 아닐까? 그것도 무척 적절하고 수익률이 높으며 생산적인 자산 말이다!

여성의 지위를 향상시키면 우리 모두가 올라간다. 여성 기업가들이 적절한 지원을 받지 못하면 우리 모두가 뒤처진다. 매킨지 글로벌 연구소는 전 세계 여성의 경제적 잠재력이 완전히 실현되면 '2025년까지 전 세계 연간 GDP가 28조 달러, 혹은 26퍼센트 증가할 수 있다'고 평가했다.[16] 미국 경제는 여성의 노동 참여 확대로 이익을 얻었다.[17] 추정에 따르면 여성의 노동 참여 시간이 1970년 수준에 머물렀을 경우보다 경제 규모가 13.5퍼센트, 즉 2조 달러 더 늘어났다.

경제를 성장시키고 경제 인구를 도우려면 여성이 경제에 참여하고 이끌게 해야 한다. 기업계에 만연한 성차별을 끝내야 한다. 여성이 미지의 세계로 도약하여 자신과 가족, 경제, 우리 사회에 도움이 되게 만들어야 한다.

나는 미국의 에세이 작가 존 버로스의 '도약하라, 그러면 그물이 나타날 것이다'라는 말을 항상 좋아했다. 이 말은 나를 이끄는 원칙이었고, 브루클린 사무실의 회의실 벽에 내가 맨 처음으로 걸었던 문구이다. 나는 아덴아나이스를 처음 시작했을 때 직물 제조나 공급망 관리에 대해서 아무것도 몰랐다. 영업 외에는 아는 것이 하나도 없었다. 사업 초기에 우리 제품에 관심을 보인 유아복 부티크 사장이 라인 시트를 보내줄 수 있는지 물었다. "물론이죠." 내가 대답했다. 그런 다음 전화를 끊자마자 구글에서 '라인 시트'를 검색해서 무슨 뜻인지 찾았다. 내가 아는 것이라고는 적극적으로 시도하지 않으면, 도약해서 내 꿈을 따르지 않으면 평생 후회할 거라는 사실밖에 없었다.

이제 바로 그러한 결정들 때문에 내가 사업계에서 드문 사람이라는 사실을 서서히 깨닫고 있다. 몇 년 전, 저명한 경제지 기자가 나에게 성공의 '비결'을 물었다. 그래서 내가 대답했다. 자신을 믿고, 정말 미치도록 열심히 일하고, 상황이 아무리 힘들어도 절대 포기하지 말라고. 당신은 직장에 다니며 아이를 키우는 여성일 수도 있고, 성취감도 없고 답답한 직장을 그만둘지 고민하는 여성일지도 모른다. 또 투지와 열정으로 엄청난 아이디어를 실현시키기 위해 노력 중인지도 모른다. 어쩌면 일상에서 기회와 아이디어를 마주치기를 꿈꾸는 전업주부, 혹은 이제 막 대학을 졸업한 사람일 수도 있다. 사무직 월급으로는 절대 실현할 수 없는 경제적 자유를 가족과 함께 누리고 싶을지도 모르고, 멋진 아이디어가 생명을 얻는 것을 간절히 보고 싶을지도 모른다. 아니면 내가 그랬던 것처럼 회사의 답답한 요식 행위와 위계에서 벗어나 스스로 방향을 정할 준비가 되어 있을지도 모른다. 어떤 상황이든 덫에 걸린 느낌을 받고 더 많은 것을 원한다면, 나는 당신에게 도약하라고 권하고 싶다.

나는 사업을 구축하는 방법에 대해 하나부터 열까지 가르쳐줄 수 없고, 성공을 향한 이정표를 제공할 수도 없다. 미안한 말이지만 마법의 공식이라는 것은 '존재하지 않기' 때문이다. 성공한 기업가가 되는 '옳은' 길은 없다(내가 바로 그 증거다). 그러나 이것만큼은 말할 수 있다. 나는 두려웠고 사람들은 내가 정신 나갔다고 생각했지만, 도약했기 때문에 성공을 거두었다. 분명히 말하지만, 내가 할 수 있으면 누구든 할 수 있다. 당신도 할 수 있다. 내 이야기가 당신의 앞길을 환히 밝혀주기를 바란다. 나는 스스로 원한다면 모든 여자가 리더의 자리에 오르고, 회사를 창업하고, 백만 달러의 수익을 올릴 수 있다고 (그리고 그것을 넘을 수도 있다고) 진심으로 믿는다. 남자를 따라하거나 현 상태를 유지함으로써가 아니라, 여성으로서 스스로를 받아들이고 도약할 용기를 냄으로써 말이다.

1장
아이디어를 믿어라

아이디어가 떠오른 건 로스앤젤레스의 친구 집 아기방 바닥에 앉아 있을 때였다.

"클로디아, 우리 모슬린(올을 성기게 짜서 거즈 같은 질감을 가진 천으로, 기원전부터 사용해왔던 직물) 모포 사업을 하자!" 내가 말했다. "우리 애들 이름을 따서 '아덴과 아나이스'라고 짓는 거야!"

2004년 5월이었고, 나는 얇은 모슬린 모포로 감싼 어린 딸 아나이스를 안고 있었다. 바닥에도 모슬린 모포가 펼쳐져 있었다. 상체 힘을 길러주려고 클로디아의 갓난 아들 아덴을 그 위에 엎어놓았다.

클로디아는 제일 친한 친구였다. 1997년, 내가 남편 마르코스와 함께 뉴욕으로 이주했을 때 우리는 아는 사람이 아무도 없었다. 사실 마르코스가 딱 한 사람을 알았는데, 제일 친한 친구의 전 여자 친구였다. 물론 어색했다. 그러나 클로디아와 나는 첫 만남부터 죽이 잘 맞았고 곧 절친이 되었다. 심지어 클로디아가 우리와 같이 산 적도 있었다. 그러다가 클로디아가 자기 남편을 만나 캘리포니아에 정착했고, 우리는 멀리 떨어져서도 친한 관계를 유지했다. 나는 클로디아의 결혼식 신부 들러리였고, 아이들의 법적 후견인이었다. 우리는 오스트레일리아인이었기 때문에 둘 다 모슬린 모포를 알았지만 미국에서는 구할 수가 없었다.

내가 기억하는 한 오스트레일리아에서는 모슬린 모포(우리는 '랩'이라고 불렀다)가 육아의 필수품이었다. 사실, 오스트레일리아의 예비 엄마에게 모포는 기저귀만큼이나 필수품이다. 우리는 모슬린 모포로 아기를 쌀 뿐 아니라 트림을 시킨 다음 얼굴을 닦고, 젖을 먹일 때 가리고, 유아차를 덮고, 기저귀를 갈 때 바닥에 깔고, 애착 담요로도 썼다. 모슬린의 가장 큰 장점은 가볍고 공기가 잘 통한다는 것이다. 모슬린으로 아이를 싸면 보온 효과도 있지만 과열 위험은 줄어든다. 모슬린은 또 세탁을 많이 해도 해지지 않고 쓸수록 부드러워진다. 그러므로 나는 첫 애를 임신해서 아기 용품을 사들이다가 미국 어디에서도 모슬린 모포를 찾을 수 없어서 무척 당황했다. 인기 많은 부티크와 체인점에 가서 점원들에게 물어봤지만 다들 나를 미친 사람 보듯 했다. 온라인으로도 찾아보았지만 헛수고였다. 결국 나는 역시 얼마 전에 아기를 낳은 오스트레일리아의 여동생 페이지에게 전화를 걸어서 모포를 몇 장 보내달라고 했고, 문제의 날 아침 로스앤젤레스에서 나와 클로디아는 바로 그 모포를 사용하고 있었다. 나는 아무 수고도 들이지 않고 시장의 빈틈을 발견했다. 나는 확신했다. 일단 모슬린 모포를 알게되면 미국인들도 우리처럼 그것이 절대적인 필수품임을 금방 깨달을 것이라고. 사업을 시작하는 것이 너무나도 당연한 결론 같았다.

적어도 나에게는 그래 보였다.

처음에 클로디아는 확신이 별로 없었다. "그냥 오스트레일리아 회사에 접촉해보면 어때?" 그녀가 제안했다. "그래서 미국 유통만 맡으면?"

클로디아의 말도 일리가 있었다. 확실히 제품을 직접 생산하는 것보다 기존 브랜드를 유통하는 편이 더 쉬울 것이다. 그러나 나는 바닥에 엎드린 클로디아의 아들과 품에 안긴 내 딸을 바라보면서 생각을 고쳤다. '뭐, 힘들면 얼마나 힘들겠어?' 기껏해야 면 재질의 커다란 정사각형 천이었다. 게다가 내가 어릴 때 썼던 오스트레일리아 모포는 대부분 멋없는 흰색 제품이었고 비닐로 포장해서 팔았다. 나는 알았다. 나라면 멋진 모포를 만들 수 있다. 선명한 색과 무늬로 디자인하면 된다. 그저 희기만 한 모슬린 모포를 사람들이 탐낼 만한 물건으로 만들 수 있었다.

머릿속에 사업 아이디어가 떠오른 것이 처음은 아니었다. 사실 지난 몇 년 동안 수없이 많은 아이디어가 떠올랐는데, 아기와 관련된 것은 하나도 없었다. 엄마들을 위한 제품을 만들겠다는 불타는 욕망 같은 건 없었다. 뭔가 '제품'을 만들겠다는 생각도 없었다. 나는 단지 내 운명의 주인이 되어서 다른 '남자'가 아닌 나 자신을 위해 일하고 싶었다. 아기용 모포라는 아이디어는 면밀하게 검토해봐도 가능성이 보이는 첫 번째 아이디어였을 뿐이다. 생각하면 할수록 괜찮은 아이디어 같았다. 시장성이 증명된 실용적인 제품이었고, 내가 개선할 수도 있었다. 더욱이 성장 가능성 (모포! 의류! 수면조끼! 턱받이!)이 어마어마했다.

모포를 개선한다는 아이디어는 흥미로울 뿐 아니라 그 이상이었다. 그것은 산업을 변화시킬 아이디어였다. 수십 억 달러 규모의 유아용품 산업에서 모포는 독특한 상품이 될 것이다. 모포는 엄마들의 문제를 해결하고, 미국에서 지금까지 없었던 새로운 세분 시장을 만들어낼 것이다. 나는 드디어 실행에 옮길 대단한 아이디어를 찾았음을 온몸으로 느꼈다.

클로디아를 끌어들이기까지 많은 설득이 필요하지는 않았다(클로디아는 시장의 빈틈을 나만큼이나 똑똑히 보았다). 다만 적절한 방법에 대해 합의하는 것이 문제였다. 게다가 아이디어 자체는 대단했지만 우리는 아직 배울 것이 많았다. 나는 우선 제조업체를 찾아서 계약을 맺어야 한다고 생각했다. 나는 (순진하게도) 뉴욕 어딘가에서(우리 집에서 3킬로미터만 가면 맨해튼의 패션 중심지였다), 아니면 적어도 알래스카를 제외한 미 대륙의 48개 주 안에서 제조사를 찾을 수 있을 거라고 생각했다. 그래서 시간이 날 때마다 알아보기 시작했다. 전화도 걸고 주변에 물어보기도 했다.

처음부터 이 프로젝트에 전력을 다한 것은 아니었다. 나는 이미 이코노미스트 그룹 정규직과 엄마라는 새로운 역할 사이에서 균형을 맞추느라 바빴다. 서둘러 사업을 시작하려는 것은 아니었지만 아무리 전화를 걸고 조사를 해도 진척이 전혀 없었다.

정말 괴로웠다. 오스트레일리아에서는 시시한 무늬와 색의, 감촉이 뻣뻣한 전형적인 모슬린을 쉽게 구할 수 있었기 때문에 미국에서는 왜 전혀 찾을 수 없는지 이해가 되지 않았다. 내가 가게에 가서 물어볼 때마다 점원은 모슬린이 뭐냐고 되물었다. 지금 생각해보면 미국 시장에 빈틈이 존재했던 것은 모슬린이 무엇인지 아는 몇 안 되는 사람들조차 그것을 가공되지 않은 형태, 즉 따끔거리고 뻣뻣한 마분지 같은 소재로만 생각했기 때문이다. 그들은 싸구려 직물과 더없이 부드러운 고급 유아용 모포를 쉽사리 연관짓지 못했다.

곧 깨닫게 되었지만 미국 직물 산업의 붕괴도 문제였다. 값싼 외국 수입품이 물밀 듯 밀려오고,[1] 달러 강세가 증가하면서 (또 기술 발전과 국내 인건비 증가로) 내가 조사를 시작하기 몇 년 전부터 다들 해외 공장을 이용했다. 일을 더욱 복잡하게 만드는 문제는 얼마 남지 않은 제조사들 중에서 단 한 군데도 내가 무엇을 원하는지 이해하지 못했고, 놀랍게도 내 말이 무슨 뜻인지조차 몰랐다는 것이다.

곧 나는 오스트레일리아에서 보내온 모슬린을 여러 조각으로 잘라서 가능성 있는 제조사를 발견할 때마다 샘플을 보내거나 보여주었다. "이거예요! 내가 말하는 게 이거예요! 이 천을 만들 수 있나요?" 아무도 만들지 못했다.

사실, 몇 군데는 만들 수 있었지만 기준 소매 가격이 어처구니없이 높았다. 150달러 이상이었다. 유아용 모슬린 모포 4장에 말이다.

그 후 약 9개월 동안 열의가 차올랐다가 이울기를 반복했다. 나는 몇 주 동안 여기저기 찾아다니면서 실마리를 찾아 신경을 곤두세우다가도 직장과 육아 때문에 바빠지면 한참 동안 사업을 전혀 생각하지 않았다. 아이를 낳아 본 사람은 누구나 알겠지만, 나는 할 일이 무척 많았다. 사방에서 나를 필요로 했는데 하루는 스물네 시간밖에 없었다. 그러나 나는 아덴아나이스라는 사업 아이디어를 진심으로 믿었기 때문에 얼마 안 되는 자유 시간을 전부 쏟아부었다.

어느 날 아침, 직장에 출근한 나는 안내 데스크 직원 브렌다와 담소를 나눴다. 아이들에 대한 이야기도 하고 직장에 대한 불평도 주고받고 있을 때 우편 배달부가 와서 그녀의 책상에 편지와 잡지, 소포를 어마어마하게 쌓아두고 갔다. 우편물 더미 맨 위에 패션 산업 저널인 『위민즈 웨어 데일리』가 놓여 있었다. 나는 샘플 세일과 굽 12센티미터짜리 구두에 브렌다만큼이나 관심이 많았기 때문에 잡지를 좀 빌려달라고 했다. 페이지를 넘기다보니 사흘 뒤에 뉴욕에서 열리는 아시아 직물 박람회 광고가 눈에 들어왔다.

가지 말아야 할 이유가 하나도 없었다. 나는 모슬린 샘플을 가져가서 확인해봐야겠다고 생각했다.

50개쯤 되는 업체가 박람회에 참석했고, 각자 작은 부스에서 분주히 움직이고 있었다. 내가 부스를 일일이 찾아가서 딱 1년 전부터 묻고 다니던 질문("이런 천을 만들 수 있을까요?")을 던졌지만 새로운 대답은 전혀 없었다.

"아니요."

"이게 뭔지 모르겠는데요."

"우린 그거 못 만들어요."

30분쯤 지나자 힘이 빠졌고, 한 시간이 지나자 집으로 돌아가고 싶었다. 이 모든 고생이 시간 낭비였기 때문에 출구 바로 앞의 마지막 부스에는 들를 생각도 없었다. 하지만 마음을 고쳐먹고 뭐가 어찌 되든 마지막 부스를 지키던 남자에게 모슬린을 보여주기로 했다. 그의 이름은 데이비드 첸이었다. 박람회에 참가한 다른 회사들과 마찬가지로 첸은 모슬린을 잘 몰랐지만, 다른 이들과 달리 샘플을 공장으로 가져가서 좀 더 자세히 살펴보겠다고 말했다.

내가 아덴아나이스를 창립하고 운영하는 동안 행운의 순간이 수없이 많았는데, 이 순간도 그 중 하나였다. 2주 후, 첸이 메일로 좋은 소식을 전해 왔다. 나는 처음으로 긍정적인 대답을 받았다.

그렇게 해서 클로디아와 나는 사업을 시작했다.

그러나 아직 갈 길이 멀었다. 직물 박람회에서 제조사를 발견한 것은 행운이었지만 우리는 아직 제대로 된 사업을 시작할 준비가 되어 있지 않았다. 애초에 내 목표는 오스트레일리아의 모슬린 모포를 똑같이 따라 만드는 것이 아니었다. 오스트레일리아 모슬린에는 사람들이 그것을 갖고 싶게 만드는 아름다운 디자인과 부드러운 감촉이 부족했다. 나는 더 나은 모슬린 모포를 만들고 싶었으므로 제조사에 의뢰해서 TC*를 높이고 선세탁으로 모포를 부드럽게 만들었다. 창의적이고 끈질긴 파트너였던 첸은 내 요구에 기꺼이 협력했고, 우리는 제대로 된 제품을 만들기 위해서 연락을 수없이 주

28

고받았다. 첸이 샘플을 보내면 내가 수많은 개선 방안과 함께 중국으로 곧장 돌려보내는 식이었다.

결국 내가 원하는 품질의 모슬린을, 오스트레일리아의 모포보다 부드럽고 질 좋은 제품을 만들어내기까지 1년 넘게 걸렸지만 그만한 가치가 있었다. 우리 회사의 생사는 품질에 달려 있었다. 성공 가능성이 있으려면 완벽한 제품을 시장에 내놓아야 했다.

우리는 단순히 기존 시장에 진출하는 것이 아니라 시장 안에 새로운 영역을 만들고 있었다. 미국 사람들은 대부분 모슬린에 대해서 들어보지 못했기 때문에 우리는 회사를 만드는 동시에 고객을 가르쳐야 했다. 거의 모든 산부인과 병동에서 신생아를 천으로 쌌지만 미국 부모는 보통 그렇게 하지 않았다. 엄마가 된 나는 아기를 달래려면 반드시 천으로 싸야 한다는 사실을 깨달았다. 천으로 꽁꽁 싸면 아기는 차분해지고 곧 깊이 잠들었다. 나는 다른 부모들이 이러한 관습의 크나큰 이점을 놓치고 있다는 생각이 들었다. 그때는 미처 몰랐지만 나는 아기를 천으로 싸는 것의 이로움을 전파하는 복음의 전도자가 되려는 참이었다. 엄마로서 어떤 물건을 신뢰하며 내 아이를 위해 그 물건을 사용했던 경험 때문이었다.

내가 모포를 어떻게 만들지 고민하는 동안 클로디아는 우리 회사의 정관定款을 정리하여 신고하고, 로고와 포장, 브랜딩 작업을 도

---

* 면의 품질을 나타내는 수치로, 1제곱인치 안에서 씨실과 날실이 교차된 횟수를 가리킨다. 숫자가 높을수록 부드럽다 ─ 옮긴이주.

울 디자인 업체를 찾는 등 서류 작업으로 바빴다. 나는 우리 제품이 어떤 디자인이어야 하는지 나름대로 생각이 있었는데, 대체로 기존 시장을 살펴보면서 내린 결론이었다. 우리가 아덴아나이스를 설립했을 당시 유아용품은 주로 파스텔 색조에 전통적이고 유치한 무늬(닭, 오리, 테디베어)였지만, 우리는 처음부터 그런 노선에서 벗어났다(나는 어렸을 때에도 닭과 오리를 '절대' 좋아하지 않았다). 나는 선명한 색채와 대담한 무늬를 원했는데, 내 취향이 그랬고 내 딸과 앞으로 태어날 아이들에게 그런 제품을 쓰고 싶었기 때문이다. 우리가 원하는 것은 품질이 좋고 디자인이 뛰어나며 전형적인 유아용품과는 다른 제품이었다.

처음에는 어떤 디자인을 선택할지 고민이었다. 안전한 길을 택해서 모든 할아버지와 할머니가 선택할 법한 기본적인 디자인으로 만들면 사업이 그럭저럭 굴러가겠지만 아무도 우리 제품을 사랑하지는 않을 것이다. 기존 경향과 다를 게 없으므로 아무도 '세상에, 저 디자인 너무 좋아'라고 말하지 않을 것이다. 나는 사람들이 발걸음을 멈추고 바라보는 제품을, 시선을 사로잡는 무늬를 만들고 싶었다. 사람들이 우리 제품을 사랑하기를 바랐다.

불행히도 나는 미술 쪽으로는 최악이었다. 내 '작품'이 들어간 물건으로 아기방을 장식하고 싶은 사람은 없을 것이다. 나는 스스로 창의력이 있다고 생각하지 않았지만 디자인을 무척 좋아했고 보는 눈이 있다는 말을 많이 들었으며 자기 주장이 강했다. 이런 강점을 살려서 나는 일개 영업 사원의 의견도 기꺼이 따라주는 디자이너들과 함께 제품을 만들어갔다.

2005년 9월, 이러한 상황에서 둘째딸 루르드가 태어났다. 나는 우리 시제품을 병원에 가지고 가서 간호사에게 주면서 루르드를 싸달라고 부탁했다. 간호사들은 모슬린에 푹 빠져서 '이 천은 도대체 뭐죠?!'라고 물었다. 간호사가 우리 회사에서 만든 모포로 예쁘고 건강한 내 아이를 꽁꽁 쌌을 때 나는 전율을 느꼈다. 나는 처음부터 직감을 믿었지만, 이제 내 아이디어가 정말로 통하리라는 확신이 섰다. 곧 마운트 시나이 병원의 흥분한 간호사들이 우리 샘플을 싹 쓸어갔다. 분명 미국의 엄마들도 같은 반응을 보일 것이다.

그러나 나는 직물에 대해서 하나도 몰랐다. 패션 디자인, 소매업, 제조업, 유아용품 사업에 대해서도 마찬가지였다. 나에게는 창고도, 공장도, 업무 공간도, 매장도 없었다. 바느질은 죽어도 못했다. 이렇듯 브랜드 출시에 대해서는 아무것도 몰랐지만 엄마와 아기에 대해서는 조금 알았다. 게다가 이 아이디어를 쫓아야 한다는 것을, 한 발 한 발 나아가기만 하면 성공을 거둘 수 있음을 마음 깊이 알고 있었다. 나는 이것이 과연 '맞는' 사업인지 잠시도 고민하지 않았다. 그것은 오히려 다행이었다. 만약 오늘날 여성과 여성 소유의 사업체에 대한 가장 일반적인 생각들(창업은 너무 힘들다; 여자들은 '여성스러운' 사업만 하기 때문에 성공하지 못한다)에 귀를 기울였다면 절대 시작하지 못했을 테니 말이다.

이 세상에는 우리의 기를 꺾는 일들이 많다. 2011년 가을, 어느 젊은 기자가 DEMO 기술 컨퍼런스를 취재하려고 캘리포니아 샌타

클래라로 향했다. DEMO는 신기술에 스포트라이트를 비추고 기업가들이 새로운 제품과 서비스를 선보이도록 플랫폼을 제공하는 연례 행사였다. 행사장을 돌아다니던 기자는 여성이 창업한 신생 벤처 회사가 대부분 과학과 기술처럼 더 훌륭하게 여겨지는 분야가 아니라 전통적인 '여성의 영역'임을 깨달았다. 그녀는 이런 트윗을 남겼다.

여성들이여, 패션, 쇼핑, 육아 벤처 기업은 이제 그만 좀 만들자. 적어도 몇 년 동안은 말이다. 내가 다 부끄럽다.[2]

충분히 상상이 가겠지만, 이 트윗은 반응이 별로 좋지 않았다. 사실, 수많은 사람들이 화를 냈다. 사람들은 이 말이 '지독하고,' '혼란스럽고,' '무지하고,' '표현이 거칠다'고 말했다. 반박과 사설이 쏟아져 나왔는데, 대체로 여성이 여성을 지지해야 하며 산업 분야와 상관없이 모든 여성 기업가에게 박수를 보내야 한다는 것으로 의견이 모아졌다.

그러나 거의 아무도 묻지 않았던 것은 애초에 왜 '여성스러운' 사업을 깔보냐는 것이다. 우리 사회, 특히 기업계가 '여자의 일'을, 여성적인 특징을 열등하다고 생각하기 때문은 아닐까?

증거에 따르면 그렇다. 기업계에서 여성이 걸어온 족적을 보면 된다. 1982년에 우리 여성은 학사 학위의 50퍼센트를 차지하기 시작했다.[3] 현재 그 수치는 60퍼센트에 가깝다.[4] 1987년에 여성은 남성보다 더 많은 석사 학위를 땄고,[5] 2006년에는 박사 학위도 남자보다 더 많아졌다. 그러나 2017년에도 여성의 소득은 백인 남성 평균 소득의 80퍼센트에 그쳤다.[6] 비백인 여성의 경우에는 더욱 참담하다. 백인 남성과 비교했을 때, 아프리카계 미국인 여성의 소득은 63퍼센트, 히스패닉계 여성은 54퍼센트에 불과하다. 이러한 격차에 대한 일반적인 설명은 당신도 익숙할 것이다. 여성은 유연성이 큰 대신 소득이 적은 직업을 선택한다고, 가족을 돌보는 것을 '선택한다'고 말이다(이 통념에 대해서는 5장에서 더 자세히 이야기한다). 그러나 최근 연구에 따르면 사실상 어느 분야든 여성이 유입되면 임금이 하락한다. 학술지 『소셜 포시즈Social Forces』에 실린 보고서에 따르면 1950년부터 2000년까지 여성이 대량으로 유입되기 시작하면 (디자이너부터 생물학자에 이르기까지 모든 분야에서) 임금이 급격히 하락했다. 이 연구의 공동 저자 중 한 명은 『뉴욕 타임스』에서 이렇게 설명했다.[7] "여성이 항상 기술과 중요성 면에서 뒤떨어지는 분야를 선택하는 것은 아니다. 다만 고용주가 임금을 덜 지급하기로 결정할 뿐이다."

기업가도 다르지 않다. 『포브스』의 「여성은 잘못된 유형의 사업을 창업하는가?」, 『월 스트리트 저널』의 「왜 여성 소유 회사는 남성 소유 회사보다 작을까?」, 『지저벨』의 「여성은 패션 사업과 유아용품 사업을 너무 많이 창업하는가?」 같은 헤드라인을 보자. 여성은 잘못된 유형의 사업을 창업한다고 비판받을 뿐 아니라, 비평가들은 또한 여성 소유 회사의 실적이 떨어지는 것은 서비스 기반 회사를 창업하는 경향이 때문이라고 주장한다. 여성 소유 사업체의 절반 이상이 보건·사회 복지, 전문·과학·기술, 행정 지원, 소매업 서비스 산업에 속한다. 서비스는 우리 경제에 무척 중요하고 성장 가능성도 있는 사업 모델이지만 보통 '확장력 있는' 성장에 적합하지 않다. 예를 들어 규모가 작은 어린이집은 누가 운영하든 백만 달러 수익을 올리기 어렵다.

그러나 서비스업이 본질적으로 여성적인 것은 아니다.[8] 물론 미용실과 어린이집은 서비스업의 대표적인 예이지만 법률, 회계, 건축 회사, 의료 센터, 수리 센터, 과학 기관 역시 서비스업이다. 그리고 서비스 부문에 여성 소유 사업체가 많다고 해서 그러한 업체들의 '실적이 낮다'는 뜻은 아니다. 사실, 나의 친한 친구 레슬리 퍼텔은 법률 서비스 회사인 타워 리걸 솔루션즈를 창립했고, 8천만 달러 규모로 확장시켰다. 그리고 나는 EY(언스트앤영) 여성 기업가 지원 프로그램과 여성 회장 연맹을 통해서 서비스 기반 사업체를 기업 가치 십억 달러 이상의 회사로 확장시킨 여성들을 만났다. 정말 대단한 수치가 아닐 수 없다.

여성은 자신이 원하는 사업이라면 무엇이든 지원을 받으면서, 아무런 가치 판단을 받는 일 없이 시작할 수 있어야 한다. 나는 어쩌다 보니 여성으로 태어났고, 아이 넷을 낳다보니 아기에 대해서도 어느 정도 알게 되었다. 여성인 나는 자연스럽게 여성 중심의 문제들에 초점을 맞추게 되고, 따라서 여성을 겨냥하는 사업체를 시작하는 것이 당연하다. 타워 리걸 솔루션즈를 세운 레슬리는 여성인 동시에 무척 공격적인 변호사다. 그녀는 법조계가 자신의 세계였고 법을 알았기 때문에 자기 전문 지식에 맞는 회사를 창업했다. 레슬리와 마찬가지로 나는 나만의 위치 덕분에 눈앞에 놓인 기회를 알아볼 수 있었다. 내가 '음, 유아용 모포 사업은 하지 말아야겠다. 그건 너무 여성스럽잖아'라고 생각했다면 그것이야말로 어리석은 일이다.

단순한 진실은 전통적으로 여성적이라 여겨지는 수많은 사업 역시 확장성이 있고, 실제로 몇 백만 달러 가치의 회사로 성장한다는 것이다. 스키니걸, 버치박스, 입시, 더바디샵, 빌더베어 워크숍, 폴리보어, 렌트더런어웨이, 스티치픽스, IT 코스메틱스 모두 여성이 여성을 위해 만든 '여성스러운' 회사이며, 큰 성공을 거둔 기업이다.

엣시, 다이퍼스닷컴, 슈대즐, 핀터레스트 창업자들을 비롯한 일부 남성도 비슷한 업계에 발을 들였지만, 그들에게 더욱 남성 중심적인 사업을 해야 한다고 불평하는 소리를 나는 들어본 적 없다. 그들이 온라인으로 유아용품이나 여성화를 팔기 때문에 환영받는 것일까? 아니다. 그들은 그저 성공적인 사업체를 꾸리고 있고, 똑똑하고 명민한 기업가라서 갈채를 받는다.

우리는 여성이 직접 구매와 영향력 행사를 통해 전 세계 개인 소비의 대부분을 좌우한다는 사실을 이미 여러 해 전부터 알고 있다. 그 액수는 연간 18조 달러에서 30조 달러 정도로 추정된다. 여성 중심 사업 시장이 축소될 전망은 보이지 않고,[9] 따라서 여성이 추구할 가치가 없는 틈새 시장이라는 말은 사실이 아니라고(심지어는 멍청한 소리라고) 할 수 있다.

그러니 잠시 우리 여성의 힘에 대해서 생각해보자. 이것은 내가 아덴아나이스를 창업할 때 고민했던 문제들이다. 나는 성공적인 사업을 논의할 더 유용한 방법을 찾으려고 애쓰던 와중에 마케팅 권위자이자 베스트셀러 작가인 세스 고딘이 기업가와 프리랜서의 차이에 대해 쓴 글을 우연히 발견했다. 고딘의 설명에 따르면 프리랜서는 시간이나 프로젝트에 일정한 요금을 매겨 자신의 노동에 대한 대가를 받는 사람이다. 반면에 기업가는 성장과 자신이 만든 시스템의 확장에 초점을 맞추고 자신이 아니라 사업을 더 크게 키우는 사람이다. 프리랜서는 안정적인 고객 수급을 추구하지만 기업가의 목표는 '제품을 팔아서 큰돈을 버는 것, 또는 꾸준하고 안정적이며 운영 위험이 없는 장기적인 수익 구조를 만드는' 것이다.[10]

우리는 현 상태를 평가하여 자신에게 맞지 않다는 결론을 내리고 자기 사업을 시작하겠다고 선택할 수 있다. 이때 성공은 예전과 같거나 비슷한 수입을 얻는 것, 즉 고딘의 말에 따르면 프리랜서가 되는 것을 의미할 때가 많다. 또는 몇 백만 달러짜리 회사를 세우기 위해 사업을 시작할 수도 있는데, 이를 고딘은 기업가가 되는 것으로 구분한다. 안정적인 수입이 동기인 사람은 회사를 성장시키는 것에 관심이 없을 수 있지만, 회사를 성장시키는 것이 목적인 사람과 같은 통계에 들어간다.

유연한 일정과 안정적인 수입을 위해 프리랜서가 되거나 창업하는 것엔 아무 문제가 없다. 그러나 이른바 실적이 떨어지는 '여성스러운' 회사를 깎아내리는 논리에 이들이 기여하는 것은 문제다. 우리는 드러난 수치만으로 전체적인 그림을 파악하기 어렵다.

즉, 잘못된 통계나 헐뜯는 사람들에게 굴하지 않고 원하는 것을 추구해야 한다는 뜻이다. 더 크게 도약하여 스스로 하고 싶었던 일을 하자. 그리고 더 크게 생각하자. 본인의 사업을 국제적인 수준으로 키우면 어떨지 잠시라도 상상해보자.

처음부터 내 꿈은 크고 성공적인 회사를 만드는 것이었다. 아덴 아나이스를 창업한다고 가족과 보낼 시간이 많아지거나 유연성이 늘어나는 것은 아니었다. 나는 월급을 받는 직원으로 일할 때보다 기업가로서 더 열심히 일했고, 이코노미스트를 다니면서 사업을 병행할 때에는 더욱 그랬다. 하지만 힘들지 않았다. 나는 1억 달러짜리 회사를 만들고 싶었다. 이처럼 거대한 목표가 그것을 실현하기 위해 힘껏 노력할 수 있도록 나를 채찍질했다.

내가 클로디아의 집에서 맞이했던 그 운명적인 아침처럼, 당신도 아이디어의 씨앗을 발견하는 당신만의 순간을 맞이할지 모른다. 스스로에게, 도전하라고 속삭이는 그 작은 목소리에 귀를 기울이자. 여성 소유 사업체에 대한 오해 때문에 주저하지 말자. 비난은 무시하자. 당신이 아는 것을, 당신에게 열정을 불러일으키는 일을 하자. 당신이 시작하려는 사업이 적합한지 묻지 말고, 당신의 아이디어에 성장 가능성과 확장성이 있는지, 더 넓힐 수 있는 고객층이 존재하는지, 당신의 아이디어가 이미 존재하는 수요를 충족하거나 누군가의 문제를 해결하는지 묻자. 그런 다음 지금까지보다 더 열심히 일할 준비를 하자. 이것이 가장 중요하다.

당신은 혼자가 아니다. 나는 지난 몇 년 동안 큰 포부를 가진 여성을 무수히 많이 만났다. 여성 기업가들은 종종 나를 찾아와서 회사를 성장시킬 방법에 대해 조언과 충고를 부탁한다. 내 친구들도 비슷하다. 내가 어울리는 여성 기업가들은 모두 자기 회사를 최대한 키우고 성공시키는 일에 관심이 많다.

나는 2004년 봄에 (클로디아네 집 아기방 바닥에서) '대단한 아이디어'를 떠올렸다. 알고 보니 모슬린 모포를 파는 회사는 내가 생각하는 모든 요건을 충족시켰다. 시장이 뚜렷하고, 확장성이 있으며, 성장 가능한 고객층이 존재하고, 내가 보았던 문제들을 해결했다. 이제 내가 할 일은 모포를 만들 방법을 찾는 것뿐이었다.

2장
노력은 MBA를 이긴다

나에게는 좋은 아이디어가 있었지만 MBA가(심지어는 학사 학위조차) 없었다. 솔직히 말해서 나는 영업 경력을 제외하면 사업적인 경험이 전혀 없었다. 실리콘 밸리의 차고에서 문제 해결에 매달리는 이십대 기술광도 아니었다. 나는 아내이자 엄마였고, 삼십대의 평범한 회사원에 불과했다. 즉, 보통 사람들이 생각하는 전형적인 기업가 유형은 아니었다.

나는 오스트레일리아 시드니 외곽에서 자랐다. 15분 거리에 세상에서 가장 아름다운 해변이 펼쳐졌고, 차로 20분만 나가면 시드니의 중심 업무 지구였다. 내가 어린 시절을 보낸 곳은 정말 대단했다. 해안으로 둘러싸인 데다가 활기찬 도심과 가까웠다. 그러나 내가 살던 마을은 전형적인 교외 지역이었다. 1/4 에이커 부지에 세워진 벽돌 주택들, 뒤뜰에 세워진 회전식 빨래 건조대들(잘 모르는 사람들을 위해서 설명하자면 회전식 빨래 건조대는 천이 없는 우산살처럼 생겼고, 오스트레일리아의 아이콘이다. 내 또래의 오스트레일리아인이라면 누구나 빨래 건조대에 기어 올라가서 정글짐처럼 매달려 논 기억이 있을 것이다). 나는 많은 면에서 20세기 중반의 미국 교외를 똑같이 닮은 지역에서 더없이 평범한 공립 학교에 다녔다. 내가 태어난 것은 1960년대 후반이었지만 우리 집 주변 환경은 아마 1950년대 초의 미국과 비슷했을 것이다.

아빠가 일을 마치고 돌아오면 엄마는 바로 저녁 식사를 차려냈다. 식사를 끝내고 나서 그는 텔레비전 앞에 앉아서 스카치위스키를 마시거나 술집에 가서 친구들과 술을 마셨다. 아빠가 집에서 뭔가를 하는 모습을 본 기억은 없다. 사실, 우리 삼남매가 스포츠 경기에 나가는 주말을 빼면 아빠와 같이 시간을 보낸 기억이 없다. 남동생 그랜트는 뛰어난 럭비 선수였고 여동생 페이지와 나는 네트볼(농구와 비슷한 스포츠라는 설명이 가장 정확할 텐데, 늘 페이지가 나보다 잘했다)을 했다. 우리는 셋 다 운동을 잘했고, 아빠는 스포츠가 관련된 일이라면 무엇에든 열정이 넘쳤다. 돌이켜보면 아빠는 남편으로서 확실히 여러 가지 단점이 있었지만, 당시 나는 사랑받는 느낌을 받았다. 그는 익살꾼이었다. 말하자면 아이들을 쇼핑몰로 데려가서 처음 보는 사람들 앞에서 오스트레일리아 국가를 힘차게 부르라고 시킨 다음 아이스크림을 사주면서 즐거워하는 사람이었다.

이와 반대로 엄마는 엄격했고, 우리는 그녀를 무서워했다. 일곱 시에 엄마가 우리를 각자의 방으로 들여보내면 우리는 '감히' 방에서 나갈 엄두를 못 냈다. 남동생과 여동생, 내가 방문 밖으로 고개를 빼꼼 내밀고 테니스 공을 서로에게 굴리면서 반항의 유대를 다졌던 기억이 난다.

사실, 나는 늘 건방진 아이였다.

나는 아주 어렸을 때부터 선생님들에게 반항했다. 내가 다니던 초등학교에는 '정지선'이라는 것이 있었다. 아스팔트에 페인트로 그은 선으로, 네모난 안뜰 한가운데 세워진 깃대와 연결되어 있었고, 규칙을 어기면 거기 서 있어야 했다. 나는 항상 어떤 일로 크게 혼난 다음 그 선에 서 있었다. 나는 말썽꾸러기였지만 부진한 학생은 아니었다. 학년이 올라가면서 내가 존경했던 선생님들은 나를 우수하다고 생각했는데, 나는 그 선생님들 수업에서 항상 선두권이었다. 반면 내 눈에 얼간이로 보였던 선생들은 나를 미워했다. 내가 멍청함이나 무능함을 잘 참지 못하는 성격이기 때문이다. 나는 멍청이들을 잘 견디지 못하는데, 그건 타고난 천성이다.

엄마는 내가 항상 도전적이고 반항적이었다고, 고작 두 살 때부터 엄마보다 더 많이 아는 것처럼 굴었다고 예전부터 말했다. 한 번은 내가 이렇게 말했다. "그 말이 얼마나 바보 같이 들리는지 알아요? 고작 '두 살'짜리가 잘난 척하면서 집안을 좌지우지하려고 했다고요?" 엄마가 그래도 자기 주장을 굽히지 않은 것을 보면 내가 정말 골칫덩이였던 모양이다.

어린 시절은 대체로 행복했다. 내가 아홉 살인가 열 살 때 회계사였던 아버지가 인쇄업을 시작했다. 긴 이야기를 짧게 줄이자면 동업자가 사기를 쳤고, 사업은 망했으며, 아버지는 빚을 졌다. 집을 지키려면 엄마가 다시 일을 해야 했는데, 그녀가 구할 수 있는 일은 자동차 판매점에서 차를 닦는 일밖에 없었다. 갑자기 동생들과 나는 현관 열쇠를 가지고 다니는 아이들이 되었다. 장녀였던 내가 동생들을 학교에서 데리고 와서 엄마가 돌아올 때까지 보살폈고, 화이자 제약에 입사한 아빠는 훨씬 더 늦게 집에 돌아왔다.

그 시절을 생각할 때 가장 많이 떠오르는 기억은 집에서든 밖에서든 정말 열심히 일하던 엄마와, 집 안에 흐르던 어마어마한 긴장감이었다. 부모님은 늘 싸웠는데 어린 아이인 내가 보기에 그건 대부분 돈 때문이었다. 그러한 긴장과 스트레스 속에서, 또 언제 폭발할지 몰라서 발끝으로 살금살금 걸어다니면서 자란 많은 아이들이 그렇듯, 나는 절대 부모님처럼 되지 않겠다고 결심했다. 내가 기억하는 한, 그런 성장 환경 때문에 나는 돈을 많이 벌고 싶었다. 나는 언젠가 분홍색 람보르기니를 살 만큼 큰돈을 벌겠다고 말하고 다녔다. 취향이 바뀌어서 얼마나 다행인지 모른다(남편과 내가 아주 실용적인 검정색 혼다 파일럿에 네 딸들을 태우고 다니는 모습을 보면 어린 시절의 내가 어떻게 생각할지 궁금하다). 부모님이 곤경에서 헤어나려고 애쓰는 모습을 보며 자란 것 자체가 교육이었다. 나는 부모님의 실수를 보면서 거저 주어지는 것은 하나도 없으며 원하는 것을 손에 넣으려면 죽어라 노력해야 한다는 사실을 배웠다.

결국 부모님이 이혼하고 나서 여러 해가 지난 후에야 나는 그들의 불화가 금전 문제 때문만은 아니었음을 깨달았다. 알고 보니 아빠는 이상적인 남편과 거리가 멀었다. 부모님이 헤어진 것은 내가 이십대 때 아빠가 나보다 고작 두 살 많은 여자를 만나서 엄마를 떠났기 때문이었다. 나는 너무 화가 나서 아빠와 1년 동안 말도 하지 않았다.

그리고 엄마의 경우, 자식들에게는 무서웠지만 남편에게는 약한 사람이었다. 나는 엄마가 아빠의 수입을 전혀 몰랐다는 이야기를 듣고 깜짝 놀랐다. 더욱 나쁜 점은, 엄마가 아빠의 수입에 대해 묻는 것은 '허용되지' 않는 일이었다. 부모님이 헤어지면서 내가 전혀 몰랐던 두 사람의 관계가 밝혀졌다. 어머니는 분노에 사로잡혀서 네 아버지가 '이런 짓'도 하고 '저런 짓'도 했다고 불평을 늘어놓았다. 가만히 듣고 있던 내가 쏘아붙였다. "아빠가 그렇게 싫었으면 왜 진작 안 헤어졌어요?"

엄마는 수많은 여자들과, 너무나 많은 여자들과 똑같은 대답을 했다. "너희들이 있었잖니. 나는 갈 데가 없었어. 혼자 살아갈 경제력이 없었어."

이제는 세상물정을 알지만 그 당시에 나는 엄마가 살아남기 위해서(나와 동생들을 위해서) 그렇게 형편없는 취급을 견뎠다는 사실에 같은 여자로서 크게 실망했다. 부모님의 이혼 직후 몇 달 동안은 특히 괴로웠는데, 아빠가 나를 난처한 상황으로 내몰았기 때문이었다. 나는 중간에서 이러지도 저러지도 못했다. 아빠는 엄마를 떠나던 날 나에게 전화를 해서 이제 자신은 집으로 돌아가지 않을 테니 가서 엄마가 괜찮은지 살펴보라고 시켰다. 당시 여동생은 유럽에서 배낭여행 중이었고 남동생은 이 일에 개입하려 하지 않았다. 당연히 화가 난 엄마는 결국 끝도 없는 괴로움을 나에게 쏟아냈고, 우리 관계는 더 힘들어졌다.

사실, 나는 엄마와 친하지 않았다. 나에게 가장 필요한 것은 부모님이 나를 정말로 사랑한다는 느낌이었는데, 실제로는 어떤지 몰라도 엄마한테 사랑받는다는 느낌은 한 번도 받지 못했다. 내가 무엇을 해도(학교에서 공부를 잘하거나 운동을 잘해도) 엄마가 그것을 알아보고 인정하는 느낌은 들지 않았다. 정말 가슴이 아팠다. 나는 너무 어렸기 때문에 엄마가 혼자서 힘들게 가족을 보살피느라 다른 일에 신경 쓸 겨를이 없다는 것을 이해하지 못했다. 그래서 열다섯 살의 나는 더 이상 장난꾸러기 아이가 아닌 반항아가 되었다. 즉, 완전히 탈선해버렸다. 나는 집에서 몰래 빠져나갔고, 어디에 있었는지 거짓말로 둘러댔고, 가짜 신분증을 만들어서 술집에 드나들었고, 남자애들과 지나치게 많은 시간을 보냈다. 정말이지, 엄마는 '그제야' 나에게 관심을 주었다. 문제는 그것이 잘못된 관심이었고 나의 반항으로 인해 우리 관계가 더 나빠졌다는 점이다. 반대로 동생들은 엄마에게 눈에 넣어도 아프지 않은 자식들이었다. 빈정거리며 차갑게 구는 엄마의 태도 역시 도움이 되지 않았다. 엄마는 딸이 하나면 좋겠다고 말한 적도 있었다. 우리는 수없이 말다툼을 했고, 때로는 육탄전으로까지 번졌다.

이제 아이들을 낳고 엄마가 된 나는 부모 노릇에 어떤 스트레스가 따르는지 이해한다. 나는 모든 어머니가 당연히 '그래야 하는' 것처럼 엄마가 나를 사랑했음을 마음 깊이 알았지만, 나를 왜 좋아하지 않았는지는 이해하지 못했다. 그런데 「디스 이즈 어스This Is Us」라는 드라마 덕분에(궁금한 사람을 위해서 밝혀두자면 두 번째 시즌의 11편인데, 스포일러가 있으니 조심하기 바란다!) 최근에야 깨달았다. 이 에피소드에서 주인공이 재활원에 들어가고, 그를 돕기 위해서 어머니와 여동생, 남동생이 주인공의 심리 치료에 참가한다. 주인공은 어머니가 남동생과 여동생에게 더 잘했다고, 남동생을 제일 예뻐했다고 분노를 드러낸다. 그러자 어머니가 이 말을 듣고 괴로워하며 벌떡 일어나서 소리친다. "얘를 더 사랑한 게 아니야! 얘가 더 수월했을 뿐이야!" 나는 나이를 쉰 살이나 먹었지만 이 말에 깜짝 놀랐다. 그리고 깨달았다. '세상에, 내가 어려운 딸이었던 거구나.'

어떤 아이들은 다른 아이들보다 키우기 더 수월하다. 따라서 '더 수월한' 아이들은 모든 사랑과 애정을 독차지하는 것처럼 보이고, 말썽을 피우는 아이는 전혀 사랑받지 못하는 것처럼 보인다. 나는 내 딸들을 똑같이 사랑하고 누구 하나를 더 예뻐하지 않지만, 각자 다르기 때문에 전혀 다르게 대한다. 지금 돌아보니 엄마가 왜 나를 다르게 대했는지 알 것 같다. 나는 수월한 애가 아니었던 것이다.

이야기가 잠시 옆길로 샜으니 하던 얘기로 돌아가도록 하자. 열일곱 살에 나는 더 이상 견디지 못하고 독립했다.

그런 다음 몇 년 동안 아무 목표도 없이 무기력하게 지냈다. 대학에 들어갔지만 6개월쯤 다니다가 자퇴해버렸다. 나는 이런저런 일을 하면서 여러 사람과 아파트를 같이 썼고, 술을 너무 많이 마셨고, 꽤 많은 문제에 휘말렸다.

그러므로 내가 인생에서 결코 자랑스럽지 않은 사건을 겪었을 때 경찰관이 되기 직전이었다는 사실이 더욱 이상하게 느껴질 것이다. 친구 중에 경찰이 한 명 있었는데, 내가 어떻게 살아야 할지 몰라서 방황하자 그 친구가 경찰이 되는 게 어떠냐고 권했다. 나는 이렇게 대답했다. "그러지 뭐." 나는 심리 검사와 신체 검사까지 받았고, 경찰 학교 입학 허가를 받고 훈련을 시작하라는 통지를 기다리고 있었다. 어렴풋하게나마 인생의 방향을 찾았다는 느낌이 들었다. 제일 친한 친구 수와 파티를 벌인 다음 밤늦게 같은 아파트를 쓰는 찰리의 자동차를 타고 피자를 사러 가다가 쓰레기 트럭에 돌진해서 차를 박살내기 전까지는 말이다. 아무도 다치지 않았고 그날 밤 유일한 사상자는 자동차였으니 나는 정말 운이 좋았다. 그러나 설상가상으로 찰리는 내가 자기 차를 몰고 나왔다는 사실도 몰랐다. 나는 그날 밤을 유치장에서 보내고 지문을 채취당했고, 경찰로서의 경력은 시작도 하기 전에 끝나버렸다. 나는 다시 길을 잃고 방황했다.

　대학을 중퇴한 오스트레일리아인이라면 어느새 어딘가 섬에서 일을 하게 되는 법이다. 나는 그레이트 배리어 리프 지역 퀸즐랜드 해안 위트선데이의 관광 상업 지구인 해밀턴 섬에서 일했다. 해밀턴에는 골프장의 버기카 외에는 자동차가 없었고, 열대의 낙원을 상상하면 딱 떠오르는 그런 곳이었다. 백사장, 맑고 푸른 바닷물, 넓고 파란 하늘. 나는 1년 정도 바텐더 겸 급사로 일하면서 록스타처럼 파티를 즐겼다. 아파트를 같이 쓰는 친구 중에 『플레이보이』 모델도 있었다. 그러나 어느 순간, 테이블 시중을 들고 사람들을 취하게 만들며 사는 것이 지겹게 느껴졌다.

그때 아빠에게서 전화가 왔다. "래건, 이제 문명사회로 돌아와서 제대로 된 직업을 구해야지?" 나는 반항아였지만 남은 평생을 『플레이보이』 모델들과 파티나 즐기며 살 수는 없다는 아빠의 지적이 일리가 있다고 생각했다. 나는 현재를 즐기고 있었고 장기적으로 하고 싶은 일도 없었지만, 그렇다고 남은 평생을 바텐더로 살고 싶지는 않았다.

집으로 돌아온 나는 광고 일을 하면 좋겠다는 생각을 했다. 당시에는 학위가 없어도 광고 대행사에서 일할 수 있었고, 바닥에서 시작해서 차근차근 올라갈 수 있었다. 내가 지원할 수 있는 자리는 접수 데스크 안내원과 조수밖에 없었다. 일은 별로 재미가 없었고, 어느새 나는 다시 여행을 꿈꿨다. 충분한 돈을 모으자마자 나는 수와 함께 배낭여행으로 전 세계를 돌아다녔다.

그렇게 거의 1년을 보내고 돈이 다 떨어지자 또 다시 집으로 돌아가 일을 구해야 한다는 현실에 직면했다. 나는 다시 한 번 출발점으로 돌아왔고, 여전히 뭘 하고 싶은지 몰랐다. 나는 돈이 필요했기 때문에 돈을 벌 수만 있다면 무슨 일이든 나를 내던질 생각이었다.

그때, 언젠가 내가 영업직에 딱 맞을 것 같다고 했던 아빠의 말이 떠올랐다. 아빠와 마찬가지로 나는 사람들과 잘 어울렸고, 뒷줄에서 점잔 빼는 부류는 절대 아니었다. 아마 그래서 아빠도 내가 영업직에 맞겠다고 생각했던 것 같다. 시드니로 돌아온 나는 신문을 뒤적였다(요즘은 그런 식으로 일자리를 찾지 않으니, 여기서 내 나이가 드러난다). 나는 광고 회사에서 조수와 안내원으로 일하다가 처음으로 영업직을 맡아 옥외 광고를 팔았다. 아빠의 말이 맞았다. 나는 영업에 소질이 있었다. 곧 나는 헤어 제품 브랜드 슈바르츠코프 영업으로 자리를 옮겼다가 다시 제약회사 스미스클라인비첨으로 옮겼다. 나는 열심히 일했고, 스미스클라인비첨의 최고 영업 사원 중 한 명으로 뽑혔다.

이 성공에 대한 보상으로, 나는 글로벌 CEO와 현장에서 하루를 보낼 기회를 얻었다. CEO는 연달아 잡힌 회의에 참석하기 위해서 영국 본사에서 오스트레일리아 지사를 방문한 참이었다. 그는 멋진 사람이었다. 나는 그에게 영업 부문 실적을 보고했다. 그는 내가 정기적으로 방문하는 약국 열두 곳에 동행했다. 차 안에서 여덟 시간을 보내면서 그와 무척 많은 대화를 나눴다. 그는 여러 분야에 대해서 내 의견을 물었고 나는 기꺼이 답했다.

나와 하루를 같이 보낸 다음 CEO는 나에게 경영 위원회에 합류하라고 지시했다. 당시 나는 하급 영업 사원에 불과했기 때문에 논란이 있었다. 모두 남자였던 이사들은 미심쩍게 생각했고, 오래지 않아 소문이 돌기 시작했다. 나와 CEO 사이에 틀림없이 무슨 일(!)이 있었다는 것이었다. 그들 생각에 내가 그 자리를 차지할 수 있는 방법은 그것뿐이었다.

내가 합류하고 한 달쯤 뒤 두 번째 경영 위원회 회의가 끝났을 때, 나는 이 껄끄러운 문제를 어떻게든 해야겠다고 생각했다.

"소문에 대해서 이야기하고 싶은데요. 저, 그 CEO랑 안 잤어요.

입으로 한 번 해줬을 뿐이죠."

물론 나는 그런 짓을 하지 않았다. 그저 소문이 얼마나 말도 안 되는지 지적하고 싶었을 뿐이다. 몇몇은 고개를 숙였고 몇몇은 내 말이 무슨 뜻인지 깨닫고 웃음을 터뜨렸다. 그러나 그들은 나의 관점이 회의에 도움이 될 수 있다는 CEO의 판단 때문에 내가 그 자리에 합류했다는 사실을 결국 받아들이지 못했다. 나는 더 이상 견딜 수 없어서 위원회에서 사퇴했다.

얼마 후에 화이자 제약에서 연락이 왔다. 아빠는 인쇄 사업에 실패한 다음 오스트레일리아 화이자 제약의 국내 영업팀장으로 일했다. 화이자에는 연고자를 채용하지 못한다는 규정이 있었기 때문에 아빠가 있는 한 내가 그 회사에 들어갈 수는 없었다. 그런데 아버지가 은퇴를 1년 일찍 발표하면서 나는 운 좋게도 그 일을 받아들일 수 있었고, 잠시나마 아버지와 함께 일할 기회도 생겼다. 화이자는 스미스클라인비첨에서의 내 실적을 보고 채용을 제안한 것이었다.

내가 바누아투에서 열린 회의에 참석했을 때, 앞에 앉아 있던 누군가가 무슨 말을 했는데 나는 절대 동의할 수 없었다. 나는 물론 항의했다. "그건 말도 안 돼요. 왜냐면……." 그러자 어느 이사가 웃으며 말했다. "세상에. 그 아버지에 그 딸이군."

나는 영업직에서 잘나갔고, 제대로 된 진로를 찾아서 기뻤기 때문에 MBA를 따기로 결심했다. 스스로도 깜짝 놀랄 만한 결심이었다. 당시에는 누구나 영업직을 할 수 있었고 진입 장벽도 없었다. 따라서 영업직이 아주 대단한 일로 여겨지지는 않았다. MBA 학위가 있으면 내가 얼마나 똑똑한지 사람들이 알아줄 것 같았으므로, 나는 그걸 따기로 했다. 나는 학사 학위가 없었지만 경력을 바탕으로 입학 시험을 쳐서 매쿼리 대학에 합격했다. 나는 화이자에서 일을 계속하면서 학교에 다녔다. 하지만 불행히도 MBA를 마치지는 못했다. 대학원을 반 정도 다녔을 때 당시 남자친구이자 현재 남편인 마르코스와 함께 미국으로 이주했기 때문이다. 다행스럽게도 완전히 빈손으로 떠나야 했던 건 아니다. MBA를 받기에는 이수 학점이 부족했지만, 대학원 수료증은 받을 수 있었다.

그러나 나는 (아빠 덕분에) 어느 정도 운 좋게 시작했던 영업직을 제외하면 어떤 일도 내게 맞지 않다고 오랫동안 생각했다. 반항적인 어린 시절, 대학을 중퇴하기로 했던 결정, 목표가 없던 젊은 시절, 또는 이력서에 적을 매킨지 컨설턴트 경력이나 하버드 학연도 없다는 사실이 불리하게 작용할지도 모른다고, 적어도 지구 반대편에서 새롭게 시작하기 위해서는 반드시 극복해야 할 장애물일지도 모른다고 생각했다. 그러나 사업을 시작하면서 그러한 과거의 경험과 반항적인 태도 덕분에 내가 성공할 수 있었음을 깨달았다. 정말이다!

나는 대학 중퇴나 값비싼 MBA가 없다는 사실보다 실제 인생 경험이, 경영 대학원에서 가르쳐주지 않는 것들이 훨씬 더 중요하다는 것을 거듭 깨달았다. 나는 MBA가 있으면 사람들의 신뢰를 얻을 수 있을 거라고 생각했기 때문에 그것을 원했다. 그러나 솔직히 말해서 경영 대학원에서 18개월 동안 했던 경험 중에서 실제로 창업할 때 써먹은 것은 하나도 없었다. 나는 (적성에 맞지 않는 회계만 빼고) 모든 과목에서 최고 점수를 받았지만 기억에 남는 가르침은 하나도 없다. 내가 이룬 모든 성취는 결단력과 강한 의지의 결과다. 젊은 시절 온갖 문제를 일으켰던 바로 그 성격 말이다.

나는 그런 성격 덕분에 성공했다고 진심으로 믿기 때문에 기업가를 꿈꾸는 사람들에게 자주 말한다. 성공을 결정하는 것은 아이디어를 실현시키기 위한 노력과 헌신이지 혈통 같은 게 아니라고 말이다.

내 어린 시절은 풍족하지 않았다. 내 부모님은 모든 인간이 그렇듯 단점이 있었지만 나에게 단단한 직업 윤리를 심어주었다. 부모님은 원하는 것이 있으면 노력해야 한다고, 거저 주어지는 것은 아무것도 없다고 가르쳐주었다. 나는 부모님이 먹을 것이나 쉴 곳과 같은 기본적인 것들을 손에 넣기 위해 열심히 일하는 모습을 보았다. 꼭대기에서 시작하면 구멍을 파고 아래로 내려가는 일만 남았다고 했던 아빠의 말이 아직도 똑똑하게 기억난다. 아빠는 내가 첫날부터 우두머리가 되고 싶어하는 것을 알았기 때문에 그 자리에 도달하려면 열심히 노력해야 한다는 사실을 가르쳐주려고 했다.

중요한 것은 견고한 직업 윤리이지 인생의 종합 계획을 미리 세우는 것이 아니다. 아주 제멋대로인 사람도, 이십대 내내 파티만 즐기던 나 같은 사람도 결국에는 목표를 찾을 수 있다. 나는 분명 한 회사에서 차근차근 승진을 거듭해 성공을 거둔 유형은 아니다. 그러나 나는 원하는 것을 발견하고, 실행하고, 시험하면서 내가 무엇을 원하지 않는지도 알아냈다. 나는 창업을 하고 싶다는 꿈을 깨달왔지만 실행에 옮기기까지는 아주 긴 시간이 걸렸다. 오랫동안 아이디어는 많았지만 '이거다'라는 느낌이 드는 일은 없었다. 그랬던 내가 갑자기 모든 일에 뚜렷한 목표를 가진 전혀 다른 사람으로 변해서 아덴아나이스를 창업한 것은 아니다. 내게는 크고 성공적인 회사를 만들고 싶다는 꿈뿐이었지만 그 꿈을 부지런히 쫓았고, 그러다가 가능성이 보이는 사업 아이디어가 처음으로 떠올랐다. 회사를 창업하기 위해 모든 사람들의 충고를 따를 필요도 없고, 하버드 경영 대학원을 졸업할 필요도 없고, 모든 것을 미리 계획할 필요도 없다. 나는 당신이 그것을 깨닫기 바란다. 당신이 지금까지 어떤 길을 걸어왔든, 나이가 몇 살이든, 어떤 경험을 했든, 도약할 수 있다. 그 도약이 전부를 바꾸어놓을 것이다.

예를 들어 나는 2009년에 아덴아나이스의 보급형 브랜드를 론칭하면서(시간을 조금 건너뛰는 셈이지만 참을성을 갖고 들어주기 바란다) 미국 최대 규모의 할인 소매업체인 타깃의 구매 담당자를 만났다. 나는 6종의 상품을 보여주면서 그녀가 적어도 2종은 구매하기를 바랐다. 그런데 담당자는 6종을 전부 구매했고, 우리는 즉시 1,700개 매장에서 판매를 시작했다. 거래를 성사시킨 것은 운도 아니었고 근사한 파워포인트 슬라이드도 아니었다. 그건 그때까지 내가 기울였던 노력과 같은 엄마로서 구매 담당자와 나눌 수 있었던 공감 덕분이었다.

물론 나는 사업을 시작할 때 영업 경험이 있었고, 어떤 면에서는 그 경험이 중요했다. 자신이 만든 상품을 아무리 깊이 믿는다 해도,

새로 창업한 기업가로서는 상품을 파는 일은 가장 두려울 수 있다. 거절당할지도 모른다는 두려움은 극복하기 힘들 수 있다(다음 장에서 조금 더 이야기할 것이다). 그러나 내가 영업에 대해서 아는 지식은 전부 경영 대학원 교실이 아니라 직접적인 경험에서 배운 것이다. 내가 가진 것은 그게 전부였다. 나는 영업 방법을 알았고 의욕도 있었지만 사업 경험은 전혀 없었다.

교육이 중요하지 않다고 주장하려는 것은 절대 아니다. 교육은 물론 중요하다. 내가 이미 말했듯이 MBA를 비롯한 석사 이상 학위의 가치를 깨달은 여성(이제는 남성보다 더 많다!)도 수없이 많다. 미국에서 학위가 없다는 것은 무시할 수 없는 부정적인 결과를 가져올 수 있다. 내 남편은 현재 경영진 채용을 담당하는 헤드헌터인데, 그의 고객은 MBA가 없는 지원자의 지원서를 '높은 자격 요건을 갖춘' 지원자의 지원서와 따로 분류해달라고 요청한다. 남편의 경험에 따르면 기업에서 높은 자리에 오르고 싶으면 MBA가 반드시 필요하다.

그러나 기업가를 꿈꾸는 사람에게는 기존 MBA 프로그램이 잘 맞지 않는다. MBA 프로그램은 기술적 역량과 전략에 초점을 맞추지만, 기업가가 일상적으로 벌어지는 곤란한 상황을 해결하면서 사업을 이끌기 위해 필요한 것은 소프트 스킬*과 실행력이다. 학자이

---

* 기업 조직 내에서 타인과 협력하는 능력, 문제 해결력, 감정을 조절하는 자기 제어성, 의사소통 능력, 리더십, 회복 탄력성 등을 말한다. 생산, 마케팅, 재무, 회계, 인사 조직 등의 경영 전문 지식은 '하드 스킬Hard Skill'이라고 한다 — 옮긴이주.

자 기업가인 비벡 와드와는 『월 스트리트 저널』 블로그에서 이와 비슷한 의견을 피력했다. 그는 MBA를 땄고 그것이 유용하다고 생각했지만, 지금 기업가를 꿈꾸는 사람들에게는 MBA를 따려고 애쓰지 말라고 설득한다. 그는 이렇게 지적한다. "경영 대학원이 가르치는 것과 빠르게 돌아가는 신생 벤처 기업에 필요한 것 사이의 간극이 점점 더 커지고 있기 때문이다. 이제 기업가가 되는 가장 좋은 방법은 회사 경영진에 들어가는 것이 아니라 신생 벤처 기업에서 일하는 것이다."

나는 와드와보다 한걸음 더 나가려 한다. MBA를 따서 원하는 분야의 기업에 바로 들어가면 물론 더 높은 연봉으로 시작할 수 있다. 그리고 신생 벤처 기업에서 일하면 아마 많은 것을 배울 것이다. 그러나 창업을 하면 현장에서 직접 부딪치면서 경영 대학원 교실이나 다른 고용주 밑에서 배우는 것보다 훨씬 더 많이 배울 수 있다. 다시 말해서, 기업가가 되는 방법을 가르쳐줄 수 있는 사람은 아무도 없다. 직접 겪으며 스스로 배우는 수밖에 없다. 미국을 비롯해 전 세계 100곳이 넘는 MBA 프로그램의 전체 졸업자 중에서 3퍼센트만이 기업가의 길을 걷는다.[1] MBA의 가격표도 잊지 말자. 몇십만 달러에 달하는 학자금 대출 때문에 수많은 MBA 졸업생들이 기업가의 길을 걷지 못하는지도 모른다. 학자금 대출을 걱정하면서 동시에 창업 스트레스를 견디는 것은 절대 쉬운 일이 아니다.

그러니 어떤 배경이나 학위, 기술이 없어서 도약하지 못한다고 생각하지 말자. 아무 것도 없이 사업을 시작해서 4년 동안 산전수전을 겪으면, 몇 년 동안 교실에 앉아서 이론과 기술을 공부할 때보다 훨씬 많은 것을 배울 수 있다.

　나는 영업 경험을 빼면 회사 운영에 대해서 아무것도 몰랐고, 유아용품을 팔아본 적도 없었다. 심지어는 소매업의 가장 기초적인 부분조차 몰랐다. 내가 아는 것은 전부 직접 부딪쳐서 (그리고 구글을 통해서) 배운 것이다. 물론 영업 경험 덕분에 다른 사람들보다 약간 유리했을지도 모르고, 그것을 당연하게 여기는 것은 아니다. 그러나 나는 아이디어를 실현하고 모르는 것을 배우기 위해서 열심히 노력했다. 당신은 창업에 꼭 필요한 것을 갖추지 못했을까봐 걱정할지도 모르지만, 나는 당신이 정말 간절히 원한다면 그것을 실현할 방법을 찾으리라 믿는다. 누구나 교훈을 얻을 수 있는 인생 경험은 분명히 있을 테고, 해답을 전부 가지고 있지 않아도 괜찮다. 주변 사람들에게 도움을 받아도 괜찮고, 당신에게 부족한 경험과 지식을 가진 모르는 사람에게 불쑥 찾아가는 것도 괜찮다. 내 말은 대학에 가지 말라거나 고등 교육을 받지 말라는 뜻이 결코 아니다. 다만 회사를 창업할 경우 MBA의 유무가 기업가로서의 성공을 판가름하지는 않는다는 뜻이다. 성공을 결정하는 것은 배우고 노력하려는 의지이다.

3장
의심 때문에 포기하지 말라

클로디아와 나는 2004년에 멋진 아이디어를 떠올렸지만 2006년이 되어서야 시장에 진출할 준비가 되었다. 이렇게 말하면 그 기간 동안 우리가 제품을 출시하기 위해서 막후에서 엄청 애를 썼을 거라고 생각하겠지만, 사실은 그렇지 않다. 우리는 제품을 만들 제조사를 찾느라 대부분의 시간을 썼다. 우리 둘 다 이제 막 시작한 회사에 전력을 다하지는 않았다. 하루에 열여섯 시간씩 방법을 찾기 위해 일하지도 않았다. 우리는 원하는 모포를 만들 수 있는 제조사를 찾기 위해 인내심을 갖고 느리게 움직였다. 진척은 거의 없었고 혼란스럽기만 했다.

포기할 법도 했지만 머릿속의 목소리는 이 좋은 아이디어를 놓치면 안 된다고 끈질기게 속삭였다. 그러나 제조사를 제때 찾지 못했다면 일찌감치 포기했을지 모른다.

2006년 여름(클로디아네 집 아기방 바닥에서 처음 이야기가 나오고 2년이 지난 후) 우리는 마침내 제품을 출시할 준비가 되었다. 재고를 얼마나 확보해둘지 결정하기는 어렵지 않았다. 제조사의 '최소 주문량'을 맞추려면 약 30,000달러가 필요했다.

내가 저축 계좌에서 15,000달러를 인출해서 창업하고 싶다는 말을 마르코스에게 처음 꺼냈을 때, 우리의 대화는 이런 식으로 흘러갔다.

"당신 미쳤어? 사업 계획서는 어디 있는데?" 남편이 물었다.

"내 머릿속에." 내가 말했다. "난 알아, 틀림없이 잘 될 거야. 제발 날 믿어 주면 안 돼?"

"음, 당신한테 필요한 건 사업 계획서야." 남편은 그걸로 끝이라는 듯 이렇게만 말했다.

내 남편은 학자이자 엔지니어이다. 계산이 빠르고 두뇌 회전은 실용적이고 단선적이다. 반대로 나는 직감에 따라 움직이고 직접 부딪치면서 해결하는 사람이다.

"아니, 사업 계획서가 필요한 사람은 '당신'이지. 당신은 빌어먹을 엔지니어고 당신 머리는 그런 식으로 굴러가니까." 내가 쏘아붙였다. "난 계획서따위 필요 없어. 다 잘 될 거야. 날 믿어."

그 당시에 시간을 들여서 거창한 프리젠테이션을 하고 예쁜 그래프와 이미지로 가득한 사업 계획서를 만든다는 것은 말이 되지 않았다. 나는 직접 움직이면서 아이디어를 추진하는 게 더 좋았다. 기업가는 다른 사람들이 이해할 수 있도록 아이디어를 자세히 설명하고 증명하라는 압박을 너무 많이 받기 때문에 시작도 하기 전에 제동이 걸릴 수 있다. 다들 깊이 고민해서 사업 계획을 세우고 그것을 실현할 배경을 가진 천재가 아니라면 사업을 시작하지도 말아야 한다고 생각한다. 내 말을 오해하지는 말자. 나는 수없이 조사했고 상당한 시간과 에너지를 들여서 사업 계획을 세웠다. 단지 내 아이디어가 좋다는 걸 설득하기 위해서 그 계획을 스무 장짜리 문서로 만들 필요를 느끼지 못했을 뿐이다.

사업이 커지면서 사업 계획의 필요성도 커졌다는 사실은 인정한다. 사업 규모를 확장하려면 계획과 예측이 중요하다. 그래야만 초점을 잃지 않고 목표 달성에 집중할 수 있기 때문이다. 그러나 우리는 사업을 시작하고 몇 년이 지난 다음에야 진정한 계획을 세웠다. 제품 출시 후 몇 년 동안은 본능에 몸을 맡겼고, 일을 하면서 배웠으며, 무서운 속도로 움직이며 일을 성사시켰다.

그때 마르코스는 내가 얼마나 단단히 결심했는지 깨달았기 때문에 딴지를 걸지 않는 편이 좋겠다고 생각했다. 건방진 말처럼 들릴지도 모르지만, 나는 정말 굳게 결심했다. 누가 뭐라든 이 일을 할 작정이었고, 남편이 말려도 마찬가지였다. 우리는 그때까지 사업에 대해서 별로 이야기하지 않았기 때문에 마르코스가 놀라는 것도 이해는 갔다. 나는 내 아이디어를 거의 아무에게도 말하지 않았고, 첫 주문을 넣을 때까지는 마르코스에게도 별로 얘기하지 않았다. 남편이 샘플을 본 적은 있었지만 사업 아이디어로 의논하지는 않았다. 그건 그저 내가 한 번 시도해보는 부업에 불과했다.

내가 왜 마르코스에게조차 이야기하지 않았는지 궁금할지도 모른다. 나는 극소수의 사람들에게만 사업 이야기를 꺼냈는데, 반응이 별로 좋지 않았다. 나는 부정적인 반응에 흔들리고 싶지 않았다. 또 아직 현실이 아니니 이야기할 것도 없다는 생각이 들었다. 그때까지 클로디아와 나는 착실히 일을 하면서 우리 제품이 선반에 진열될 순간을 기다리고 있었다. 나는 제품이 출시되기 전까지는 진짜 사업이 아니라고 생각했다. 마침내 사업이 진짜처럼 느껴지고 클로디아와 내가 정말로 성공하겠다는 느낌이 들자 나는 남편에게 초기 투자에 대해 이야기했다.

처음에는 서로 의견이 달랐지만 우리는 진지하게 대화를 나누었다. 확실히 큰돈이긴 했지만 파산할 정도의 금액은 아니었다. 일이 잘못되더라도 그 정도 손실은 극복할 수 있다고 확신했다. 클로디아와 나는 2년 동안 조사를 하고 제조사를 찾아내서 샘플을 완성했고, 드디어 첫 주문을 발주할 준비가 되었다. 내가 항상 자신감이 넘쳤다는 뜻은 아니다. 나는 항상 의심했고 두려웠다. 그러나 아이디어에 대한 믿음이 그만큼 컸고, 나는 의심을 극복하는 법을 배워야 했다. 그 무엇도 나를 막을 수 없었다.

분명 나는 내가 원하는 일을 하는 데 남편의 지지가, 또는 허락이 필요한 여자는 아니다.

처음에 우리의 저축을 사업에 투자했을 때 마르코스가 불만이 없었던 것은 아니지만, 사업을 시작하자 그는 금방 동참해주었다. 남편은 자금이 더 필요해졌을 때에도, 힘든 결정을 내려야 했을 때에도 나를 지지해주었다. 나를 지원하겠다고 결정을 내린 후에는 절대 주저하지 않았다. 우리가 돈을 인출해야 할 때마다 그가 환하게 웃었다는 뜻은 아니다(물론 그러지 않았다). 그러나 두 번 다시 의문을 제기하지 않았다. 마르코스는 가장 든든한 아군이었고, 내가 장애물을 맞닥뜨릴 때마다 계속 앞으로 나아가도록 용기를 주었다. 반대로 클로디아의 남편은 우리가 사업을 대규모로 성장시킬 수 있을지 확신하지 못했다. 그는 일을 안 해도 먹고 살 수 있는 부잣집 아들이었으므로 경제적 사정이 우리와 전혀 달랐다. 클로디아와 내가 각자의 가족에게서 받는 지원이 전혀 다르다는 것은 곧 분명해졌다.

남편들은 걱정했지만 클로디아와 나는 각자 15,000달러를 투자했다. 마르코스와 내가 저축해둔 돈의 약 4분의 1에 해당하는 금액이었고, 천문학적인 액수는 아니지만 나에게는 큰돈이었다. 우리는 첫 주문을 발주했다. '남아용' 모포 4팩 세트('프린스 차밍'이라고 이름을 붙였다), '여아용' 모포 4팩 세트('프린세스 포시'라고 이름을 붙였는데, 빨간색과 진분홍색이었다), 흰색 무지 모포 4팩 세트, 목욕 타월과 수건 세트였다. 선박에 실려온 제품이 클로디아네 집 차고에 도착했고, 나는 비행기를 타고 로스앤젤레스로 날아갔다. 이제 영업을 시작할 시간이었다. 그때까지 클로디아는 마케팅 PR과 회계를, 나는 제작과 생산을 담당했다. 클로디아는 영업을 할 성격이 '절대' 아니었기 때문에 내가 영업을 담당하게 되었다.

클로디아와 나는 아이가 있었기 때문에 서부와 동부에서 제일 좋은 임신 및 출산 용품 가게와 유아복 부티크(로스앤젤레스의 펌프 스테이션, 벨 밤비니, 프티 트레서, 뉴욕의 로지 포프와 어퍼 브레스트 사이드)를 잘 알았고, 거기서부터 시작했다. 부티크의 주인과 점원은 고객에게 제품을 잘 설명해주므로 먼저 부티크를 목표로 삼았다. 그들이 홍보 대사가 되어 우리 고객들에게 말을 전달해줄 것이었다. 우리는 자동차(뉴욕에서는 택시) 트렁크에 제품을 싣고 직접 찾아다니면서 부티크 주인과 판매원에게 제품을 소개했다.

시장은 하룻밤에 형성되지 않는다. 먼저 사람들의 관심을 끌어서 제품을 알리고 고객들에게 어떤 점이 좋은지 가르쳐주면서 반드시 필요한 물건이라고 설득해야 한다. 우리는 수요가 없는 제품을 미국에 소개하는 입장이었으므로 아기를 모포로 싸는 방법을, 또 더욱 중요하게는 모슬린이 무엇인지를 고객에게 가르쳐야 했다. 시장 진출 준비가 끝나자 나는 점원과 점장들에게 우리 제품이 단순한 모포가 아니라 다용도 모포라는 사실을 확실하게 알려야 했다. 명칭도 정해야 했다. 오스트레일리아에서는 '랩'이라고 불렀지만 미국에서는 '랩'이라고 하면 다들 샌드위치를 떠올렸다. '포대기'라는 명칭도 별로였는데, 대부분 포대기가 무엇인지 모르거나 아기를 포대기로 싸지 않았기 때문이다. 어쨌든 우리 모포의 다양한 용도를 모두 담지도 못했다. 우리는 제품의 명칭을 다용도 모슬린 모포라고 정했다. 이 단순한 이름은 우리가 고객을 가르치고 궁극적으로 제품을 파는 데 큰 도움이 되었다.

로스앤젤레스와 뉴욕에서 어느 정도 자리를 잡자 우리는 곧 구글을 통해 다른 도시에서 우리 제품과 어울릴 만한 고급 부티크를 찾았다. 나는 이코노미스트 일로 출장을 갈 때(내가 아직 정규직으로 일하고 있었음을 잊지 말자!) 샘플 몇 개를 가져가서 시간이 날 때 부티크 몇 군데를 얼른 들렀다. 간단했다. 가게에 들어가서 주인이나 점장을 불러달라고 한 다음 제품을 보여주고, 고객에게 어떤 도움이 되는지 설명하고, 우리 물건을 들여놓을 생각이 있는지 물으면 끝이었다. 즉석에서 결정하는 사람들도 있었는데, 대부분 각 제품을 12개씩 요청했고 곧 거래를 시작했다. 나는 영업에 성공할 때마다 일을 계속할 동력을 얻었고, 사람들이 우리 제품에 관심과 열의를 보이면 더욱 힘이 났다.

그러나 제조사를 찾을 때 그랬던 것처럼 승낙보다 거절을 당할 때가 훨씬 더 많았고, 저항은 예상보다 컸다. 내가 12명에게 제품을 소개하면 그중에서 9명은 거절했다. 이 암울한 성공률 때문에 풀이 꺾일 수도 있었지만 나는 이것이 영업의 본질임을 알고 있었다. '고맙지만 됐어요, 우리랑은 안 맞네요'라는 말을 들어도 나는 절대 당황하지 않았다. 그것은 지금 당장의 거절일 뿐이었다.

"피부를 하마 가죽처럼 두껍게 단련하세요."[1] 엘리너 루스벨트가 여성 지도자들에게 했던 말이다. 나에게 이 말은 예민하게 굴지 말라는 뜻이 아니라 거절을 당해도 기죽지 말라는 뜻으로 읽힌다. 실패했다고 스스로를 패배자로 여겨서는 안 된다고 말이다. 1만 명 이상의 영국 기업 중역들을 대상으로 조사한 최근 연구에 따르면 구직 활동에서 거절당한 경험이 있는 여성은 같은 경험을 가진 남성보다 구직율이 1.5배 낮았다.[2] 우리는 거절당한 경험 때문에 포기하는 경향이 있다.

그리고 채용된다 해도 여성은 남성과 다른 비판을 받는다. 2014년 『포춘』의 연구에 따르면 남성과 여성 관리자 모두 여성 직원에게 더욱 부정적인 피드백을 내놓았다.[3] 여성에 대한 부정적인 피드백의 약 75퍼센트는 '거슬린다,' '다른 사람을 평가한다,' '날카롭다'처럼 인성을 비판하는 표현이었다.[4]

전체적으로 여성의 자신감이 떨어지는 것이 정말 놀라운 일일까?

불행히도 여성은 여전히 사업계에서 차별 대우를 받는다. 이것은 너무나 자명한 사실이다. 여성은 직장에서 남성은 받지 않는 비난의 대상이 된다. 우리가 현재 상황에서 발전을 이루고 싶다면 거절당해도 계속 얼굴을 내밀어야 하고, 자신감을 잃지 말고 앞으로 계속 나아가야 한다.

나를 제일 잘 아는 사람들에게 물어보면 그들은 내가 항상 자신감에 넘쳤다고 대답할 것이다. 얼마나 아이러니한지 웃음이 절로 난다. 나는 자신감을 '느끼는' 것이 아니다. 운 좋게도 영업직부터 시작했기 때문에 나는 거절에 대한 내성을 기를 수 있었다. 영업을 하다보면(창업을 하면 영업을 하지 않을 수 없다) '싫다'는 말을 많이 듣는다. 당신이라는 사람을 거부하는 '싫다'와 사업적 결정으로서의 '싫다'를 구별할 수 있으면 자신에 대한 믿음을 잃지 않고 계속 도전할 수 있다. 당신이라는 사람 때문에 거절하는 경우는 거의 없다. 당신이 영업하는 제품이 당시 그 사람이나 사업에 딱 맞느냐가 관건이다.

내가 우리 제품과 우리가 시작한 사업을 전적으로 믿었다는 사실도 큰 도움이 되었다. 가게에 들어가서 모르는 사람에게 우리 제품을 소개하는 일은 아무렇지도 않았다. 내가 그 사람에게 호의를 베풀고 있다고, 이 제품이 그 사람에게도 좋을 것이라고 생각했기 때문이다. 나는 단순히 영업을 하는 것이 아니라 그 사람이 모르는 것을 가르쳐준다는 생각으로 접근했다.

지금 나는 거절을 당해도 아무렇지 않게 생각하는 것이, 당황하지 않는 것이 쉬웠던 것처럼 말하고 있다. 내가 항상 자신감이 넘쳤고 한 번도 의심을 품지 않았다는 듯이 말이다. 사실은 그렇지 않았다. 앞서 말했듯이 두려움은 아이디어가 떠오른 순간부터 계속 존재했다. 우리가 세계적으로 성공을 거둔 뒤에도 변함은 없었다. 리더인 내가 우리 팀에게 흔들리는 모습을 보여서는 안 된다는 생각 때문에 짐은 더욱 무거워졌고, 따라서 사업이 성장할수록 두려움과 의심을 관리하는 능력이 더욱 중요해졌다.

예를 들어, 가끔 스스로에게 의심이 들다보니 나는 충분히 교육받지 못했다는 사실을 문제 삼게 되었다. 내가 교육과 상관없이 무엇을 이루었는지 잘 알면서도 말이다. 한 번은 하버드 대학에서 열린 토론회에 참가해서 MBA 학생들 앞에서 이야기를 할 기회가 있었다. 매트리스 회사 캐스퍼의 공동 설립자이자 COO인 닐 패리크도 함께였다. 패리크는 의대를 그만두고 캐스퍼를 설립하기 전에는 NASA의 로봇 공학 팀에서 일했고, 박테리아를 설계했고, 세 건의 특허를 공동으로 취득했다. 패리크가 말하는 모습을 보면서 나는 '세상에, 내 옆에 빌어먹을 아인슈타인이 앉아 있어. 내가 도대체 여기서 뭘 하고 있는 거지?'라고 생각하지 않을 수 없었다. 그러나 시간이 흐르면서 나는 우리가 서로 무척 다른 입장에서 각자의 회사를 세웠고, 두 회사 모두 똑같이 훌륭하다는 사실을 깨달았다.

우리는 기업가를 떠올릴 때 모든 창업자가 캐스퍼 창립자와 같다고(천재 수준으로 머리가 좋고 걸음마다 자신감이 넘친다고) 생각한다. 회사를 세우는 것은 물론 쉽지 않지만 많은 사람들이 당신에게 심어주는 생각만큼 신비롭고 어려운 일도 아니다. 천재만이 회사를 창립할 수 있는 것은 아니다.

당신이 해결해야 할 문제는 스스로의 의심뿐만이 아니다. 가족과 친구, 심지어는 직원들의 의심에도 대처해야 한다. 의심과 싸우는 유일한 방법은 나의 직관, 자기 내면의 목소리와 건강한 관계를 맺는 것이다. 나는 회사를 만들 때 오로지 직관만을 따랐는데, 물론 일반적인 방법은 아니다. 다른 사람들이 당신을 의심할 때, 특히 막연한 감에 의존하는 것은 잘못이라고 말할 때에도 자신의 본능을 따르려면 내적인 확신이 필요하다. 나의 비결은 내가 틀려도, 또는 거절당해도 아무렇지 않다는 것이었다. 자신감을 가지고 본능적인 감을 따르려면 실패에 연연하지 않는 수밖에 없다. 항상 옳을 수는 없기 때문이다. 실패에 대한 두려움은 우리를 옭아매고 우리가 옳다고 생각하는 것에 따라 행동하지 못하게 만든다. 예를 들어서 아이들을 보자. 아이들은 넘어질지도 모른다는 이유로 걸음마를 거부하지 않는다. 아이들은 그저 걷고 싶을 뿐이고, 넘어지는 것은 전체 과정의 일부이다.

하지만 기억하자, 때로 의심은 약이 된다. 의심은 잠시 멈춰서 내 행동에 대해서 생각하고 내가 무엇을 하고 있는지 묻게 만든다. 의심은 애초에 왜 두려움이나 의심을 느꼈는지, 그럴 만한 근거가 있어서인지 그저 초조해서인지 생각하게 만든다.

나의 가장 큰 장점은 스스로에게 의심이 들어도 불안한 마음을 억누르고 결정을 내릴 수 있다는 것이었다. 내 결정에 항상 100퍼센트 자신이 있었던 것은 아니지만 나는 늘 결정을 내리는 것이 그러지 못하는 것보다 낫다고 생각했다. 세월이 흐르자 이것은 우리 팀이 가장 높이 평가하는 나의 특징이 되었다.

당신이 해야 할 일은 사업에 대한 감정(의심, 두려움, 지나친 흥분)에 소모되거나 얽매이지 않는 것이다. 의심을 방해물이 아닌 도구로 사용하고, 다른 누구에게도 의심을 비추지 말자. 의심을 다른 사람과 나누면 사업에도 영향을 미친다. 나는 비행기를 타고 가다가 난기류를 느끼면 승무원들의 표정을 살핀다. 승무원들이 침착하면 나도 침착해진다. 그러나 승무원의 얼굴에 두려움과 근심이 가득하면 나도 두려움과 근심을 느낄 것이다. 사업에서도 다르지 않다. 당신 팀은 당신의 생각보다 더 많은 것을 알아차린다.

마지막으로, 나는 때로 스스로에게 의구심을 갖지만 결단력만큼은 차고 넘친다. 원하는 것이 있으면 나는 순전한 의지로 해내고 만다. 다른 모든 일에서 나는 최고가 아니었지만 결단력만큼은 최고였다.

게다가 내 영업 경험에 따르면 가게 12곳 중에서 3곳은 사실 꽤 괜찮은 성공률이었다. 그리고 나머지 가게들도 지금은 거절할지 몰라도 결국은 승낙하리라는 것을 나는 알았다.

내가 뉴욕에서 처음으로 계약을 맺은 상대는 어퍼 브레스트 사이드의 대표 펠리나 라코우스키-갤러거였다. 어퍼 브레스트 사이드는 유명한 출산 및 수유 용품 가게로, 나 역시 그곳에서 육아 강의도 듣고 유축기도 대여했다. 펠리나는 뉴욕 경찰 출신의 강인한 여성으로, 우리 제품 설명을 듣더니 남아용 4팩 세트 6개와 여아용 4팩 세트 6개를 주문했다. 사흘 뒤 그녀가 전화를 해서 모포가 다 팔렸다고 알려주었다.

펠리나만이 아니었다. 일주일만에 우리 제품을 구매한 모든 가게에서 재주문을 요청했다. 30,000달러어치의 제품, 클로디아와 내가 도박을 하듯 1년 안에 다 팔자고 생각했던 양이었지만 이제는 터무니없거나 위험한 투자로 느껴지지 않았다. 첫 주문량은 3개월 만에 동이 났다.

"정신 바짝 차려요." 펠리나가 전화로 두 번째 주문을 넣으면서 말했다. "모포가 불티나게 팔릴 테니 말이에요."

4장
위험 요소를 재평가하라

아덴아나이스가 언젠가 백만 달러짜리 사업이 될 걸 내가 항상 알고 있었다고 말한다면 우습게 (그리고 무척 오만하게) 들릴지도 모른다. 그러나 펠리나의 전화를 받았을 때 '느낌'이 왔다. 우리 제품을 취급하는 가게들이 전해준 반응을 생각하면, 우리 제품이 일주일만에 다 팔렸고 사람들이 우리 제품에 즉각적인 호응을 보내고 있다고 생각하면 심장이 두근거렸다. 내가 상상하던 일이 곧 일어날지도 몰랐다. 물론 나는 내가 무엇을 하고 있는지 아직 잘 몰랐지만 매일매일 눈앞의 일에 집중하면서 한 발 한 발 꾸준히 내딛다보면 언젠가는 알게 될 거라고 진심으로 믿었다.

게다가 아직 직장도 다니고 있었다.

2006년 여름이 되자 이코노미스트에서의 업무도 자리를 잡아 꽤 수월해졌다. 잡지 기자들이 금융업계의 화제와 비즈니스 트렌드에 대한 보고서를 쓰면 나는 회계, 기술, 전문 서비스 부문의 주요 회사들에 연락해서 후원을 받았다. 예를 들어 다국적 회계 컨설팅 기업 프라이스워터하우스쿠퍼스나 그랜트 손튼, 오라클 같은 기업은 25만 달러라는 싼 값을 주고 우리 연구 보고서에 회사 이름을 넣어 전문성을 과시하거나, 명성을 쌓거나, 홍보 효과를 얻어서 새로운 고객을 유치했다.

정말 지루할 것 같지 않은가?

내가 아무리 많은 후원금을 끌어오고, 아무리 많은 고객을 유치하고, 내 작은 1인 부서를 아무리 성장시켜도 진지한 대우를 받기에는 늘 부족한 것 같았다. 일을 잘하는 사람을 보면 그 일이 쉬워 보일 때가 많다. 성공을 위해 기울이는 고된 노력도 얼핏 보면 쉬워 보일 수 있다는 사실을 우리는 너무 자주 잊는다.

언젠가 회사의 부장 자리에 공석이 생겼고, 나는 그 자리를 원했다. 그래서 이사를 만나 아침 식사를 하면서 관심을 표하고 내 자격에 대해 이야기를 나누었다. 이사는 나를 만류하며 내가 그 자리에 맞지 않는 이유를 늘어놓았는데, 첫마디가 이랬다. "학위도 없잖아."

"대학원 수료증은 있어요." 내가 그의 말을 정정했다. 당시 나는 실적도 무척 좋았고 경력도 10년이 넘었으므로 자격이라면 충분했다. 내 발목을 붙잡는 것은 대학을 중퇴했다는 사실이라기보다는 내 능력을 전혀 믿지 않는 윗자리의 남자들 같았다.

승진에서 밀려서 짜증이 나는 한편으로 충돌도 있었다. 아직 어린 애가 둘인 나는 아침 8시 45분까지도 아이들에게 시달리는 경우가 많았고, 인정하건데 가끔 지각을 했다. 하지만 나는 그게 문제라고 생각하지 않았다. 나는 게으르게 앉아서 시계만 쳐다본 적이 한 번도 없었고, 퇴근 시간이 넘어서까지 회사에 남아서 일을 끝낼 때도 많았다. 필요하면 집에서도 일을 했다. 그리고 더욱 중요한 점은, 내가 '영업직'이라는 사실이었다. 내가 정말 좋아하는 영업직의 특징은 흑백이 분명하다는 것이었다. 할당량을 채우면 성공이고 채우지 못하면 실패다. 당시의 내가 그랬던 것처럼 항상 꾸준히 목표량을 '초과' 달성하면 아침에 회사 정문을 몇 시에 통과하는지 누가 신경 쓴단 말인가?

정말로 말이다. 30분 차이가 무슨 대수일까?

나에게 기업가의 피가 한 방울도 없다고 말했던 잭은 불행히도 내 생각에 동의하지 않았다. 잭은 내가 가끔 9시 45분이나 10시에 출근한다는 이야기를 듣더니 자리를 옮기라고 지시했다. 당시 나는 서른일곱인가 서른여덟 살이었는데, 그의 사무실 바로 앞으로 자리를 옮겨서 감시를 당하게 되었다.

내 생각에는 이 모든 일이 지나치게 유치했다. 직업 윤리나 업무 능력의 문제가 아니라 권력의 문제였다. 정말 어이없는 부분은 잭의 '방책'이 아무 효과도 없었다는 것이다. 나는 직업 윤리를 지켰지만 내 일정을 바꾸지도 않았다. 동료 하나가 웃으며 말했다. "오히려 잭이 우습게 됐네. 안 그래? 래건이 9시 45분에 경쾌하게 들어오는 모습을 코앞에서 감상하게 됐으니 말이야."

나는 권위에 도전하는 성격 때문에 항상 문제에 휘말렸다. 잭이 우리 회사에 들어오기 몇 년 전, 우리 팀 상사였던 '피터'는 어떤 남자 직원을 유난히 아꼈고, 그래서 그 직원은 제멋대로 하고 다녔다. 차별 대우가 너무 노골적이었기 때문에 나머지 팀원들 사이에 소동이 있었다.

사람들은 상사의 차별 대우에 화가 났고, 분노가 극에 달했을 때 어떤 동료가 이런 이메일을 보냈다. "어떻게 회사에 와서 가만히 앉아 신문만 읽는데 아무 말도 하지 않을 수가 있죠? 우리한테는 온갖 일들로 잔소리를 해대는 피터잖아요."

이제 다들 화가 났고, 편애받는 직원에게 불만을 터뜨리며 게으르고 버릇이 없다고 흉을 보기 시작했다(유용한 팁을 하나 드리자면, 직장 이메일로 이런 대화를 나누면 안 된다). 나는 약간 놀랐다. 왜 다들 저 직원을 공격하는 걸까? 그는 단지 주어진 상황을 이용할 뿐이었다. 그래서 내가 이렇게 답장을 보냈다. "여러분, 저 사람한테 화내지 말아요. 그렇게 하도록 방치하는 피터에게 화를 내야죠. 여러분의 분노가 향해야 할 대상은 피터예요."

발행인이었던 피터와 CEO가 나중에 직원들의 이메일을 읽었고, 누가 떨어져나갔을까? 바로 나였다. 떨어져나갔다는 것은 팀원들과 함께 쓰던 개방형 사무실에서 쫓겨나 비품 창고였던 곳으로 자리를 옮겼다는 뜻이다. 면전에 대고 그런 것은 아니었지만, 관리자에게 반기를 들었다는 이유만으로 이코노미스트 직원이 빗자루 창고로 자리를 옮긴다고 상상해보라.

나에게는 예삿일이었다. 잘못된 방향으로 가고 있다는 느낌이 들 때 나는 본능적으로 입을 다물지 못한다. 이코노미스트에 다닌 지 5년이 지나자 내가 앞으로도 승진하지 못할 것이 분명해 보였다.

내가 직장 동료들에게 이제 막 창업한 회사 이야기를 하지 않기로 한 것은 사내 정치와 말도 안 되는 위계 때문이었다. 나는 누가 내 어깨 너머를 흘끔거리는 것이 싫었다(적어도 더 이상은 보여주고 싶지 않았다). 내 생각에 직장 일에 소홀히 하지 않고 계속 성과를 낸다면 개인적인 시간에 내가 무엇을 하든 누구도 상관할 바가 아니었다.

한 가지 더, 훨씬 급한 문제는 경제적인 것이었다. 비록 내가 하급 영업 사원 취급을 받았을지는 몰라도 수입은 괜찮았다. 당연히 직장을 그만두는 것은 고려 대상이 아니었다. 우리 가족은 남편의 월급만으로도 살 수 있었겠지만, 내 수입이 사라지면 생활 방식을 상당히 바꿔야 했을 것이다. 더욱 중요한 것은, 나는 이제 막 시작한 사업에 어떤 부담도 가하고 싶지 않았다. 우리의 금전적 상황이 나빠지면 아덴아나이스를 팔고 싶어질 텐데, 나는 그런 유혹을 원하지 않았다. 기업가가 되고 싶은 이유는 무수히 많았지만 그 중에 돈은 없었다. 내가 정말로 원한 건 도전과 성취였다.

배짱이 두둑한 사람, '더 용감한' 사람이라면 경제적으로 망하든 말든 모든 것을 사업에 걸었을지도 모른다. 그러나 나는 분산 투자를 통해 위험을 막기로 했다.

아마 기업가를 생각할 때 떠오르는 이미지는 아닐 것이다.

기업가라고 하면 사람들은 대체로 스티브 잡스나 래리 엘리슨처럼 조심성 따위는 없이 맹렬히 돌진하는 무자비한 악당을 떠올릴 것이다. 직장을 그만두거나 하버드를 중퇴할 만큼 배짱이 두둑하고, 결국에는 엄청난 부를 획득하고, 어마어마한 성공을 누리는 사람 말이다. 어쨌거나 위험을 무릅쓰는 것 자체가 기업가의 일이다. 그러니까, '기업가'의 정의(18세기 경제학자 리처드 캔틸런이 만든 용어로 추정된다) 자체가 '위험을 무릅쓰는 전문가'다.[1] 잡지 『안트러프러너』는 이를 더욱 간결하게 표현한다. '위험을 무릅쓸 준비가 되어 있지 않다면 사업을 시작할 수 없다.'[2]

모든 위험을 무릅쓰는 선도적인 기업가라는 개념은 너무나 널리 퍼져 있기 때문에 사실 (비)기업가적인 행동도 추측할 수 있다. 와튼 스쿨 교수이자 조직 심리학자인 애덤 그랜트는 베스트셀러인 『오리지널스』에서 자신이 2009년에 워비 파커라는 신생 인터넷 벤처 회사에 투자하지 않기로 결정한 이유를 설명했다. 와튼 스쿨 졸업반이었던 워비 파커의 창립자 대부분은 창업에 전력을 쏟아붓는 대신 직장을 구하기로 했다. 그랜트는 그들이 '저돌적으로 밀어붙이는 배짱이 없다고 생각했고, 따라서 그들이 그들의 구상에 확신을 갖고 전력을 다할 의지가 있는지 의구심이 들었다. …… 그들은 자신들이 가진 것을 모두 걸기는커녕 실패할 경우의 대안을 마련하면서 위험을 회피했기 때문에 실패할 게 분명하다'고 생각했다.[3]

당신도 마찬가지라면, 즉 기업가가 되려면 가진 것을 전부 걸 배짱이 필요하다고 믿는다면 이는 곧 많은 사람들이, 당신조차도 기업가에 적합하지 않다는 뜻이나 마찬가지이다. 위험을 무릅쓴다는 것은 오랫동안 확실히 '남성적인' 특징으로 여겨졌기 때문이다. 여자들은 보통 안전 지향적이고 보수적이라고, 판돈을 적게 걸고 최대한 위험을 피한다고 여겨졌다. 우리는 미디어를 통해서, 역사 · 문화적 역할을 통해서, 가장 칭송받는 일부 진화 이론를 통해서 이러한 메시지를 끊임없이 접해왔다.

이때 자주 이용되는 다윈의 성 선택 이론[4]을 간단히 설명하자면 다음과 같다. 동굴에 살던 우리 선조들은 여성에게 구애해서 더 많은 아이를 낳기 위해 대담해지는 쪽으로 진화했다. 이를 확장하여 남자가 자동차 사고로 죽거나, 물에 빠져 죽거나, 도박을 하거나, 음주와 마약 같은 비행을 시도하거나, 침실에서 '위험한' 행동을 하는 확률이 높은 이유를 비롯해 현대의 온갖 흥미로운 사실들을 설명한다.[5]

남자는 이사회 회의실에서도 승진을 추구하고, 급여 인상을 공격적으로 협상하고, 무척 경쟁적이고 심지어 위험하기까지 한 소방관이나 기업가 같은 직업을 추구하려는 의지가 더 강한 듯하다.[6]

동굴에 살던 '여자'와 위험은 어떤 관계일까? 이론에 따르면 남자들이 분주하게 자기 내면의 무모함을 키우는 동안 여자들은 더욱 조심스럽고 신중했다. 집 근처를 벗어나지 않는 선에서 (사냥이 아닌) 채집을 하러 나가는 것은, 전통적인 수렵 – 채집 사회에서 (그리고 아마 여성 선조들의 입장에서도) 출산이라는 장기적 투자에 대한 수익을 보장하는 가장 좋은 방법이었다는 것이다. 다른 위험을 감

수하면 그 정도의 이익이 돌아오지 않았다.[7]

여성이 생물학적으로 위험을 '회피'하며 이러한 성향이 변하지 않는다는 생각은 너무 자주 언급되기 때문에 자명한 이치처럼 느껴진다.

2017년 『뉴욕 타임즈』 기사 「여성은 왜 스스로를 기업가로 보지 않는가」에서 분명히 밝힌 바에 따르면 여성은 남성보다 위험을 회피하며, 따라서 기업가가 되거나 고도로 성장하는 사업체를 창업하려고 노력하지 않는다.[8] 2009년 EY 보고서는 여성 기업가들의 '실패에 대한 두려움'을 극복하기 위한 한 방법으로 '위험을 감수하는 모범을 보여주는 역할 모델들'을 모방하라고 단언했다.[9] 허핑턴 포스트에 저명한 여성 사업가들의 영감을 주는 말들이 실린 적이 있는데, 한 보건 관련 비영리 기구의 CEO는 이렇게 말했다. '모든 전문가, 특히 젊은 여성들의 입장에서 안전지대 바깥의 세상은 거대하고 무서울지도 모른다. 그러나 자신을 바깥 세상에 기꺼이 내놓고 위험을 무릅쓰지 않으면 전문가로서 성공을 거두고 우리의 잠재력을 실현시킬 수 없다.'[10]

이러한 말을 들으면 가장 완고한 사람들도 이 메시지를 내면화하기 시작할 것이다.[11] 어느 학자의 말처럼 어쨌거나 여성이 생물학적으로 열세라는 생각은 '냉정하고, 공평하고, 반박의 여지없는 진화론적 논리처럼 보인다.'

그러나 창업에 필요한 것들에 대한 우리의 생각이 완전히 틀렸다면 어떨까?

예를 들어, 애덤 그랜트는 우리의 생각이 틀렸을지도 모른다는 사실을 깨달았다.

그랜트는 워비 파커가 분명히 실패할 것이라 생각했기 때문에 투자하지 않기로 결정했지만, 그로서는 아쉽게도 결국 워비 파커는 전자 상거래 업계의 거물이 되었다. 2010년 2월, 웹사이트가 처음 공개된 날, 잡지 『GQ』는 워비 파커를 '안경 산업계의 넷플릭스'라고 불렀다. 5년 뒤, 『패스트 컴퍼니』는 워비 파커를 전 세계에서 '가장 혁신적인' 회사로 뽑았다. 그랜트는 신중하고 조심스러운 자신의 제자들이 설립한 워비 파커가 1억 달러의 수익을 올리고 기업 가치가 10억 달러로 치솟는 것을 한 발 옆에서 지켜보았다.

기회가 있을 때 투자하지 않은 것은 그랜트 평생 최악의 결정이었기에 그는 무엇이 틀렸는지, 왜 워비 파커의 창립자들이 성공하지 못할 거라고 그토록 확신했는지 살피기 시작했다. 그가 발견한 것은 기업가들이 (대중의 생각과는 달리) 다른 사람들보다 대담무쌍하거나 자유분방하지 '않음'을 보여주는 연구가 점점 더 많아지고 있다는 사실이었다.[12]

사실 기업가로서의 성공의 열쇠는 위험을 회피하는 것에 '있을'지도 모른다. 정말 이상하지만 말이다.

내가 이코노미스트에 다닐 때 애덤 그랜트의 책을 읽었다면 창업하면서 직장을 계속 다니는 문제 때문에 그렇게까지 갈등하지 않았을 것이다. 나중에 『오리지널스』를 읽으면서, 특히 성공적인 기업가들이 위험을 감수하는 양상이 일반적인 인식과는 다르다는 걸 보여주는 연구들을 보면서 나는 어안이 벙벙해졌다. 예를 들어 학술 저 널『스트래터직 오거니제이션*Strategic Organization*』에 실린 연구를 살 펴보자. 연구자들은 미국인 기업가와 직장인 800여 명을 대상으로 간단한 질문을 했다.

다음 중 어떤 사업을 창업하고 싶습니까?
1) 성공 가능성 20퍼센트에 수익 500만 달러
2) 성공 가능성 50퍼센트에 수익 200만 달러
3) 성공 가능성 80퍼센트에 수익 125만 달러

소위 위험을 감수하는 정신 나간 도박꾼이라고 여겨지는 기업가 들이 가장 안전한 항목을 택할 확률이 훨씬 더 높았다. 이는 소득, 연령, 창업 경험, 결혼 여부, 학력, 가구 규모, 성별과 상관없이 똑같 았다. 연구자들은 기업가들이 위험을 싫어할 뿐 아니라 일반인보다 도 더욱 싫어한다고 결론을 내렸다.[13]

그랜트는 자신의 책에서 일을 하며 서서히 배워나가는 남녀 기업 가의 예를 훨씬 더 많이 제공하지만 그가 고정 관념에 처음으로 도 전한 것은 아니었다.[14] 잡지『Inc.』는 2012년 기사에서 이제 '기업 가에 대한 가장 흔한 고정 관념을 보류할 때'라고 선언했다. 기사가 소개한 연구에 따르면, 영국 기업가 250명 중 3.6퍼센트만이 '모험 적인' 성격을 가지고 있음이 드러났다(일반인 2,000명을 대상으로 조 사했을 때의 수치는 12.8퍼센트였다).[15] 그보다 2년 앞선 2010년에 맬

컴 글래드웰은 『뉴요커』에 기고한 글에서 성공적인 기업가들의 위험 '완화' 경향에 대해 다음과 같이 말했다.[16]

> (그들은) 모두 성공적인 기업가이며, 직관과 결단으로 경제를 바꾸었다. 그러나 그들의 기업가 정신은 일반적으로 생각하는 과감하게 위험을 감수하는 것과 전혀 다르다. 과감하게 위험을 감수한다고 생각한 사람들이…… 실제로 그런 행동을 하지 않는다는 사실을 깨달아도 우리는 위험을 감수하는 행위를 그토록 칭송할까?

성공적인 기업가를 수식하는 가장 흔한 표현은 자기 사업에 얼마나 헌신적인지 보여주기 위해서, 또 창업할 시간과 에너지를 확보하기 위해서 직장을 그만둔다는 것이다. 내 경험만 놓고 봐도 절대 그렇지 않지만, 애플의 스티브 워즈니악, 이베이의 피에르 오미다이어, 나이키의 필 나이트를 비롯해 세계에서 가장 유명한 기업가 일부는 절충적인 기업가 정신을 발휘하여 자신이 창업한 벤처 기업이 더욱 안전한 베팅이 될 만큼 충분히 발전한 다음에야 직장을 그만뒀다.[17]

나는 한 발 더 나아가 여성 기업가의 문제는 위험 회피가 아닐지도 모른다고 주장하려 한다.

반대로, 기업가는 위험을 무릅쓰는 사람이라는 '신화'가 더 큰 해악을 끼칠 가능성이 있다. 이러한 신화 때문에 여성이 (그리고 남자도!) 고정 관념에 어긋난다는 이유로 창업하지 못할 수 있고, (애덤 그랜트와 같은) 잠재적 투자자가 신중함, 분별, 위험 회피를 부정적 특징으로 오인하여 투자를 포기할 수도 있다. 특히 여성에게 어쩔 수 없이 위험을 감수하라고, 또 '위험을 감수하는 모범을 보여주는 역할 모델(그것이 무슨 의미든)'을 모방하라고 강요하는 것은 더더욱 잘못된 충고처럼 보인다.[18]

과학자, 심리학자, 학술 연구자들조차 편견을 갖거나, 데이터를 잘못 해석하거나, 실제로는 존재하지 않는 행동 패턴을 찾아내는 우를 범할 수 있다. 위험을 감수하는 성향은 어느 한쪽 성별과 확실하게 연관되지 않고, 사회 경제적 위치, 세계관, 정치적 성향, 개인의 가치관, 문화적 규범, 사회적 압박, 감정, 연령 등등 다양한 요소에서 기인함을 보여주는 연구가 점점 더 많아지고 있다.

생각해보면 그럴 만도 하다. 어느 쪽이 더 그럴듯할까? 여성이 단지 여성이기 때문에 위험을 회피하고, 그러므로 기업가 정신을 가질 수 없는 것일까? 아니면 우리 모두가 각자의 목적과 재능, 한계, 환경에 따라 선택을 할 뿐 아니라 인생 행로까지 정하는 것일까? 여성이 위험을 지나치게 회피한다는 가정은 여성 창업이 남성 창업보다 1.5배 많다는 통계를 무시한다.

어쩌면 우리는 여성이 위험을 회피하는 이유에 초점을 맞출 것이 아니라 위험을 감수한다는 것이 애초에 무슨 뜻인지 생각해봐야 할지도 모른다. 은행 계좌의 잔고부터 사회에서 차지하고 있는 위치에 이르기까지 수백만 가지의 작은 요소에 따라서, 어떤 사람이 위험하다고 판단하는 것을 다른 사람은 무해하다고 생각할 수도 있다. 어떤 사람은 창업이 본질적으로 위험하고 정규직 일자리를 계속 유지하는 것이 더 안전하다고 생각한다. 그러나 고용주를 유일한 수입원으로 삼아 의지하는 것은 크나큰 위험이다. 대부분의 사람들은 언제든지 해고당할 수 있고 회사가 사라질 수 있다는 사실을 이해하지 못하고, 회사가 안정적이라는 잘못된 믿음을 가지고 있다. 20만 달러의 학자금 대출이 있는 (그리고 당장의 수입이 보장되지 않는) 사람에게는 창업이 무척 위험할 수 있지만 나처럼 정규직 형태의 수입에 기댈 수 있는 사람에게는 딱히 위험하지 않다.

여성이 여성이라서 지나치게 신중하다고 나무라는 것은 우스운 일이다. (여자든 남자든) 기업가를 꿈꾸는 사람들은 자기 앞에 놓인 구체적인 위험을 파악하고, 그것을 완화할 수 있는 가장 좋은 방법을 찾아낸다는 게 훨씬 말이 된다.

새롭게 엄마가 된 사람으로서, 육아가 의무인 동시에 엄청난 지출원인 사람으로서 내가 아덴아나이스를 창업할 때 시간 소모를 제외하면 가장 컸던 위험은 금전적인 것이었다. 당시 나는 위험에 대해 아무것도 모르는 셈이었다. 실제로 나는 저돌적인 기업가가 훨씬 많다고 생각했다(알고 보니 잘못된 생각이었지만). 30,000달러어치의 첫 주문을 발주한 것은 분명 위험한 행동이었다. 그러나 그 이후의 주문들은 나에게는 위험한 것이 아니라 논리적인 것이었다. 수요가 지붕을 뚫었고 제품은 선반에 남아 있질 못했다. 내가 보기에는 속도가 느려지는 것, 주문에 빨리 대응하지 못하는 것만이 위험이었다.

마찬가지로 내 자유 시간을 부업에 쓰는 것은 위험이 아니었다. 직장도 있고 가정도 점점 커지고 있었으므로 내 시간이 한정적이었던 것은 사실이다. 그러나 궁극적으로 우리 가족에게 금전적 자유를 줄 수 있는 아이디어를 따르지 '않는' 것이 더 큰 위험이었다. 고용이 더 안전하다는 것은 잘못된 생각이었으므로, 나는 남은 평생 고용주가 주는 월급에 의존하여 가족을 부양하는 것이 가장 위험하다고 생각했다.

그러나 스스로 사장이 되어서 자신의 미래를 결정하는 것을 제외하고 내가 가장 원했던 것은, 내가 할 수 있음을 스스로에게 증명하는 것이었다. 직장을 유지하는 것은 위험을 완화하는 한 가지 방법일 뿐이었다. 게다가 직장을 다녔기 때문에 그렇지 않았을 경우 내가 성공하기 위해서 스스로에게 가했을 모든 압박이 사실상 완화되었다. 나는 직장을 그만둬서 우리 가족을 경제적 위기에 빠뜨리지 않았고, 잃어도 괜찮은 금액 이상은 투자하지 않았다. 따라서 나는 (내가 즐겨 말하듯이) 실패 가능성을 평온하게 받아들일 수 있었다. 이것은 내가 실패해도 괜찮다는 개념을 진정으로 내면화했다는 뜻이다. 사실 나로서는 10년을 가만히 기다리고 앉아 있다가 다른 사람이 똑같은 아이디어로 성공하는 모습을 보는 것보다 실패하더라도 '시도'하는 것이 훨씬 더 중요했다. 나에게는 시도하지 않는 것, 다른 사람이 주는 월급에서 자유로워질 수 있는 방법에 도전하지 않는 것이 더 위험했다. 모든 것이 실패로 돌아가도 나는 최선을 다했다고 생각하면서 조용히 떠날 수 있었다.

이코노미스트에 들어간 지 8년이 지나자 나의 1인 부서가 너무 커져서 이제 혼자서 모든 일을 처리할 수가 없었다. 회사도 드디어 다른 직원을 고용하게 해주었다. 그러나 내가 데이비드 석을 고용하길 바란 사람은 아무도 없었다. 데이비드는 스물두 살로 무척 젊었고, 영업 경험이 없었다(그전까지는 마케팅 분야에서 일했고 평생 아무것도 팔아본 적 없었다). 그는 무척 완고하고 딱히…… '수완이 좋지'는 않았다. 그는 멍청한 짓을 참지 못했고 뭐든지 있는 그대로 말했다. 물론 나는 그래서 데이비드가 마음에 들었다. 더욱 중요한 것은, 데이비드는 명석했다. 나는 데이비드가 빨리 배울 것이라 생각했다. 나는 대체로 사람 보는 눈이 있다고 자부한다.

부업을 시작하고 6개월이 지났을 때, 데이비드가 내 사무실에 고개를 들이밀더니 뭘 하고 있냐고 물었다. 나는 시차 때문에 사무실에서 중국 제조사와 통화를 끝낸 참이었고, 데이비드는 내가 누구와 통화했는지 궁금해했다(나는 아덴아나이스 업무의 95퍼센트는 새벽에, 딸들을 재운 다음에 처리했다. 그러나 가끔 정말 필요할 때는 업무 시간에 얼른 통화를 하거나 이메일을 보내기도 했다).

"묻지 마." 나는 직장에서 아덴아나이스 일로 전화를 했다는 죄책감 때문에 처음에는 이렇게 말했다. 그러나 나중에는 위험을 감수하고 데이비드에게 사실대로 말했다. 데이비드는 내 부업을 아는 유일한 동료가 되었다. 정말 다행히도 데이비드는 내 비밀을 지켜주었다.

5장
엄마의 죄책감

나는 아나이스를 가졌을 때 파티에 갔다가 브리 치즈를 반 덩어리 넘게 먹은 적이 있다. 당신이 아이를 낳은 적이 있거나 아이를 가지려고 생각 중이라면, 또는 아이를 키우는 사람을 안다면, 출산을 앞두고 연성 치즈를 먹으면 절대 안 된다는 사실을 알지도 모른다. 적어도 대부분의 서양 의사들에 따르면 그렇다(저온 살균과 관련이 있다. 원유를 먹으면 위험한 박테리아를 섭취할 확률이 높아진다). 하지만 뭐랄까, 치즈가 위험할지도 모른다는 생각이 나에게는 우스꽝스러워 보였다. 특히 엄마가 나를 임신했을 때 사람들은 내가 한 손에 브랜디, 한 손에 담배를 들고 태어날 것이라 생각했으니 더욱 그랬다.

나는 브리 치즈를 먹었다.

그러나 한 시간쯤 지나서 배가 아프기 시작하자 나는 히스테리를 일으켰다. '세상에. 아기가 잘못된 게 분명해! 내가 무슨 짓을 한 거

지?!'

나는 담당 의사 조너선 셰어에게 전화를 걸었다. 그는 사랑스럽고 분별 있는 남아프리카 공화국 사람으로, 우리 네 딸들을 전부 받았다. 의사가 내 말을 듣더니 아기와 나는 괜찮다고 참을성을 발휘하며 설명했다. 그는 내 병명이 엄마의 죄책감이라고 말했다.

"한 가지 말씀드리죠." 그가 말했다. "그 병은 아이를 갖는 순간 시작해서 당신이 죽을 때까지 사라지지 않을 거예요."

정말로 맞는 말이었다.

우리의 작은 회사가 성장하면서 우리 가족도 점점 커졌다. 나는 창업하기 전부터 늘 일하는 엄마였지만 일을 하면서 가정을 꾸리는 일은 절대 쉬워지지 않았다.

한 번은 내가 출장 중일 때 남편이 딸들을 데리고 아이스크림을 사 먹으러 나갔다. 네 딸들은 깔깔거리고 수다를 떨면서 탐나는 듯한 시선을 진열대에 던졌고 남편은 그런 딸들을 데리고 카운터로 갔다. 점원이 딸들을 보고 남편을 보더니 작은 목소리로 물었다. "엄마가 없나요?"

남편이 시원하게 대답했다. "물론이죠. 출장 중이거든요."

그러나 나중에 이 이야기를 들었을 때 나는 말도 안 되는 점원의 질문을 웃어넘기지 못했다. 누가 내 가슴 속에 손을 넣어서 펄떡펄떡 뛰는 심장을 잡아 뜯는 기분이었다. 이번에도 나는 부재중이었다. 이번에도 사업 때문에 아이들 곁을 지키지 못했다. 여기에 분명하고도 은밀한 이중 잣대가 작용하고 있다는 사실은 말할 필요도 없다. 나 혼자 딸들을 데리고 나갔을 때 '아빠'가 없냐는 말은 한 번도 들어보지 못했다.

여자들의 공통적인 고민은 곡예를 하듯이 여러 가지 책임을 다 해내는 것이다. 여자가 사업에서 무엇을 성취할 수 있는지 아무리 이상적으로 낙관하더라도 동시에 두 곳에 존재해야 할 것 같은, 다시 말해 집에서 아이들을 돌보는 동시에 직장에서 돈을 벌고 (가능하다면) 의미도 찾을 수 있는 일을 해야 할 것 같은 엄마의 죄책감을 덜어줄 수는 없다. 육아와 직장 두 가지 모두 자신의 소명처럼 느껴질 수 있고, 두 가지 모두에 헌신해야 한다고 느낄 수 있다. 하지만 그때그때 무엇을 우선으로 삼아야 할까? 우리가 경력을 우선시할 때 우리 아이들은 어떤 대가를 치러야 할까? 이것은 모든 부모가 무의식적일지라도 매일 생각하는 질문이다.

스캐리마미닷컴의 블로거 로린 코미어의 기가 막히게 정곡을 찌르는 글을 보자.

나는 아이들과 많이 놀아주지 못했다.
나는 아이들과 놀아주느라 청소를 못했다.
나는 청소를 했고, 더럽히면 안 되니까 아이들이 놀지 못하게 할 것이다.
나는 아이들을 데리고 놀러 나가지 않았지만 날씨가 정말 좋다.
내가 아이들을 데리고 놀러 나갔더니 아이들이 벌레에 물렸다.
나는 충분히 엄하지 않다.

나는 지나치게 엄하다.

나는 아이들에게 사탕을 먹인다.

나는 아이들이 사탕을 못 먹게 한다.

나는 사탕을 내가 먹으려고 숨겼다.

나는 아이들의 학습 활동 계획을 매일 세우지 않는다.

누굴 속이겠는가? 나는 아이들의 학습 활동 계획을 세운 적이 한 번도 없다.

나는 모유를 오래 먹이지 않았다.

둘째의 음식 알레르기는 아마 내가 임신 중에 먹은 음식 때문일 것이다.

나는 아이들에게 텔레비전을 너무 많이 보여준다.

가끔 나는 텔레비전을 베이비시터처럼 이용한다.

나는 소리를 너무 많이 지른다.[1]

엄마의 죄책감은 여러 여성들에게서 여러 방식으로 드러난다. 아이가 식료품 가게 일곱 번째 통로에서 비명을 지르기 시작할 때 그 상황을 통제해야 한다고 생각하는 것도 엄마의 죄책감이다. 또, 아이들과 함께할 귀중한 시간을 빼앗는 프로젝트(순조롭게 출발시키려고 그토록 노력했던 바로 그 프로젝트)를 끝내려고 야근이나 주말 근무를 할 때에도 엄마의 죄책감이 고개를 든다. 아이들이 원하는 대로 해줄 방법을 모를 때나, 그렇게 할 감정적 에너지가 없을 때도 엄마의 죄책감이 생긴다. 엄마는 '완벽한 생일 파티'가 계획대로 흘러

가지 않고 결국 눈물과 짜증으로 끝나도 죄책감이 생기고, 힘든 일 때문에 감정적으로 아이들에게 신경 쓸 여유가 없을 때도 죄책감이 생긴다. 대부분의 경우 엄마의 죄책감은 아이를 가졌을 때 영웅적인 여전사처럼 촛불과 중얼거리는 사람들에게 둘러싸여 자연 분만을 해야 할 것만 같은 압박과 함께 시작한다. 또 엄마의 죄책감은 '모유가 최고'라는 말과 함께 시작되는데, 이 말은 모유가 나오지 않는 사람들(나는 몇 달이나 애썼지만 모유가 나오지 않았다)이나 수유실이 없는 직장으로 복직해야 하는 사람들, 또는 모유 수유를 하고 싶지 않은 사람에게 죄책감을 안겨준다. 자기만의 시간을 간절히 원하지만 그건 너무 이기적이므로 가족에게 시간을 쏟아야 한다는 느낌이 들 때, 그것이 바로 엄마의 죄책감이다.

우리는 이러한 난관을 있는 그대로 직시하는 대신 어떻게든 전부 해내려고 애를 쓴다. 우리는 매일, 항상, 슈퍼히어로로 엄마이자 슈퍼히어로로 직장 여성이 될 수 있다고 생각한다. 당연하게도 이는 믿기 힘들 정도로 심한 번아웃으로 이어진다.

예를 들어 마르코스와 나를 보자. 약 4년 전까지만 해도 마르코스가 아침에 일어나 출근 준비를 하는 동안 나는 미친 여자처럼 뛰어다니며 아침식사를 준비하고, 점심 도시락을 싸고, 애들 양치질을 시키고, 머리를 빗기고, 숙제를 확인하고, 가방을 싸고, 입맞춤을 한 다음 8시 30분에 아이들과 마르코스를 배웅했다.

나는 몇 년 동안 도움 한 번 청하지 않고 이 모든 일을 했다. 혼자서 다 할 수 있다고, 또 해야 한다고 생각했던 것이다. 그러나 분노와 울분이 점점 커졌다. 견딜 수 없을 지경에 이르러 금방이라도 신경 쇠약을 일으킬 것 같다는 생각이 들자 소리를 지르고 불평하기 시작했지만 그래도 나아지는 것은 없어 보였다. 유난히 바쁘던 어느 날 아침, 나는 아파트를 뛰어다니며 딸들을 준비시키다가 인내심이 바닥났다. 마르코스는 평소처럼 샤워를 하고, 옷을 입고, 텔레비전을 켜서 아침 뉴스를 보고 있었다. 나는 침실로 쳐들어가서 아침을 여유롭게 즐기는 남편을 보면서 '제길, 이게 뭐지?'라고 생각했다. 내가 말했다. "나가서 애들 준비시키고 학교 보내는 것 좀 도와주지 그래?" 마르코스가 대답했다. "물론이지. 뭐 할까?"

마르코스와 나는 나중에 각자 해야 할 잡다한 일의 목록을 만들었다. 알고 보니 남편은 일부러 모른 척한 것이 아니라고 했다. 그저 어떻게 해야 도움이 될지 몰랐을 뿐이었다. 나는 MBA를 두 개나 딴 마흔여덟의 전자공학 엔지니어라면 내가 말하지 않아도 뭘 해야 할지 알아야 한다고 생각했고, 우리는 이 문제로 심하게 싸웠지만, 요점은 그게 아니다. 남편에게는 목록이 필요했기 때문에 우리는 목록을 만들었고, 그것으로 문제가 해결되었다.

우리 여성은 모든 일을 하려고 할 뿐 아니라 모든 것을 '혼자' 하려고 한다.

우리는 왜 잘 해내야 한다는 어마어마한 압박을 느낄까? 그리고 왜 부모 중에서 한쪽만 이 특별한 죄책감을 느낄까? 여자든 남자든 여성에 대해, 또 여성의 직업 선택에 대해 끝없이 평가한다. 우리는 집이 아니라 밖에서 일하는 여성이 아이들 곁을 지키지 못한다고 평가한다. 반대로 전업주부는 '진짜' 직업이 아니고 '진정한' 잠재력을 실현하지도 못한다며 평가한다. 아이를 갖지 않겠다고 선택하는 여성은 결함이 있거나 여성적이지 못하다고 평가한다. 여성을 향한 최악의 평가 중 일부는 우리 자신으로부터 나온다. 우리는 누가 무엇을 하는지, 누가 더 잘하는지 머릿속으로 점수를 매긴다. 또 자신의 선택에 대해서 걱정하고, 너무나 걱정한 나머지 선택에 대한 죄책감에 시달린다. 우리는 이런 죄책감을 켜켜이 쌓는다.

나 역시 죄책감에서 자유롭지 않다. 브루클린 소재의 학교에 다니는 아이들을 둔 엄마로서 나는 아이들과 가족에게만 삶의 초점이 맞춰져 있는 전업주부 엄마들을 자주 마주친다. 나는 그들의 삶을 존경하지만, 또한 나라는 사람에게는 그것이 충분치 않음을 잘 알고, 내 딸들을 위해서도 가장 좋은 선택이 아니라는 걸 안다. 내가 아이들과 온종일 집에 있으면 더 나쁜 엄마가 될 것이라고 굳게 믿는다. 그러나 나는 매일 아침 딸들을 학교에 데려다주지 않기 때문에 (마르코스가 출근길에 데려다준다) 학교에 가면 다른 엄마들이 나를 비꼰다. "아, 학교에 잘 안 오시더니. 오늘은 어쩐 일로 '엄마가' 오셨어요?" 한 번은 친구가 지나가듯이 이렇게 말한 적도 있다. "아이를 낳아 놓고 정작 자기가 안 키우는 건 참 이상한 것 같아."

우리 엄마조차 나를 평가했다. 언젠가 우리는 오스트레일리아의 집에 있었고, 내가 딸들의 저녁을 준비하고 있었다. 엄마가 우리 딸 중 하나는 내가 만들고 있던 요리를 안 좋아한다면서 다른 음식을 따로 만들어주는 게 어떠냐고 했다. 내가 아니라고, 좋아할 거라고 우기자 엄마가 쌀쌀맞게 말했다. "네가 어떻게 아니? 평소에 애들 요리도 안 해주면서."

느닷없이 배를 한 대 맞은 기분이었다. 엄마는 분명 경멸과 악의를 담아서 말했기 때문에 대꾸할 말을 바로 찾기가 힘들었다. "정말로요, 엄마? 그럼 내가 지금 하고 있는 건 뭔데요? 그래요, 내가 월요일부터 금요일까지 아이들 밥을 차려주는 건 아니지만 회사에 있을 때만 빼면 항상 차려줘요." 그러나 말다툼을 해봤자 소용없다는 것을 알았기 때문에 거기에서 멈췄다. 어쨌든 엄마는 내 말을 믿지 않았을 것이다. 물론 마르코스는 이런 식의 비난에 대응할 필요가 없다. 엄마가 보기에는 마르코스가 매일 저녁 딸들에게 식사를 차려주지 않아도 전혀 문제가 없었으니까. 그때를 생각하면 아직도 가슴이 아프다.

직장에 다니면서 사업을 키우고 점점 커지는 가족을 돌보며 내가 싸웠던 대상은, 일하는 엄마는 매일 아이들 곁에 머무는 대신 일을 선택하기 때문에 나쁘다는 사회적 믿음이다. 여성은 다음과 같은 일반적인 믿음에 맞서고 있다. 우리는 일하기를 '원하지' 않고, 커리어를 남성보다 중요하게 여기지 않고, 결국에는 우리 대부분이 아이들을 보살피기 위해 직장을 그만둘 것이라는 믿음 말이다(이 책을 읽고 있는 엄마들은 모두 임신 기간 중 아이를 낳고 직장으로 복귀할 것이냐는 질문을 적어도 한 번은 받아봤을 것이다). 당신은 어쩌면 '자발적 직장 이탈'이라고 알려진 현상에 대해 들어봤을 것이다. 이는 이사회나 고위 경영진에 여성 비율이 낮은 이유로 종종 언급된다.[2]

하버드 경영 대학원 MBA 졸업생 25,000여 명을 대상으로 실시한 2014년의 연구에서 응답자의 74퍼센트는 여성의 승진을 방해하는 첫 번째 장애물로 '일보다 가정을 우선시한다'를 꼽았다. 응답자를 여성으로 국한하면 이 수치는 훨씬 더 높이(85퍼센트까지) 올라간다. 그러므로 거의 모든 사람들이 여성이 '자발적으로 이탈'한다고 생각하고, 남자들보다 여자들이 더 많이 그렇게 믿는 경향이 있다.[3]

자발적 이탈 이론에 따르면 여성이 직장을 그만두는 주된 이유는 가정생활에 이끌리기 때문이지만, 여러 연구에 따르면 여성의 86퍼센트는 유연성 없는 업무 등 직장 내 문제를 주된 이유로 꼽았다.[4] 또 최근 연구들에 따르면 아이를 낳은 후 일자리를 다시 구하는 것은 여성이 보통 예상하는 것보다 훨씬 어렵다.[5]

연구에 따르면 전체적으로 여성이 집에서 아이들을 돌보는 경향이 증가하고 있지는 않다. 그러나 남성의 가사 노동 시간과 여성의 근로 시간 모두 제자리걸음이라는 것도 밝혀졌다.[6]

하버드 경영 대학원 여성 졸업생의 85퍼센트가 여성을 방해하는 가장 큰 요인으로 가정을 꼽았던 연구를 기억하는가? 같은 연구에 따르면 이들 중에서 '실제로' 육아에 전념하기 위해 직장을 그만둔 사람은 11퍼센트에 불과했다. 비백인 여성의 경우 이 수치는 7퍼센트로 떨어지고, 특히 아프리카계와 남아시아계 여성의 경우에는 4퍼센트로 급락한다.[7]

게다가, 육아를 위해 직장을 그만두는 것을 자발적 이탈이라고 설명하는 것은 어불성설이었다. 연구자들에 따르면 조사 결과는 다음과 같았다.

성취도가 높고 고등 교육을 받은 전문직 여성이 출산 후 직장을 그만뒀을 때, 육아에 전념하고 싶어서인 경우는 소수에 불과하다. 대다수는 승진 가능성이 암울하고 성취감을 느끼기 힘든 직책이 맡겨지기 때문에 최후의 수단으로 마지못해 직장을 그만둔다. 그들을 더 이상 회사의 '중요 인물'로 여기지 않는다는 메시지가 다양하고 때로는 미묘한 방법으로 전달된다. 이들은 유연 근무제나 근무 시간 단축을 선택한다고 낙인찍히고, 주목도 높은 업무에서 배제되거나 원래 자신이 이끌던 프로젝트에서 제외되기도 한다. 현재 50대 후반인 어느 졸업생은 이렇게 회상했다. "출산 휴가를 마치고 돌아오니 '마미 트랙'*에 배정되었기 때문에 첫 직장을 그만두었습니다."[8]

구스타브 플로베르는 '진실은 없으며, 인식만이 존재한다'고 말했다. 일반적인 생각과 달리 여성들이 육아를 위해 집에 머무는 것을 선호하기 때문에 떼를 지어 자발적으로 이탈하는 것 같지는 않다. 그렇지 않은가? 어쩌면 그것은 복합적인 요인들 때문일지 모른

* 육아를 위해 출퇴근 시간을 조정할 수 있지만 승진의 기회는 적은 직업 형태 — 옮긴이 주.

다. 영웅적 어머니와 커리어 우먼으로서 양쪽 모두 잘 해내야 한다는 압박, 유연성과 적절한 육아 휴가와 돌봄 서비스의 부족, 줄어드는 승진 기회, 체계적인 차별, 그리고 미국 기업 내 존재하는 워킹맘을 향한 일반적인 적의 같은 것들이 충돌할 때일지 모른다. 다시 말해서, 우리 모두 지쳐서 폭주하는 기관차에서 내리고 싶을 뿐인 것이다. 여성이 자발적 이탈을 선택한다는 문화적 인식은 현 상태를 영속화하고 직장에서 여러 요인이 공모하여 여성을 '몰아내는' 경우가 많다는 증거를 보이지 않게 만들기 때문에 위험하다.

특히 이러한 요인들은 기업과 정부, 사회가 당연히 해결해야 하는 것이기 때문에 더욱 뼈아프다.

이것은 기업가의 세계에 상당한 영향을 끼친다. 1장에서 우리는 일반적으로 여성 소유의 회사가 남성 소유의 회사만큼 크게 성장하지 못한다는 비판을 살펴보았다. UC 샌타바버라 사회학 조교수 세라 세보는 24개국의 여성과 기업가에 대한 데이터를 조사하여 다음과 같은 사실을 발견했다. '일부 여성은 사업 기회를 발견하고 그것을 이용하고 싶어'하지만, 일부 여성은 필요성 때문에 자영업에 이끌린다는 것이다. 필요성이란 가족 소득 증가일 수도 있지만 직장과 가정의 균형 개선일 가능성이 더 높다. 세보의 연구는 유급 휴가, 육아 보조금 지원, 파트타임 고용 기회와 여성 창업의 상관관계를 보여준다.[9] 다시 말해서, 여성은 열정보다는 필요성 때문에 직장에서 내몰려 기업가가 되는 경우가 많다.

유연성이나 필수 유급 휴가가 없는 상황에서 육아 비용까지 더해지면 '고용 상태를 유지하는 것을, 적어도 정규직을 유지하는 것을 정당화하기 힘들다. 그러므로 많은 여성이 소규모 재택 사업을 하면서 육아를 하거나 스스로 육아 서비스를 제공한다'고 세보는 말한다.

뭐가 문제냐고? 이러한 유형의 사업은 보통 높은 수익을 내지 못한다. 다시 말해서, 확장성이 '없는' 유형의 회사들이다. 이제 우리는 출발점으로, 여성들에게 '잘못된' 유형의 사업을 창업한다고 비판하는 지점으로 돌아왔다. 정말 진퇴양난이다.[10]

이 모든 것이 아버지들에게는 어떤 고통을 초래하는지도 생각해 보자.

자발적 이탈이라는 신화를 영속화하면 여성에게 해가 될 뿐 아니라 유연성과 육아, 직장과 생활의 균형에 신경 쓰지만 오르지 않는 임금을 받으며 더 긴 시간 동안 일하는 남성의 필요와 요구 '역시' 무시당한다. 남성 육아 휴가는 장기 근속과 생산성 제고에 관련되며, 이는 회사의 경쟁력을 높인다.[11] 남성 육아 휴가는 놀라운 이익을 제공한다.[12] 91개국의 약 2만 2천 개 회사를 대상으로 실시한 2016년 연구를 보면, 회사 고위직 여성 비율이 높은 국가는 여성 지도자가 적은 국가보다 남성의 육아 휴가를 11배나 더 제공했다.

내 경험을 참고해서 아텐아나이스는 항상 여성 출산 휴가를 6개월 제공했다. 남성 육아 휴가는 총 4주 제공하며, 그 중 2주는 유급이다(미국에서 이러한 제도를 실시하는 회사는 많지 않다). 이것도 아직 부족하지만(회사가 성장함에 따라 더 많이 제공하고 싶었다) 현재 정책도 이미 비용이 많이 든다. 그것이 가장 중요한 문제다. 그렇지 않은가? 휴가를 제공하려면 돈이 많이 든다. 우리 회사의 글로벌 재정 담당자가 첫 아이의 출산을 앞두었을 때 나는 이러한 사업적 결정을 정면으로 맞닥뜨렸다. 데지레는 우리 사업에서 빼놓을 수 없는 사람이었고, 6개월이나 그녀 없이 해낼 수 있을 것 같지 않았다(실제로 할 수 없었다). 그러므로 우리는 데지레에게 월급을 지급할 뿐 아니라 그녀의 일을 맡아줄 아주 비싼 컨설턴트도 데려와야 했다.

윤리적인 관점에서 보면 의심의 여지없이 옳은 일이다. 그러나 많은 사람들이 깨닫지 못하는 것은, 그렇게 하지 '않는' 것이야말로 잘못된 사업적 결정이며 유급 출산 휴가를 제공함으로써 추가되는 단기적인 재정적 부담보다 훨씬 큰 대가를 치르게 된다는 것이다. 의회 공동 경제 위원회의 현황 보고서에 따르면 유급 휴가 정책은 피고용인의 일자리를 유지함으로써 경제적 성장을 부분적으로 강화한다. 유급 휴가 정책은 또한 전체적인 노동 인구를 증가시키고 공적 부조의 필요성을 줄인다. 유급 육아 휴직은 모두에게 유리한 전략인 것이다.

여성이 더 적은 차별이나 더 나은 균형을 찾아서 직장을 그만둘 때, 일을 하고 싶지만 어쩔 수 없이 밀려날 때 회사에 발생하는 비용을 생각해보자. 중간급 직원의 교체 비용은 직원이 받는 연봉의 150퍼센트로 추정된다.[13] 유연성 때문에 여성의 월급이 줄어들거나 제자리걸음을 할 때, 기업가로의 도약이 성공하지 '못할' 때, 노동자에게 자발적 이탈 외에 선택지가 남아 있지 않을 때 발생하는 경제적 비용을 생각해보자. 그런 일이 일어날 때마다 경제에 기여하는 노동자가 한 명 줄어든다. 그리고 불행히도 이런 일은 너무나 자주 일어난다.

이 모든 생각들이 여성이 육아를 위해 노동 인구에서 빠질지 말지를 고려한다. 그러나 여성이 노동 인구에서 빠져야 '한다'는, 사람들이 오랫동안 조용히 가지고 있던 믿음에 대해서는 아무도 이야기한 적이 없다. 이는 일부 여성은 일하는 것을 '선택'하지만 일부 여성은 집에 머무는 것을 '선택'한다는 생각으로 돌아간다. 그러나 일을 하거나 집에 머무는 것을 '선택'하는지 남성에게 물어본 적이 있었을까?

여성의 직업 선택에 대한 평가가 조만간에 사라지지는 않을 것이다. 우리는 대부분 일을 하겠다는 선택이 사실은 선택이 아니라고 말할 것이다. 우리는 자신과 가족을 부양하기 위해, 또는 성취감을 느끼기 위해서 일을 해야 한다. 내가 일을 하거나 창업을 하는 것이 '선택'이었을까? 그렇지는 않았다. 앞서 말했듯이 나의 경우 일을 하는 것은 가족 경제에 중요했을 뿐 아니라 나 자신에게도 중요했다. 나는 뉴욕으로 이주했을 때 오랫동안 일을 하지 않으면 무기력과 우울증, 삶에 대한 완벽한 무관심에 시달리게 된다는 사실을 깨달았다. 일은 나에게 성취감을 준다. 그리고 전업주부로서 나는 끔찍한 엄마가 될 것이라고 확신한다. 질 좋은 보육에 월급을 모두 써야 할 때도 있었지만 경력에 투자하는 것은 항상 그만한 가치가 있었다.

일하고 싶다는 욕망이 아이들에게 미칠 영향에 대해 걱정하는 여성이라면 자신감을 가져도 좋다. 하버드 경영 대학원의 연구는 다음과 같은 사실을 발견했다.

바깥일을 하는 어머니 밑에서 자란 여성은 전업주부 어머니 밑에서 자란 여성보다 직업을 가질 확률이 더 높고, 관리직을 맡을 확률이 더 높으며, 더 높은 임금을 받는다. …… 직업이 있는 어머니가 키운 남성은 집안일에 기여할 확률이 더 높고 가족을 돌보는 데 더 많은 시간을 쓴다. 이러한 연구 결과는 명확하며, 24개국에서 똑같았다.[14]

하버드 경영 대학원 경영학과 케이틀린 L. 맥긴 교수는 '직업이 있는 여성의 손에서 자란 것만큼 성평등에 명확한 영향을 끼치는 요인을 우리는 알지 못한다'고 말했다. 그녀는 하버드 경영 대학원 연구자 마이라 루이즈 캐스터, 마운트 홀료크 칼리지의 엘리자베스 롱 링고와 공동으로 연구했다.

이렇게 말했지만 나는 존재하지도 않는 그 '균형'을 아직도 찾고 있다. 나는 2년 쯤 걸려서 두 가지 역할을 더욱 잘 해내는 법을 배웠다. 모래 위에 선을 그어야 했다. 집에 있을 때는 엄마 역할을 한다. 딸들이 아직 깨어 있을 때나 주말에는 사무실에서 오는 전화를 받거나 몰래 이메일을 확인하지도 않는다. 오로지 가족에게만 집중한다. 대신 일을 할 때는 기업가 역할을 맡아 사업에만 집중한다.

그러나 행동은 말처럼 쉽지 않고, 현실은 훨씬 더 미묘하다는 것을 우리는 모두 안다. 나는 직장과 가정 사이에서 양쪽으로 동시에 잡아당겨지는 가슴 찢어지는 순간과 큰 낙담을 겪으면서 우선순위를 정하게 되었다. 2011년에 나는 당시 아동용품 업계의 거물이었던 베이비저러스의 초대를 받고 우리 제품을 설명하게 되었다. 회의 날 아침, (당시 여덟 살이었던) 아나이스가 잠에서 깼을 때 열이 40도였다. 마르코스가 회사에 전화를 걸어 휴가를 냈지만 아픈 애들이 대부분 그렇듯 딸은 엄마를 원했다. 아나이스가 커다란 갈색 눈으로 고개를 들어 나를 보며 애원했다. "제발, 엄마. 가지 마세요."

나는 속이 울렁거렸다.

몇 달이나 걸려서 잡은 회의였다. 회의 직전에 내가 발을 뺄 수는 없다고 생각했다. 그래서 나는 남편에게 딸을 맡겼다. 그런 다음 브루클린에서 뉴저지까지 가서 로비 앞 대기실에서 세상에서 가장 못된 엄마가 된 기분으로 앉아 있었다. 내가 기나긴 40분 동안 기다리면서 애를 태우고 괴로워하며 걱정하고 있는데, 베이비저러스의 구매 담당자 조수가 오더니 나와 동료 브라이언에게 '계획이 변경'되어 일정을 다시 잡아야 한다고 알렸다.

과장이 아니라 내가 그 여자에게 달려들지 못하도록 브라이언(아덴아나이스의 여섯 번째 직원이므로 가족이나 마찬가지였다)이 나를 붙잡아야 했다. 나는 그들이 회의를 좀 더 일찍 취소할 정도의 예의도 없다는 것을 믿을 수 없었고, 내가 집에 남아 아나이스의 곁에서 보낼 수 있었던(보내야 했던) 40분 동안 우리를 거기 앉혀둔 것을 믿을 수 없었다.

'바로 그 순간' 나는 무슨 일이든, 정말 '중요한' 일이라도, 일정을 다시 잡을 수 있음을 깨달았다.

그러니까 내 말은, 물론 나는 아직도 사업 때문에 아이들의 수영 모임이나 체조 대회를 가끔 놓칠 수밖에 없다. 그리고 때로는 (형편 없는) 학교 연극에서 대사 두 줄을 내뱉는 우리 딸을 보는 것보다 타 깃의 백만 달러짜리 통로 끝 진열대를 확보하는 것이 중요하다. 그러나 아이들 중 하나가 내 눈을 바라보며 '엄마가 필요해요'라고 말하면 나는 모든 것을 보류하고, 그럴 때면 전혀 아쉽지 않다.

기업가든 아니든, 일하는 엄마가 자신과 끊임없이 싸우고 있다는 사실만으로도 책 한 권은 채울 수 있다. 사실 나는 균형을 찾으려 애 쓰는 것이 농담 같고, 혹은 벗어날 수 없는 올가미 같다고 생각한 다. 나는 아텐아나이스나 직업이 없다면 아이들에게 더 많은 시간을 바칠 것이다. 또 아이들이 없다면 내 경력에 더 많은 시간을 쓸 수 있을 것이다. 이것은 끝없는 타협이고, 항상 변화하는 기브 앤 테이크이다. 나는 내가 한 명이고 하루는 24시간밖에 없다는 사실을 받아들였다. 나는 사업과 가족에게 쏟는 에너지의 양에 만족하며, 다른 방식으로 바꾸지는 않을 것이다.

그렇다고 해서 의심의 순간이 없다는 것은 아니다. 한 번은 친구에게 내가 일을 좋아하는 엄마라서 아이들을 망칠까봐 걱정이라고 말했다. 그러자 친구는 내가 절대 잊지 못할 말을 했다. "문제는 네가 아이들을 망치느냐 마느냐가 아니야. 넌 애들을 망칠 거야. 부모는 원래 그런 거니까. 네가 걱정해야 하는 것은 얼마만큼 망치냐는 거야."

나는 그 말을 가슴에 새겼다. 나는 아이들을 토실토실하고 완벽하게 키우려고 애쓰고 싶지 않았다. 그것은 불가능하고, 삶은 완벽하지 않기 때문이다. 삶은 힘들고 무자비할 수 있고, 그러므로 나는 아이들을 과보호하지 않을 것이다. 우리는 모두 스스로에게 너그러워지는 법을 배워야 한다.

자신을 관대하게 평가하는 것 외에, 우리는 서로에게 관대해질 필요가 있다. 최근에 뉴스를 읽었다면 2133년까지는 성평등이 이뤄지지 않을 것이라는 세계 경제 포럼의 연구[15]를 봤을지도 모른다. 심지어 내 아이들도 살아 있지 않을 때다. 이것으로는 정말 충분하지 않다. 우리가 여성으로서 하나가 되어서 서로를 끌어주지 못한다면 이마저도 지나치게 낙관적인 예상일지 모른다. 우리가 서로를 끌어내리는 것이 아니라 서로를 지지한다면 각자에게 맞는 균형을 더 쉽게 이룰 수 있다. 바깥일을 하는 엄마는 힘들고, 전업주부 엄마도 똑같이 힘들다. 물론 서로 다른 이유로 말이다. 다른 여성들과 그들의 선택에 대한 평가는 그만두자. 당신이라면 다른 선택을 했을 것이라 해도 말이다. 그리고 가장 중요한 것은, 스스로에게도 똑같은 친절함을 베풀자.

마지막으로, '아이를 하나 키우려면 마을이 하나 필요하다'라는 속담이 있다. 음, 때로는 마을이 당신의 육아를 돕게 만들어야 한다. 마르코스와 대화를 나누고 서로 이해하는 것도 힘들었지만 내가 더 빨리 도움을 청하지 않았던 이유를 이해하기는 더 힘들다. 딸들의 도시락에 넣을 사과를 자르던 칼로 남편의 얼굴을 찔러버리고 싶은 아침들도 있었는데 왜 나는 '도와줘'라고 말하지 않았을까? 대부분의 여자들이 그렇듯이 나는 딸들이 '우리' 자식이므로 최대한 똑같이 돌보는 방법을 찾자고 생각하기보다 '내' 자식이므로 내가 먹이고 입히고 내보내야 한다는 말도 안 되는 생각을 믿었다.

마을의 도움을 받자. 미리 준비하거나 계획을 세우지 않고도 남편 혼자 아이들과 시간을 보내도록 하자. 당신과 남편이 단둘이 쉴 수 있도록 아이들의 할아버지와 할머니에게 주말 동안 와달라고 부탁하자. 베이비시터를 믿고 아이들을 맡겨서 자녀들이 새로운 방식으로 시간을 보내게 하자. 래머나는 10년째 우리 아이들을 돌보고 있다. 막내딸 아멜리 로즈는 래머나가 없는 삶을 알지 못한다. 래머나는 우리 딸들에게 또 한 사람의 엄마이고, 나는 그 사실에 죄책감을 느끼지 않는다. 믿을 수 없을 만큼 고마울 뿐이다. 딸들은 래머나를 사랑하고 존경하며 우리 가족의 일원으로 생각한다. 마르코스와 내가 아이들과 함께할 수 없을 때에도 아이들이 사랑과 보살핌을 받는다는 사실을 알기 때문에 나는 '다른 일'에 집중할 수 있다.

우리가 이 일을 혼자 해야 하는 것은 절대 아니다. 첫 걸음은 자신의 내면으로 깊이 들어가서 당신이 정말로 무엇을 원하는지 찾아내는 것이다. 그러면 다른 사람들의 의견에 영향을 받지 않을 수 있다. 당신에게 무엇이 옳은지 아는 사람은 당신과 (만약 있다면) 파트너밖에 없다. 둘째, 파트너와 이야기하자. 일찍 대화를 나누는 것이 중요하다. 전부 당신에게 달려 있다고 말하는 사회적 압박을 받아들이지 말자. 두 사람이 함께 옳은 방법을 찾아야 한다. 당신이 사실은 무척 좋은 엄마라는 것을, 성공적인 커리어나 자기 사업을 원한다고 해서 가족을 덜 사랑하지는 않는다는 것을 스스로에게 상기시키자.

우리 딸들은 엄마가 부엌 식탁에서 시작한 세계적인 기업을 운영하는 모습을 보면서 많은 것을 배웠고, 힘든 상황이 오면 내가 틀림없이 딸들을 제일 우선한다는 사실을 잘 알고 있다.

6장
현금이 최고

2006년 여름, 우리가 시장에 진출하고 2주가 지났을 때 친구로부터 다급한 전화가 왔다.

"래건." 친구가 말했다. "『유에스 위클리』 사서 봐. 지금 당장!"

친구의 말투가 너무 심각했기 때문에 나는 하던 일을 내팽개치고 가판대로 달려갔다. 유명인 목격담과 저주받은 패션 페이지를 넘기니 18페이지에 애덤 샌들러와 아내 재키가 불독과 새로 태어난 아기를 데리고 말리부 해변을 산책하는 사진이 전면으로 실려 있었다. 하얗게 거품이 이는 파도가 모래를 씻었고⋯⋯. 세상에. 사진을 자세히 보다가 입이 떡 벌어졌다. 아기를 감싼 것은 파란색 별 무늬의 아덴아나이스 모포였다.

뜻밖에도 우리 제품은 전국에 배포되는 잡지에서도 가장 좋은 페이지에 등장했다. 우리의 자그마한 사업은 말 그대로 하룻밤 사이

에 폭발적으로 유명해졌다

『유에스 위클리』 데뷔 이후 우리 제품은 유명인들의 사진에 끊임없이 등장했다. 점점 더 많은 배우와 아티스트들이(그웬 스테파니와 퍼기부터 채닝 테이텀과 닐 패트릭 해리스, 케이트 허드슨까지) 우리 모포를 발견하고 애용하면서 사실상 우리 제품은 가십 페이지에 고정적으로 출연했다. 나는 유명인 고객을 확보하거나 유명인의 사진에 우리 제품을 노출시키려고 노력할 생각이 없었지만, 정말 운 좋게도 수많은 유명인들이 파파라치로부터 아이들을 숨길 때 우리 제품을 이용했다. 모든 사진에서 아덴아나이스가 한가운데를 차지했다. 물론 나는 불만이 전혀 없었다.

유명인들의 사진은 우리가 브랜드를 론칭하고 아덴아나이스를 알리는 데 확실히 도움이 되었다. 나는 비욘세의 사진에 우리 모포가 나왔든 안 나왔든 평범한 엄마들이 우리 모포를 똑같이 많이 샀을 거라고 생각한다. 정말 좋은 제품이니까 말이다. 유명인들이 우리 제품을 쓰는 것도 그래서였다. 평범한 사람들과 마찬가지로 유명인들 역시 자기 아기를 위해서 좋은 제품을 쓰고 싶어한다. 물론 우리 제품 사진이 잡지에 실렸을 때 우리는 이미 모든 분야에서 열심히 노력했고 그 결과가 나오는 중이었다. 우리는 운이 좋았지만 그렇다고 해서 노력을 멈추지는 않았다. 적절한 가격(또는 우리로서는 최대한 적절한 가격)과 품질을 고집했기 때문에 처음부터 좋은 제품이라고 입소문이 났다. 우리는 또 네 종류만 출시했지만, 그 네 종류를 어디서든 구할 수 있게 했다. 고급 부티크(애덤 샌들러나 그웬 스테파니가 자주 가는 그런 가게)에 자리를 확보함으로써 우리는 사람들이 탐내는 브랜드를 만들 수 있었다. 우리는 고급스러운 아름다움을 원했지만 부자들만 살 수 있는 사치품이 되기를 바란 것은 절대 아니었다.

마케팅 비용이 사실상 하나도 없었기 때문에 유명인들의 사진이 도움이 되었다. 나는 아주 한정적인 예산에도 불구하고 첫날부터 PR 에이전트를 고용해야 한다고 단호하게 주장했다. PR은 꼭 필요한 비용이자 투자였다. 우리는 유명인들의 사진에 반짝 찍히는 것만이 아닌 장기적인 노출이 필요했다. 우리의 첫 에이전트였던 엘리사 샌더스와 지금도 아덴아나이스에서 일하는 크리스티나 융어-고드프리는 유아용품 편집자와 블로거들에게 꾸준히 접촉하여 제품을 소개했다. PR은 아직까지도 아덴아나이스의 신제품 출시에서 중요한 부분이다.

한편, 30,000달러어치의 제품은 석 달 만에 다 팔렸다. 우리는 통제 불가능하고 기하급수적인 성장을 경험하고 있었다. 수요를 미리 예측하고 홍수처럼 밀려드는 주문을 감당하는 것은 정말 멋지지만 너무나 혼란스러웠다. 우리는 준비가 되어 있지 않았다. 얼마 안 가 현금 흐름에 문제가 생겼다. 우리가 수익은 내고 있었을지 모르지만 수요에 맞춰 필요한 재고를 확보할 현금이 부족할 때가 있었다.

제품이 잘 팔렸기 때문에 클로디아와 나는 주저 없이 돈을 더 투자했다. 제품의 즉각적인 성공과 당황스러울 정도의 수요를 생각하면 투자는 위험으로 느껴지지 않았다. 고객은 우리가 파는 제품을 더 많이 원했으므로 제품을 고객들에게 전달할 자본만 찾으면 되는 일이었다. 우리는 자원이 있었으므로 곧장 '다른 사람들의 돈'에 의지할 필요가 없었다.

'자본에 대한 접근성', 더욱 정확하게 말해서 '자본에 대한 접근성의 결여'는 아덴아나이스를 만드는 여정에서 가장 큰 장애물이었다. 사실 성별과 상관없이 어떤 기업가든 자금을 마련하는 것은 어렵다. 한 연구에 따르면 대출 승인률에 차이가 있지만 그리 크지는 않다.[1] 여성 사업 소유주는 32퍼센트, 남성 사업 소유주는 35퍼센트가 신용 대출을 승인받는다. 그러나 여성 기업가는 남성 기업가보다 더 높은 이자를 내고 전체적으로 더 적은 자금을 확보할 확률이 높다.[2] 다시 말해서 여성은 더 높은 이율을 부담하고 자본에 대한 접근성은 더 떨어진다. 여성은 또한 투자금을 더 적게 요청하는 경향이 있다.[3] 여성이 잠재적인 고용주와 채용이나 승진에 대해 논의할 때 더 적은 금액을 요청하는 경향이 있다는 사실을 생각하면 이는 무척 흥미롭다.

2017년에는 벤처 캐피털 중에서 단 2퍼센트만(!)이 여성 창립자에게 돌아갔다.[4] 컬럼비아 대학의 데이나 캔즈의 2016년 연구는 여성이 벤처 캐피털을 더 많이 확보하지 못하는 배경에 조명을 비추었다. 연구자들은 뉴욕의 테크크런치 경연에서 기업가들이 투자자들에게 사업을 설명하는 200시간 분량의 비디오를 시청했다. 이들은 투자자들이 질문할 때 사용하는 단어를 추적한 끝에 여성과 남성에게 말하는 방식에서 큰 차이를 발견했다. 투자자들은 남성 기업가에게 질문할 때는 '얻다,' '이상적,' '성취,' '확장,' '성장'과 같은 단어를 썼다. 반대로 여성 기업가에게 질문할 때는 '불안,' '염려,' '회피,' '신중,' '두려움,' '손실,' '고통'과 같은 단어를 썼다.[5] 남성은 '이것을 어떻게 현금화할 계획입니까?' 같은 질문을 받았고 여성은 '손익 분기점까지 얼마나 걸릴까요?' 같은 질문을 받았다.[6] 남성은 투자자를 위해 돈을 어떻게 벌 것인지 질문받을 확률이 높았지만 여성은 투자금의 손실을 어떻게 피할 것인지 질문받았다. 다시 말해서, 여성은 처음부터 방어적으로 나올 수밖에 없다.[7] 이것은 크나큰 문제이며, 분명 여성 기업가에게 거대한 장애물이다.

아프리카계 미국인 여성의 경우 통계는 더욱 실망스럽다. 벤처 캐피털을 지원받은 아프리카계 미국인 창립자는 1퍼센트도 안 되는데, 벤처 캐피털의 흑인 결정자 비율도 비슷하다는 사실을 고려하면 놀라운 일도 아니다.[8]

이것은 미묘한 차별이 아니라 공공연한 차별이다. 캐스린 터커는 부모가 아이를 위해서 지역 행사를 찾도록 도와주는 애플리케이션인 레드로버의 창립자이다. 그녀가 뉴욕의 기술 벤처 행사에서 어느 엔젤 투자자에게 아이디어를 발표했을 때 그는 여자에게 투자하지 않는다고 말했다. 물론 터커는 왜냐고 물었다. "나는 여자들이 생각하는 방식이 마음에 들지 않아요." 그가 말했다. "여자들은 선형적 사고를 모르죠." 그 증거로 투자자는 자기 아내가 해야 할 일의 우선순위를 절대 정하지 못한다고 말했다. 그가 터커에게 칭찬하듯이 말했다. "당신은 다르군요. 더 남성적이에요."[9] 이 얼마나 말도 안 되는 일인가? 이 모든 차별은 잠재력 낭비이다. 투자 요건을 충족시킬 때 여성은 예상을 크게 뛰어넘기 때문이다. 2013년 위민 2.0 회의 보고서에 따르면 여성이 이끄는 신생 기술 벤처 기업이 평균 35퍼센트 더 높은 수익률을 보였다.[10] 여성이 이끄는 기술 기업이 벤처 캐피털을 지원받으면 남성 소유 회사보다 12퍼센트 높은 수익을 가져온다.[11] 기술 업계 밖에서도 수치는 비슷하다.

나는 사업이 훨씬 더 진행된 다음에야(수익이 8백만 달러 정도가 된 후에) 투자자를 구했다. 나는 벤처 캐피털을 건너뛰고 사모 투자 회사에서 첫 투자를 받았는데, 당시 우리 사업의 규모를 생각하면 무척 드문 일이다. 일반적인 사업 모델과는 다르지만 어쩌다보니 죽이 잘 맞아서 그들이 나의 작은 회사에 투자하기로 결정했다.

그러나 그것은 한참 후의 일이다. 당시 클로디아와 나는 사업을 순조롭게 출발시키려고 애를 쓰고 있었다. 우리 회사는 전망이 좋았지만 자본이 급히 필요했고, 당장 돈 나올 데가 없었다. 우리는 자력으로, 즉 자기 금융으로 회사를 운영하려고 힘을 모아 처음에는 우선 각자의 돈을 더 투자했다. 우리 회사는 수익성이 있었지만 수요를 충족시키기에는 역부족이었다. 첫 주문 직후 클로디아와 나는 각각 초기 투자금의 2배인 3만 달러를 회사에 투자했다. 이런 식으로 계속되면서 각자의 투자액이 7만 달러까지 늘어났다. 마르코스와 나는 이제 돈이 없었다. 나는 우리 집을 담보로 대출을 받지 않고, 가족의 경제적 미래를 위험에 빠뜨리지 않는 한도 내에서 모든 돈을 투자했고, 이제 더 이상은 불가능했다.

투자액이 마르코스와 나에게는 어마어마한 금액이었지만 우리는 사업을 믿었기 때문에 두렵긴 해도 옳은 일이라고 생각했다. 반면에 클로디아의 상황은 약간 달랐다. 클로디아의 남편은 부잣집 아들이었다. 클로디아의 시아버지는 정신과 의사였고, 정신 의학 신문사를 차렸다가 몇 백만 달러에 매각했다. 클로디아의 남편과 그의 형은 아버지로부터 신탁 형태로 각각 상당한 재산을 물려받았기 때문에 가족들 모두 평생 돈 걱정 없이 살 수 있었다. 클로디아 부부는 우리 사업에 더 투자할 수 있었지만 마르코스와 나는 한계 상황이었다. 그러나 나는 절대 클로디아 가족의 돈을 받고 싶지 않았기 때문에 은행 대출을 알아보기 시작했다.

최악의 타이밍이었다. 우리는 대공황 이후 최악의 경기 침체가 시작할 때 사업을 시작했다. 약 여섯 군데의 은행을 수소문했지만 그들은 첫 미팅에서 곧장 안 된다고 말했다. 우리는 수익성이 있고 성장 중이었지만 그들은 모두 똑같은 말을 했다. 당분간은 대출을 주지 않는다고 말이다.

대형 은행들에서 거절당한 우리는 소기업 대출을 알아보았다. 나는 대중적 생각과 달리 미국이 소기업 대출을 전혀 지원하지 않는다고, 적어도 2007년에는 그랬다고 굳게 믿는다. 아무리 수소문해도 돈을 구할 수가 없었다. 우리는 거의 문을 닫을 뻔했다. 지금은 행사에 갔다가 은행가들을 만나면 당시 우리를 거절했던 바로 그 사람들이 나에게 다가와서 명함을 억지로 쥐어 준다. 나는 '당신네 돈은 필요 없어요'라고 말하고 나서 돈이 필요할 때 바로 당신들이 거절했다고 상기시킨다.

당시에 나는 그들의 돈이 정말로 필요했다. 또, 계속해서 거절당한 것이 경기 침체 때문만은 아니었을지도 모른다. 여성은 소기업 대출을 신청했을 때 남성보다 훨씬 더 자주 거절을 당한다. 소기업 및 기업가 상원 위원회가 2014년에 발표한 보고서에 따르면 당시 여성이 미국 소기업의 30퍼센트를 소유하고 있었음에도 불구하고 (현재의 수치는 38퍼센트에 가깝다) 여성이 1달러를 대출받을 때 남성은 23달러를 받았다.[12] 나는 대출을 신청할 때 우리가 여성이라서 거절당했을지도 모른다는 생각은 전혀 하지 않았다. 그러나 이 책을 쓰기 위해 조사하다보니 어쩌면 그것이 한 가지 이유였을지도 모른다는 생각이 든다.

그렇다면 투자를 받지 못할 때 여성은 어떻게 해야 할까? 여성은 창업을 할 때 자기 돈을 더 많이 이용하고 외부 자본을 덜 이용하는 경향이 있다는 연구가 많다. 내 경우는 확실히 그랬다. 여성 소유의 회사는 자금 조달을 못한다는 이유로 자주 비판을 받는데, 이는 또한 실패를 예측하는 근거가 된다(참 흥미로운 논리이다. 우리는 종종 순전히 성 편견 때문에 사업 자금을 확보하지 못하지만, 거꾸로 그것이 여성 소유 기업의 단점이 된다). 그러나 잘 알려지지 않은 사실에 따르면 (여성이 창업했든 남성이 창업했든) '모든' 기업의 57퍼센트 이상이 개인 자금이나 신용 대출로 시작하고, 38퍼센트는 가족이나 친구가 자금을 댄다.[13] 즉 자기 금융인 것이다. 적어도 시작 단계에서는 '자력 출발'이 장기적인 사업 안정을 위해 더 좋다고 여겨진다.

기업가가 자력으로 창업하면 제품이나 서비스의 제작, 출시 방법을 영리하게 결정할 수밖에 없다. 돈을 신중하게 써야 하고 이용 가능한 자원을 마지막 한 방울까지 짜내야 한다. 반대로 처음부터 자금을 많이 확보한 사람들은 돈을 부주의하게 쓰면서 넉넉함에 휘둘릴 수도 있다.[14] 어쩌면 가장 중요한 것은 사업을 시작할 때 최대한 수익을 내고 최대한 빠듯하게 운영함으로써 회사를 성장시키는 것이다.[15] 정말로 자본이 부족해서 사업이 성장하지 못하는 단계에 이르면 그때에서야 투자를 추진해야 한다. 투자자를 모집하느라 사업 운영에 전념할 수 없기 때문이다.

여성은 또한 자력으로 창업하는 과정에서 사업 성장 자금을 마련할 때 친구와 가족에게 의존하는 경향이 더 높은 것으로 알려졌다. 이 역시 부정적으로 그려지는데, 그것은 잘못이다. 남성이든 여성이든 친구와 가족은 '모든' 기업가들의 주요한 자금원이다. 전체적으로 친구와 가족이 가장 많은 돈을 투자한다. 연간 친구와 가족이 신생 벤처 기업에 대략 600억 달러를 투자할 때, 벤처 캐피탈 회사는 220억 달러, 엔젤 투자자는 200억 달러를 투자한다.[16]

제대로 설명하고 확실히 계약서를 작성하기만 한다면, 가족과 친구로부터 돈을 빌리는 것은 부끄러운 일이 아니다. 단, 구두 계약을 해서는 안 되고 가족이나 친구와의 신뢰를 감정적으로 생각해서도 안 된다. 당신과 당신 회사에 투자하면 어떤 위험이 있는지 확실히 알리고, 변제 조건과 일정을 확실히 설명하자. 마지막으로, 아무리 어색하게 느껴져도 반드시 변호사에게 계약 검토를 맡겨야 한다. 나중에 문제가 생기면 변호사에게 검토받은 것에 감사하게 될 것이다.

기업가가 친구와 친척으로부터 자금을 조달할 것이라는 예상은 일반적이기는 해도 편견일 수 있다. 백인 미국인의 평균 순자산은 14만 4천 달러인 반면 아프리카계 미국인의 평균 순자산은 1만 1천 달러이다.[17] 흑인은 공동체 내의 자본과 유산이 부족하기 때문에 아이디어가 아무리 강력해도 자금을 구할 선택지가 훨씬 적다.

그럴 때 재치와 창의력을 발휘해야 한다. 유아용품 회사 프레실리 픽트의 설립자 수전 피터슨은 자본을 전혀 구할 수 없었다. 그녀는 임신 중인 데다가 실직 상태였으며, 남편의 수입은 딱 가족을 부양할 정도였다. 수전은 낡은 창문의 판유리를 깨뜨리는 일을 하거나 고철을 팔아서 사업 자금을 마련했다. 그녀는 사업 자금을 직접 충당했고, 곧 엣시닷컴을 이용해서 사업을 시작한 첫해에 12만 달러의 수익을 올렸다. 프레실리 픽트는 사업을 시작한 지 10년도 안 됐지만 이제 수백만 달러 매출을 올리고 있다. 수전은 금전적으로 기댈 곳이 없었지만 순전히 결단력과 의지로 바닥에서 시작한 사업을 수백만 달러 가치의 브랜드로 성장시켰다.[18]

친구나 가족에게 돈을 빌릴 수 없거나 빌리고 싶지 않은 사람들에게도 희망이 있다. 최근 몇 년 사이에 자금이 필요한 기업가들에게 대안적인 온라인 대출 기관, 크라우드 펀딩, 보조금 등 점점 더 많은 선택지가 생겼고, 쉬이오SheEO와 같은 여성 주도 펀딩 그룹, 여성 소유 사업체에 주력하는 사모 펀드 및 벤처 캐피털 회사, 여성과 협력하는 엔젤 투자자들도 있다.

클로디아와 나의 경우 사업을 새로운 단계로 끌어올리고 있었고 현금이 빨리 필요했다. 클로디아의 가족에게서 돈을 빌리는 것이 불가피하게 느껴지기 시작했다. 결국 클로디아와 남편이 우리 사업에 5만 달러를 빌려주었다. 연이자 10퍼센트에 1년 이내 전액 변제 조건으로, 일반적인 계약은 아니었다. 당시 그것은 가장 쉽고 아마도 유일한 선택지였지만, 나는 불안했다. 저울이 기우는 것은 바라지 않았다. 클로디아의 투자금이 더 많아지자 동등한 동업자가 아니라는 느낌이 들었다.

우리의 금전적 격차가 문제를 일으킬지도 모른다고 생각하게 된 대화를 나는 정확히 기억한다. 클로디아가 전화로 돈이 아직 더 필요하다고 말했다. 우리는 좋은 의미에서 현금이 계속 부족했고, 제품은 계속 팔렸다. 클로디아와 나는 기하급수적인 성장을 기대하면서 가진 돈을 전부 동원해서 재고를 확보했다. 우리는 월급도 받지 않았고, 직원도 없었으며, 우리가 할 수 없는 일은 전부 아웃소싱으로 돌렸다. 돈은 전부 빠르게 성장하는 사업의 기본 운영에 들어갔다. "남편 가족한테 부탁해서 돈을 좀 더 마련하려고 해." 클로디아가 말했다. 나는 가슴이 철렁했다. "꼭 그래야 해?" 나는 그들이 돈을 더 냈을 때 이미 클로디아의 남편이 화가 났다는 느낌을 받았다.

"음, 선택의 여지가 없잖아." 클로디아가 말했다. "우리가 필요한 걸 그쪽이 가지고 있으니까." '아, 세상에, 분명 다른 방법이 있을 거야.' 나는 생각했다.

그러나 없었다. 스트레스가 점점 커졌고, 2007년 후반(상품을 출시하고 1년이 약간 넘었을 때) 클로디아의 시아버지가 우리에게 20만 달러를 빌려주었다. 투자액이 점점 더 커지고 있었다.

스트레스는 현금 흐름에 관한 것뿐만이 아니었다. 업무량 역시 스트레스였다. 우리는 각자의 능력에 따라 일을 나누었다. 클로디아는 LA에서 회계와 마케팅을 담당했다. 나는 뉴욕에서 영업을 담당했고, 중국 공급망을 관리했다. 동업자가 있었지만 나는 남편과 아이들, 직장까지 있었기 때문에 시간이 너무 부족했다. 밤마다 잠을 절반밖에 못 잤다. 나는 업무 분담이 공평하지 않다는 사실을, 클로디아는 주로 디자인과 홍보를 맡고 있기 때문에 비행기를 타고 전국을 누비지 않아도 된다는 사실을 깨닫기 시작했다. 클로디아의 일은 우리 제품의 색상과 무늬를 선택하고 PR 에이전트를 만나는 것이었지만, 내 일은 부티크를 최대한 많이 찾아다니며 제품을 영업하는 것이었다. 나는 유통망을 늘릴 방법을 고민하느라 점점 더 힘들었지만 클로디아는 자기 집 뒷마당에서 아덴과 사진을 찍으며 시간을 보냈다. 나는 중대한 전략적 문제를 가지고 혼자 고군분투하는 느낌이었다. 임신한 몸으로 부티크를 찾아다니면서 제품을 파는 건 덤이었다. 클로디아가 열심히 하지 않았다고 말하려는 것은 아니지만(클로디아는 열심히 일했다) 나는 업무 분담이 공평하지 않다고 생각했다. 나는 직장을 다니고 있었고 클로디아는 그렇지 않았기 때문에 상황은 더욱 악화되었다. 그러나 클로디아 가족이 사업 자금을 댔다는 사실에 대한 죄책감이 너무 컸기 때문에 모든 상황을 받아들이고 계속 열심히 일했다.

나는 내가 맡은 일을 어떻게 처리할지 고민하느라 대부분의 시간을 보냈다. 나는 아무것도 몰랐으므로 모든 것을 구글에서 찾아봐야 했다. 뭘 어떻게 해야 할지 모를 때가 자주 있었는데, 그럴 때마다 나는 그냥 아는 척했다. 정말 선택의 여지가 없었다. 사업을 제대로 해내려면 이 문제를 (그것도 빨리!) 해결해야 했다. 내가 가장 심한 스트레스를 받으면서 수면 부족에 시달릴 때 깨달음의 순간이 왔다. 나는 스킵 홉의 공동 창립자 엘런 다이아먼트에 대한 기사를 읽었다. 그녀는 나와 마찬가지로 뉴욕의 아파트에서 유아용품 회사를 창업했다. 그녀는 유아차에 고정시키는 기저귀 가방을 처음 만들었는데, 정말 혁신적이었다. '내가 지금 겪고 있는 일을 이미 겪은 사람이니까 몇 가지 조언을 해줄 수 있을 거야.' 나는 생각했다.

나는 엘런에게 전화를 걸었다. 그녀가 전화를 받자 내가 말했다. "당신은 저를 모르시겠지만, 몇 가지 여쭤봐도 될까요? 당신이 그랬던 것처럼 저도 새로운 사업을 시작했거든요."

엘런은 너무나 정중했다. 그녀는 나에게 10분을 내주었다. 짧은 시간 같이 느껴질지 모르겠지만, 그녀는 나에게 아무것도 빚진 것이 없었다. 미리 약속을 하고 전화를 건 것도 아니었고, 엘런은 내가 누군지 전혀 몰랐다. 너무나 고마웠다(참, 그래서 요즘 누가 나에게 도움을 청하면 나 역시 아무것도 묻지 않고 도와준다). 엘런은 무척 적극적으로 충고를 해주었다.

"집에서 주문을 받지 마세요." 그녀가 말했다. "물류 센터를 이용하는 게 좋아요."

더욱 중요한 조언은 상품 전시회에 참석하라는 것이었다. 이 두 가지는 정말 귀중한 조언이었고, 덕분에 아덴아나이스는 새로운 단계의 영업을 시작할 수 있었다. 당시 셋째를 임신한 지 8개월째였기 때문에 어느 소심한 승무원은 나를 비행기에 태우지 않으려 하기도 했는데, 어쨌거나 상품 전시회는 우리 회사의 초기 성공에 중요한 부분이 되었다. 나는 부스를 세웠고 새로운 상품을 찾는 부티크들은 우리 모포 같은 제품은 처음 본다고 말했다. 아덴아나이스는 맨 처음으로 참가한 전시회에서 백여 개의 가게와 접촉했다. 요즘도 전시회에서 우리 부스를 처음 보자마자 성공할 줄 알았다며 말을 거는 소매업자들이 많다. 상품 전시회는 회사의 성장에 도움이 되었지만 전시회에 참가하려면 수없이 돌아다녀야 했고, 따라서 내 일이 훨씬 더 늘어났다. 임신한 몸으로 상품 전시회 부스를 힘들게 만들고 해체하기를 반복하던 나는 한계에 다다랐다. 어느 날 나는 클로디아와 통화를 하다가 나 혼자 상품 전시회에 다니는 것은 공평하지 않다고 말했다. 그때 진실이 드러났다. 클로디아가 전시회에 가는 것을 남편이 싫어한다는 것이었다. 클로디아는 남편에게 허락을 받아야 하는 듯했고, 나는 그것이 전혀 이해되지 않았다. 내가 클로디아에게 왜 그런지 물었다.

"음, 남편 혼자 애를 잘 못 봐서 내가 어디 가는 걸 별로 안 좋아해." 클로디아가 말했다.

"나도 애들이 있어. 그래도 하잖아." 내가 지적했다. '게다가 직장도 다니고 말이야.' 속으로 생각했다.

그러나 클로디아는 꿈쩍도 하지 않았다. 그녀의 남편이 클로디아의 출장을 완강하게 반대했다. 나는 상황을 받아들일 수밖에 없었고, 당장이라도 쓰러질 것 같았지만 클로디아 부부의 투자액이 더 크니까 어쩔 수 없다고 정당화했다. 무슨 일이 벌어질지 이때 눈치를 챘어야 하지만 나는 회사의 성장에 너무 흥분해서 우리가 빠르게 다가가고 있던 피할 수 없는 절벽을 미처 보지 못했다.

7장
기습을 예상하자

회사가 성장할수록 긴장은 커져만 갔고, 2007년 말에 클로디아와 나는 처음으로 크게 말다툼을 했다. 사업을 시작한 지 1년 반이 지났을 때 수익이 벌써 50만 달러를 넘었다. 사업은 놀라운 속도로 번창했지만 햇볕이 들고 무지개가 뜨기는커녕 우리는 오스트레일리아 법인 설립 문제로 의견이 갈렸다. 클로디아는 미국에서만 사업을 하고 싶어했고, 나는 국제 시장에 진출하고 싶었다. 나는 경리였던 엄마가 회계를 담당하고 여동생이 영업을 맡으면 된다고 생각했다. 클로디아는 그럴 수 없다고 고집을 부렸다. 나는 클로디아가 근시안적이라고 생각했고, 그렇게 말했다. 우리는 말다툼을 하고 전화를 끊었고, 일주일 동안 연락하지 않았다.

사업 자금 때문에 이미 긴장이 고조된 상태였다. 우리는 여느 동업자들처럼 의견이 일치하지 않을 때가 분명 있었지만, 지금까지는 늘 건전한 논의 끝에 해결할 수 있었다. 한 번은 디자인에 대해 판매점의 요구를 따라야 할지 논의한 적이 있다. 클로디아는 가게에서 이런 색상이나 저런 디자인을 요청하면 귀를 기울여야 한다고 생각했다. 나는 우리가 좋아하는 것은 우리가 안다고, 우리는 '우리만의' 브랜드와 디자인 비전을 만들어 가야 한다고 말했다. 노란색이 아니라 초록색이어야 한다는 판매점의 요구를 따라서는 안 된다고 말이다. 클로디아는 마지못해 동의했고, 우리는 우리만의 디자인 비전에 충실했다.

심지어 회사 이름을 바꾸는 문제로 잠시 다툰 적도 있었다. 알고 보니 어떤 고객들은 아덴아나이스를 우아하지 않게도 '애던 앤드 애너스(항문)'라고 발음했다. 당시에는 이름을 바꾸는 것이 특별히 경솔하거나 현명하지 못한 결정이라고 할 수 없었다. 그러나 나는 물러서지 않았다. 루이 비통, 에르메스, 록시땅처럼 사람들이 이름을 엉망으로 불렀지만 크게 성공한 브랜드는 얼마든지 있었다. 지나친 자신감이라고 할 수도 있겠지만 나는 우리가 성공하려면 이름을 지켜야 한다고 생각했다. 요란스럽지 않으면서도 고급스럽고 야심찬 이름이었고, 우리 아이들의 이름을 땄기 때문에 믿음과 감정이 담겨 있었다. 나는 그것을 놓치고 싶지 않았다. 고객들이 이름을 제대로 인식할 시간이 필요한 것뿐이었다. 그럴 가치가 있었다. 아무도 아덴아나이스를 발음하지 못한다는 사실이 분명해졌지만 독특한 이름은 미디어에서 화제가 되었다.

내가 모든 논쟁에서 이긴 것은 아니었다. 우리는 클로디아가 무척 고집했던 디자인을 놓고 큰 언쟁을 벌였다. 내 취향은 아니었고, 내가 보기에 아덴아나이스 브랜드로서는 지나치게 '귀여운' 느낌이었다. 음, 하지만 내가 완전히 틀렸다. 문제의 디자인은 정글 잼 컬렉션이 되었고, 회사 역사상 가장 잘 팔린 무늬이자 병원에서 퇴원하는 조지 왕자를 감싼 모포의 디자인이었다. 동업자가 있을 때는 타협하는 법을 배우는 것이 중요하다. 언쟁이 생길 수밖에 없지만, 그것을 어떻게 해결하느냐가 사업의 성공에 영향을 미친다. 클로디아와 나는 서로 의논하고 합의점을 찾음으로써 갈등을 대부분 건전하고 건설적으로 해결할 수 있었다.

2008년 1월에 벌어진 다툼은 달랐다. 셋째 아이가 태어난 지 두 달도 되지 않았을 때 나는 클로디아로부터 뜬금없는 이메일을 받았다. 사업 파트너이자 내 '친구'인 클로디아는 자기 가족이 빌려준 돈 중 미변제액과 사업에 대한 자신의 공헌을 합산한 금액(그녀의 계산에 따르면 40만 달러였다)를 30일 이내에 지불하라고 요구했다. 회사에서 빠질 테니 자기 지분을 사라는 것이었다. 내가 돈을 지급하지 못하면 자신이 내 지분을 살 권리를 행사하겠다고 했다. 또 우리가 합의하지 못할 경우 사업을 끝내자고 했다.

나는 무척 당황했다. 나는 클로디아에게 전화를 걸고 이메일을 보내서 왜 이러는지 알아내려고 애썼다. 우리 회사는 클로디아와 그녀의 시아버지로부터 약 30만 달러를 빌렸고, 내 지분은 15만 달러였다. 나는 클로디아에게 이렇게 썼다. "15만 달러야. 만약 회사가 도산해도 내가 너희 가족에게 빚을 떠넘길 일은 절대 없을 거란 걸 알잖아. 내가 어떤 사람인지 알잖아, 난 너한테 절대 그렇게 안 해."
하지만 클로디아는 답장에서 자신의 요구를 되풀이할 뿐이었다.

나는 크나큰 충격에 빠졌다. 처음에는 부인했다. 어찌나 놀랐는
지 이 일이 진짜 벌어지고 있음을 깨닫기까지 일주일이 걸렸다. 나
는 문제를 해결하고 싶었다. 그러나 클로디아가 이 사업을 믿지 않
으며 이제 다 끝났다는 이메일을 보내자 내 태도도 바뀌었다. 나는
그게 잘못된 결정이라고 클로디아를 설득할 수 없음을 깨달았고,
그러자 그녀를 내보내고 싶어졌다.

하지만 그때 이중고가 닥쳤다.

이런 일이 한창 벌어지고 있을 때 엄마가 우리 집을 방문했다. 어
느 날 잡담을 나누다가 엄마가 나에게 최근에 피부과 검진을 받은
적이 있는지 물었다. 나는 그렇다고, 다음 주에 진료 예약이 되어 있
다고 말했다. 나는 병원에 갈 때마다 의사가 표본을 채취해서 생체
검사를 하지만 늘 괜찮았다고 투덜거렸다.

그러자 엄마가 대답했다. "그것 참 재미있네. 얼마 전 오스트레일
리아에서 피부과 의사들이 돈을 벌려고 불필요한 생체 검사를 해서
큰 소동이 있었거든."

내가 머리를 굴렸다. "그러고 보니 생각을 좀 해봐야겠어요. 내가
피부과에 갈 때마다 표본 채취 도구를 미리 다 꺼내놓고 있거든요."

나는 오스트레일리아 사람이지만 영국과 웨일스 혈통이라서 눈
동자 색도 밝고 피부도 하얗다. 오스트레일리아의 점점 얇아지는 오
존층 아래에서 살면서(창문을 닫고 차를 타고 다녀도 심한 일광 화상을

입을 수 있다), 에어로가드라는 벌레 퇴치제(베이비 오일보다 더 효과적
이다)를 잔뜩 바르고서 몇 시간이고 연속으로(그것도 매번 다른 시간
대에!) 불가사리처럼 몸을 뻗고 누워 있었으니 재앙은 따놓은 당상
이었다. 내가 열아홉 살 때 의사가 말했다. "래건, 계속 이러다간 서
른 살쯤 되면 오래된 자두처럼 주름이 자글자글할 거야." 나는 이렇
게 생각했던 것이 똑똑히 기억난다. '서른 살에 어떻게 되든 무슨 상
관이야? 너무 늙어서 어떻게 보이는지 신경도 안 쓸 텐데!' 그 여파
가 너무 커서 요즘 나는 6개월마다 피부과에 가서 전신 CT를 찍었
다. 그러나 엄마의 이야기를 들으니 피부과 의사가 의심스러웠다.

그 다음 주에 나는 여러 해 동안 나를 진료했던, 뉴욕에서 가장 성
공한 피부과 의사를 만나러 갔다. 그녀는 말을 마음속에 담아두는
법이 없는 여성인데, 나는 그녀를 정말 좋아한다. 의사가 평소와 똑
같이 검진을 하더니 보통 옷의 목선이 떨어지는 부분에서 좁쌀 크
기의 의심스러운 부분을 발견했다. 물론 그녀는 그 부분을 도려내
서 생체 검사를 하자고 했다.

"진심이에요, 젠들러 박사님? 이걸 도려낸다고요? 그럼 상처가
또 생기잖아요." 내가 말했다.

"꼭 해야 돼요." 의사가 말했다. "정말 심상치 않아 보여요."

"하지만 생체 검사에서 뭐가 나온 적은 한 번도 없잖아요." 내가
말했다.

그녀가 수상한 분위기를 알아차리고 물었다. "이게 다 무슨 일이
죠?" 그래서 내가 오스트레일리아의 피부과 스캔들을 구구절절 설

명했다.

"래건. 진심이에요? 내가 돈을 벌려고 필요하지도 않은 생체 검사를 해야 할 사람 같아요? 말도 안 되는 소리 하지 말아요! 아주 조심하겠다고 약속할게요. 하지만 생체 검사를 안 하고 넘어갈 순 없어요."

의사의 말이 일리가 있었기 때문에 결국 표본을 채취했다. 나는 지금까지 생체 검사가 그랬던 것처럼 이번에도 정상일 것이라고 생각하면서 집으로 돌아왔다.

다음 날 의사가 전화를 걸어와서 피부암 중에서 가장 치명적인 흑색종이라고 말했다. 수술을 이미 잡아 놓았다고 했다.

"위치가 위치니 만큼 내일 성형외과로 가세요." 그녀가 말했다.

아직 충격에서 벗어나지 못한 나는 겨우 이렇게만 말했다. "도대체 무슨 일이 벌어지고 있는 거죠?"

"그래요. 농담이 아니에요. 수술실에 들어가서 제거해야 돼요."

그래서 나는 수술실에 들어갔다. 문제의 점은 작았지만(쇄골 바로 밑이었다) 수술은 내가 생각했던 것보다 훨씬 더 침습적이었다. 흑색종은 촉수가 있기 때문에 전부 제거하려면 깊이 베어야 했다. 수술이 끝나고 서른여덟 바늘을 꿰맸을 때 내가 얼마나 놀랐을지 상상해보라. 나는 혈액 배출관을 달고 별안간 프랑켄슈타인의 신부 같은 몰골이 되었는데, 정말 상상도 못 한 일이었다. 그러나 나는 출산 휴가를 끝내고 이코노미스트로 복직해야 했으므로(게다가 완고하고 워커홀릭 기질이 있으므로) 사무실로 돌아갔다. 내가 셔츠 밑에 배출관을 숨긴 채 탕비실에 서 있을 때 마케팅 부장이 들어왔다. "잘 지내요?" 그녀가 물었다.

"썩 좋진 않아요." 나는 이렇게 말하고 눈물을 터뜨렸다.

그런 다음 이틀 동안 암이 퍼지지 않았는지 검사 결과를 기다렸는데, 그 이틀이 평생처럼 느껴졌다. 한편 클로디아는 계속 이메일을 보냈다. 나는 결국 잠깐 숨 좀 돌리고 싶으니 그만 좀 하라고 메일을 보내야 했다. 사태의 심각성을 알리기 위해서 상처투성이 흉부 사진까지 찍어서 첨부했다. 클로디아는 답장을 보내지 않았지만 며칠 동안은 연락하지 않았다. 내가 겪고 있는 이 모든 일에 클로디아가 전혀 신경 쓰지 않는 것 같아서 정말 가슴이 아팠지만, 이제 정말로 끝났다는 또 하나의 신호로 받아들였다. 클로디아가 이 정도로 차갑게 끊어낼 수 있다면, 동업자 관계는 물론이고 우리의 우정도 되살릴 수 없었다.

암이 전이되지 않았다는 결과가 나오자 나는 배출관을 제거하러 성형외과에 가야 했다. 검사 결과를 기다리는 스트레스, 클로디아와 사업으로 인한 스트레스, 이 와중에도 계속 출근해야 한다는 스트레스가 나를 한계까지 몰아붙였다.

배출관을 제거하기 위해서 의사의 진료실에 들어간 나는 격한 감정을 쏟아냈다.

나는 그에게 상처가 이렇게 클 줄 몰랐고, 서른여덟 바늘이나 꿰맬 줄도 몰랐으며, 이 끔찍한 피주머니를 달고 돌아다녀야 할 줄은 몰랐다고 짜증을 냈다. 나는 의사에게 말했다. 젠들러 박사와 당신에게 화가 난다고.

그때 의사가 내 말을 잘랐다.

"잠시만요." 그가 말했다. "당신이 오기 전에 젊은 남자가 당신과 똑같은 흑색종 때문에 왔어요. 아마 마흔도 안 된 것 같았는데, 그의 경우에는 등이었죠. 저는 똑같은 수술을 했습니다. 당신과 달리 그의 암은 진행된 상태였고, 전이도 있었고, 우리는 암세포를 다 제거하지 못했습니다. 이제 그에게 남은 시간은 6개월이에요."

나는 가만히 있었다.

"극복해야 합니다, 래건. 젠들러 박사가 찾아낸 것을 고맙게 생각하세요. 6개월 뒤에 발견했다면 상황이 전혀 달랐을 겁니다."

나는 큰 깨달음을 얻었다. 상황이 아무리 나빠도, 이 끔찍한 격동이 아무리 큰 스트레스라 해도, 나는 잠시 속도를 늦추고 상황을 냉정하게 평가해야 했다. 사업의 세세한 부분 때문에, 또는 클로디아에 대한 분노 때문에 스스로 소진되기가 너무 쉬웠다. 진료실에 앉아서 총알을 겨우 피했다는 말을 듣기 전까지는 그 모든 문제가 너무나 중요하게 느껴졌다. 하지만 이제는 지금까지 너무나 중요하게 여겨졌던 세세한 부분들이 갑자기 아무 상관없다는 느낌이 들었다.

나는 침착해야 했다. 유아용 모포 사업이 목숨을 걸 만큼 중요한 것은 아니었다. 그때 깨닫지 못했다면 나는 계속 돌진하면서 사업과 분노에 너무 많은 에너지를 쏟았을 것이다. 스트레스가 저절로 증발하지는 않았지만 마음가짐은 완전히 바뀌었다. 암으로 죽을 뻔한 경험은 정말 큰 충격이었다.

그렇다고 해서 이 모든 사건을 겪으면서 내가 기적처럼 상처 하나 받지 않았다는 뜻은 아니다. 이제 완치 판정을 받은 나는 한 달 내내 계속된 정면 충돌의 감정적 무게에 직면했다. 이런 일들이 한창 벌어지고 있던 어느 날 밤, 나는 태아처럼 몸을 동그랗게 말고 모든 것을 내 안에 꾹꾹 눌러 담으려고 애썼다.

"할 수 있을지 모르겠어." 내가 마르코스에게 소리쳤다. "죽을 것 같아. 가느다란 실 끝에 매달린 기분이야."

잠자코 있던 마르코스가 물었다. "당신, 이 사업을 정말 믿어? 당신이 하고 있는 일을 믿어?"

"당연하지. 믿어." 내가 말했다.

"그렇다면 당신 사업을 위해서 싸워. 뭐든지 해서 싸워봐. 당신이 지금 두 손 들고 '이건 너무 힘들어'라고 항복해버리면 당신 자신을 절대 용서하지 못할 거야."

마르코스의 격려가 나를 자극했다. 나는 원래 전사다. 그러나 이 순간, 나를 지지해주고 내가 그만두면 평생 후회할 걸 아는 내 편이 있다는 것은 정말 소중한 일이었다.

이상적인 세계에서라면 나 혼자 클로디아의 지분을 살 수 있었을 것이다. 그러나 나의 현실은 전혀 그렇지 않았다. 나는 클로디아의 지분을 살 돈이 없다는 사실에 화가 났고, 상황이 상황이다보니 또 다시 친구들에게 투자를 받는 것이 망설여졌다. 그러나 나는 곤란한 상황이지만 해야 할 일이 있다는 것을 알았고, 또 나를 도와줄 믿을 수 있는 사람들이 있어서 믿기 힘들 만큼 운이 좋다는 것도 알았다. 그런 친구들에게 투자를 부탁하는 것 외에는 선택의 여지가 없다는 느낌이 들었다. 내가 클로디아와 비슷한 관계를 또 다시 맺는 것처럼 보일지도 모르지만, 친구들에게 파트너로서 동업을 하자고 요청하는 게 아니라는 점이 달랐다. 나는 돈을 벌 수 있는 아이디어에 투자하라고 요청하는 것이었다. 나는 내 지분을 희석시키거나 통제권을 넘기지 않겠다고 확고하게 결심했으므로, 능력과 뜻이 있는 친구들에게서 돈을 빌리는 것이 가장 좋은 방법이라고 결론을 내렸다.

클로디아와 결별하기 몇 달 전, 역시 절친한 친구인 폴라는 나와 사업을 시작하지 않은 것을 아쉬워했다. "왜 그날 네 옆에 있던 사람이 내가 아니었을까?" 그녀는 이렇게 말했다. 폴라의 남편은 은행에 다녔고 폴라 역시 예전에는 투자 은행에 다녔다. 폴라에게는 투자 수단이 있었다. 그리고 나는 폴라가 관심이 있을 것이라고 생각했는데, 내 생각이 맞았다(그러나 폴라는 뉴욕에서는 드물게도 차를 두 대 살 계획이었던 남편 매트와 치열하게 싸워야 했다. 결국 폴라는 이렇게 말했다. '당신은 그 빌어먹을 자동차를 사면서 나는 이 사업에 투자하지 못하게 하면 정말 이혼해버릴 거야.' 박력이 넘치는 여자는 정말 사랑하지 않을 수가 없다!).

쉬운 일은 아니었다. 클로디아는 내가 외부 자금을 조달해서 자기 지분을 사면 안 된다고 조건을 달았다. 나는 개인적으로 돈을 마련해야 했는데, 주주 간 계약서에 따라 클로디아가 요구할 수 있는 사안이었다. 당시에는 클로디아가 왜 그런 요구를 하는지 정확히 몰랐지만 여러 해가 지난 후에 답을 찾았다. 내가 이 책을 한창 쓰고 있을 때 예전부터 우리 회사의 홍보를 담당했던 크리스티나 융어-고드프리가 저녁 식사를 하면서 해준 이야기에 따르면, 클로디아는 나에게 이메일을 보낸 직후 당분간 PR을 보류하라고 지시했다. 크리스티나가 이유를 묻자 클로디아는 내가 곧 사업에서 빠질 것이라고, 그러면 다시 같이 일하자고 말했다. 클로디아는 나에게 사업에서 빠지고 싶다고 말했지만 사실은 내가 돈을 마련하지 못할 줄 알고 나를 쫓아내고 싶었던 것이다. 나는 10만 달러 정도는 융통할 수 있을 듯한 친구들에게 말을 꺼냈다. 그들은 내 친구였고, 나는 그들을 믿고 싶었기 때문이다. 클로디아의 요구 사항 때문에 설득이 약간 힘들었다. 돈을 내 계좌에서 클로디아에게 바로 보내야 했으므로, 투자하는 친구들은 문서 없이 구두 약속만으로 내 계좌로 돈을 보낸다는 조건에 찬성해야 했다. 쌓아온 관계가 없다면 누구도 이러한 요청에 동의하지 않을 것이다. 관계가 있다 해도 친구들이 나를 굳게 믿어야만 가능한 일이었다.

내가 손가락을 튕기자 갑자기 40만 달러가 눈앞에 모인 것일까? 나는 막다른 궁지에 내몰렸고 사업을 구하기 위해 필요하다면 무슨 일이든 할 준비가 되어 있었다는 걸 잊지 말자. 그러나 누구나 친구에게 부탁해서 이 정도 돈을 구할 수 있는 것은 아니다. 나는 우연히도 세계 금융의 중심지인 뉴욕에 살았고, 또 우연히도 은행가들을 많이 알았다. 은행에 다니는 친구들은 내가 틈틈이 아덴아나이스를 만들어서 키우던 2년 동안 내 사업에 대해서, 그리고 성공에 대해서

들었다. 내 친구들에게 투자가 쉬운 일이었다는 뜻은 아니다. 친구들이 풍족하게 살았을지는 모르지만 그래도 여전히 큰돈이었고, 친구들은 내 사업의 기회와 위험을 신중하게 분석해야 했다.

이때, 사업 기회와 나 자신을 영업하는 능력이 큰 역할을 했다. 나는 친구들에게 투자를 요청하는 것이 불편하지 않았다. 그것은 친구들에게 기회를 주는 느낌이었다. 물론 나는 아무것도 보장할 수 없다고, 소기업 투자가 다 그렇듯 전부 잃을 각오도 해야 한다고 친구들에게 말했다. 그러나 나에게는 설득력 있는 데이터와 기하급수적 성장을 보여주는 실적이 있었다. 또 내가 이 사업을 믿으며 친구들이 돈을 잃지 않도록 미친 듯이 일할 것임은 분명했다.

결국 세 커플이 투자자로 나섰다. 매트와 폴라, 그들의 친구인 줄스와 팀, 그리고 예전에 이코노미스트에서 같이 일했던 크리스티나와 남편 스콧이었다. 이들은 총 49만 달러를 내고 회사 지분의 49퍼센트를 차지했고, 내 지분이 과반이었다.

우리가 결국 회사를 팔았을 때, 지분 49퍼센트의 가치는 거의 5천만 달러에 달했다! 나는 혼자 50만 달러를 마련할 수 없었기 때문에 그 큰 돈을 잃은 것이다. 그러나 나는 사업을 구했고, 그것이 더 중요했다. 나는 자력으로 클로디아의 지분을 사지 못하는 것이 짜증났지만, 친구들이 나와 내 사업을 굳게 믿고서 절대 좋다고 할 수 없는 조건에, 그것도 그토록 짧은 시간 안에, 기꺼이 투자를 결정해서 정말 놀랐다.

내가 클로디아에게 전화를 걸어 40만 달러를 마련했다고 말하자 클로디아는 곧장 더 많은 돈을 요구했다. 그녀는 '자기 시간과 에너지'의 대가로 10만 달러를 더 달라고 했다. 클로디아는 애초에 내가 돈을 마련할 수 있을 거라고 생각하지 않았고, 내가 돈을 마련하자 즉시 액수를 올렸던 것이다. 나는 항의조차 하지 않았다. 협상하고 싶지 않았다.

그것은 옳은 결정이었고, 덕분에 회사는 흔들리지 않았다. 나는 싫은 것을 잘 받아들이는 편은 아니지만 결국 중요한 것은 공정함이었다. 나는 클로디아가 추가금을 요구해서 화가 났지만 부당한 요구라고 생각하지는 않았다. 어쨌든 클로디아는 나와 함께 노력해서 이 사업을 일으켰다. 나는 모든 것을 잃을 위험을 무릅쓰고 클로디아와 싸울 가치가 없다고 생각했기 때문에 친구들에게 조금 더 부탁했다.

클로디아와 한창 극적인 상황을 연출하고 있을 때(흑색종을 떼어내고 겨우 몇 달 지났을 때) 이코노미스트 그룹 동료 중에서 아덴아나이스에 대해 유일하게 알고 있는 데이비드가 내 사무실로 들어와서 말했다. "음, 당신 꼴이 엉망이네요." 나는 그날 데이비드와 점심을 먹으면서 (그리고 와인을 두 병 마시면서) 뭐가 문제인지 설명했다. 나는 공식적으로 (법적으로) 사업 운영권을 가지고 있었고, 캘리포니아로 가서 서해안 지역 사무소를 닫을 계획이었다. 클로디아는 퀵북스라는 프로그램으로 회계를 관리했는데, 나는 그것을 어떻게 쓰는지 전혀 몰랐다. 데이비드는 퀵북스를 쓸 줄 알았기 때문에 친절하게도 LA에 같이 가주겠다고 했다. LA 방문은 악몽이었다. 우선, 클로디아의 서명 없이는 우리 두 사람의 이름으로 된 법인 계좌를 닫을 수 없었다. 그런데 이 계좌를 닫아야만 우리의 얼마 안 되는 자금을 새로운 법인 계좌로 옮길 수 있었다. 우리의 거래 은행(아덴아나이스의 거래 은행이자 클로디아 가족의 자산을 관리하는 은행)은 내가 우리 계좌의 서명자임에도 불구하고 계좌를 닫도록 허가해주지 않았다. 그 대신 은행원이 클로디아에게 전화를 했다. "래건이 왔어요." 그는 공모자라도 된 것처럼 클로디아에게 알렸다. 은행원은 클로디아와 통화한 다음에도 꿈쩍도 하지 않았다. 결국 내가 지점장과 소리를 지르면서 싸웠지만 아무것도 해결되지 않았다. 나는 빈손으로 나왔다.

데이비드와 나는 그래도 포기하지 않고 회계 장부를 비롯해서 모든 것을 매듭지으려고 아덴아나이스 사무실(솔직히 말하면 임대 사무실 내의 작은 방 하나에 불과했다)로 향했다. 나는 적어도 이 일만큼은 매끄럽게 진행될 줄 알았다. 하지만 내 생각이 틀렸다. 근처 사무실에서 일하는 사람이 클로디아에게 전화를 걸어서 내가 어떤 사람과 함께 사무실에 들어갔다고 알렸다. 어느새 경찰이 와서 데이비드에게 회사 직원이냐고 물었다. 데이비드가 아니라고 대답하자 경찰이 그를 내쫓으며 '낯선 사람'이 사무실에 들어가서 회사 정보에 접근하면 안 된다고 말했다. 말할 필요도 없이 우리는 이번 여행에서 아무것도 얻지 못했다.

그동안 나는 뉴욕 사업을 다시 법인화하는 일에 착수했다가 회계가 엉망임을 깨달았다. 미수금이 헤아릴 수 없을 만큼 많았다. 우리는 다른 면에서도 순진했다. 실수가 많았지만 그중에서도 대금 결제일을 너무 넉넉하게 잡은 것이 문제였다. 업무 분담도 문제였지만, 재정적으로 한 사람이 하는 일을 다른 사람이 몰랐음이 분명해졌다. 나는 클로디아가 고객으로부터 대금을 착실히 받고 있다고, 아덴아나이스의 유일한 정규직 직원(몇 달 전에 고용했다)이 매일 회계 장부를 기록하고 있다고 믿었지만 잘못된 생각이었다. 나는 또 클로디아가 회사를 법인화할 때 자신을 최고경영자CEO로, 나를 최고재무관리자CFO로 올렸음을 깨달았다. 재무는 나와 정말 거리가 멀었으므로 진짜 말도 안 되는 일이었다.

악몽 같은 LA 방문 이후에는 내 변호사가 클로디아 팀을 상대했으므로 우리는 일을 진행시키기 위해서 필요한 것들을 처리할 수 있었고, 마르코스가 LA로 가서 사무실 일을 마무리해주겠다고 했다. 마르코스가 컴퓨터로 일을 처리하고 있을 때 클로디아가 와서 그의 머리에 사무실 열쇠를 던지며 이렇게 적대적으로 나올 필요는 없었다고 말했다. 마르코스는 마음을 가라앉힌 다음 이렇게 대답했다. "농담이겠지, 클로디아. 적대적으로 나온 사람은 너잖아." 클로디아는 아무 대답도 없이 마르코스에게 비밀번호와 필요한 정보를 알려준 다음 행운을 빈다고 말하고 떠났다. 그때 이후, 우리는 클로디아의 소식을 듣지 못했다.

나는 창업을 하려는 기업가들에게 종종 조언을 하기 때문에 동업 관계로 사업을 시작하는 친구들을 자주 본다. 동업자와 함께 창업한다는 생각은 물론 매력적이다. 좋을 때와 나쁠 때를 함께 겪고 미지의 세계를 같이 헤쳐나가며 노력과 위험을 나눌 사람이 생기는 것이다. 당신에게 잘하고 있다고 말해줄 사람, 또 당신이 없을 때 돌봐줄 사람이 있다. 창업은 힘든 일이고, 동업자가 있으면 힘들게 노력하느라 감정이 오르락내리락 할 때 힘이 되어준다. 게다가 자산도 공동 출자할 수 있다. 한 사람이 금융 쪽 전문 지식을, 한 사람이 마케팅 지식을 제공할 수도 있다. 혼자 일하는 기업가를 만나 보면 동업자를 찾고 있는 경우가 많다. 왜냐고 물으면 도움과 지원을 받고 싶어서라고 대답한다. 그러나 동업하는 기업가들을 만나보면, 두 사람이 필요한 절차를 밟고 계약서로 관계를 공식화한 경우는 거의 없고, 양측 모두를 보호할 수 있도록 사업을 조직하는 경우는 더욱 드물다. 동업자가 친구나 가족일 경우에는 '정말로' 계약서를 써야 한다.

노암 와서먼 교수는 저서 『창업자의 딜레마』에서 이렇게 설명한다.

공동 창업의 크나큰 희망과 달리 친구나 친척으로 구성된 팀은 모든 창업 팀 유형 중에서도 가장 불안정하며, 모르는 사람 또는 지인 팀보다도 불안정하다. 창업 팀 내에 사회적 관계(즉, 친구나 가족)가 추가될 때마다 공동 창업자가 팀을 떠날 확률이 30퍼센트 가까이 높아진다.[1]

나는 클로디아와의 경험을 통해서 친구와 동등한 동업 관계로 사업을 시작하면 문제가 일어날 수 있음을 직접 배웠다. 그 경험을 통해서 내가 오늘 이 자리까지 왔으므로 이렇게 말하는 것이 쉽지는 않다. 나와 클로디아가 겪었던 종류의 일을 겪는 것은 무척 가슴 아픈 일이다. 게다가 그 때문에 우리 사업이 끝장날 뻔했다. 그러므로 나는 지금까지 배운 몇몇 귀중한 교훈과 이 경험을 통해서 동업 관계를 달리 보게 되었다. 처음부터 다시 해야 한다면 나는 애초에 친구와 동업 관계로 창업하지 않을 것이다.

지금 돌아보니 우리 가족이 투자할 수 있는 금액과 클로디아 가족이 투자할 수 있는 금액의 차이가 문제였음이 너무나 분명하다. 어쩌면 그것이 유일한 문제였을지도 모른다. 내가 돈이 다 떨어져서 자금을 더 이상 출자하지 못하게 된 직후부터 관계에 금이 가기 시작했다. 나는 클로디아가 자기 역할을 다하지 않는다고 생각했지만 그녀는 나에게 말했던 것처럼 자기 가족이 '사업 자금을 대고' 있었기 때문에 화가 났다.

여기서 또 하나 분명한 것은 동업 관계를 맺을 때 동업자의 배우자 혹은 가족도 고려해야 한다는 점이다. 좋든 싫든 그들이 사업에 영향을 끼치게 될 것이다. 나는 클로디아와 사업을 하고 있었지만 클로디아의 남편이 우리 사업에 큰 영향을 끼쳤다. 그가 우리에게 이용당했다고 생각했는지는 아직도 알 수 없지만, 유리한 지급 조건으로 계약서를 작성했음에도 불구하고 자기들이 마르코스와 나보다 더 많이 투자했다는 사실을 불편하게 여겼다. 가까운 가족 사이에는 그런 문제가 별로 없다고 생각할 것이다, 안 그런가? 하지만 나는 클로디아 부부 아이들의 법적 후견인이었고 가족이나 다름없었다. 그런데도 그들이 위협받는다고 생각하자 우리의 급소를 찔렀음을 잊지 말자.

클로디아와의 결별 후 나는 또 다른 이유로 동업자와 사업을 같이 하지 않겠다고 결심했다. 두 사람이 의견을 내세워 밀어붙이려 하면 통솔이 어려워지고, 실행이 힘들어진다. 클로디아와 나는 비전이 서로 달랐다. 지금 생각하니 클로디아와 동업 관계를 유지했다면 사업이 성공하지 못했을 거라는 생각도 든다. 한 부엌에 동등한 발언권을 가진 요리사 두 명이 공존하기는 힘들다. 불가능한 일은 아니지만, 똑같은 비전과 실행력을 가진 동업 관계는 아주 드물다.

또 우리는 창업 동기도 무척 달랐다. 나는 이 사업이 우리 가족에게 큰 이익을 가져다 줄 수 있다고 생각했지만 클로디아는 그렇지 않았다. 그녀에게는 우리 사업이 취미에 더 가까웠다. 마지막으로 대화를 나눌 때 나는 클로디아에게 그녀는 이미 백만장자라는 사실을, 사업이 잘 풀리지 않아도 그 영향이 다르다는 점을 지적했다. 이 사업은 우리 가족에게 경제적 자유를 줄 가능성이 있었는데, 클로디아는 이미 경제적 자유를 누리고 있었다. 그러나 클로디아는 그런 식으로 생각하지 않았다. 나는 클로디아가 우리 사업을 믿지 않는다고 말했을 때 가장 가슴이 아팠다. 썩 놀라운 일은 아니지만, 클로디아의 남편도 마찬가지였다. 지금 돌아보니 그는 우리가 유아용 모포 몇 개로 몇 백만 달러짜리 회사를 만들 수 있다고 믿지 않았던 것 같다. 동업자가 있을 경우, 두 사람 모두 사업을 똑같이 믿어야 한다.

　마지막으로, 친구를 잃는 것은 정말 괴로운 일이다. 우리는 살아 가면서 가끔 친구를 잃는다. 그러나 클로디아와 나는 어려움을 함께 겪는(연이은 성공과 도전으로 함께 기뻐하고 함께 힘들어하는) 사이 였지만 거의 하룻밤 사이에 두 번 다시 대화도 나누지 않는 사이가 되었다. 나는 클로디아가 왜 그랬는지, 어떻게 그렇게 차갑게 나를 자기 인생에서 끊어낼 수 있었는지 결코 이해하지 못했다. 아직까 지도 가슴이 아프지만, 사람들은 가끔 돈 때문에 이상한 행동을 하는 것 같다.

　그러니 당신은 나의 이 가슴 아픈 경험에서 교훈을 얻기 바란다. 동등한 동업 관계를 피할 수 없다면 사이가 좋을 때 불편하고 어려 운 대화를 반드시 나누어야 한다. 동업 관계를 문서화, 법률화해서 각자의 지분이 어떻게 되는지, 분쟁은 어떻게 해결할지, 실패할 경 우 회사를 어떻게 해체할 것인지 반드시 정하자. 가장 중요한 문제 는 업무를 분담하는 방식과 각자의 역할을 계약서에 명시하는 것이 다. 예측할 수 없는 시나리오가 너무나 많으므로 최선의 방법은 좋 은 변호사의 도움을 받아서 전부 문서화하는 것이다. 왜냐면, 분명 히 말하지만, 창업이란 달리기를 하면서 수많은 공으로 저글링을 하는 정신 나간 운동이기 때문이다. 계속 해나가려면 당신이 가진 모든 것을 걸어야 하고, 서로 연락해서 문제를 해결할 여유가 없다. 상황이 걷잡을 수 없어지면 우정과 낙관주의 대신 분노가 피어오른 다. 그러면 모든 것이 정말 복잡해진다.

현재의 아텐아나이스는 클로디아가 떠날 때와 전혀 다른 회사가 되었다. 그러나 우리는 아텐아나이스를 같이 창업했고, 나는 클로디아의 공을 절대 가로채고 싶지 않다. 우리가 동업을 끝낼 때 좋은 기억이 있었다고 말할 수는 없지만, 나는 그녀의 공을 인정하는 것이 중요하다고 믿는다.

클로디아와의 관계가 끝나고 1년쯤 뒤, 『LA 타임스』에 우리 회사와 나에 대한 기사가 실렸다. 나는 클로디아의 남편이 아침에 커피를 마시며 신문을 펼쳐 아텐아나이스라는 뉴욕의 신생 기업이 거둔 어마어마한 성공을 다룬 전면 기사를 보게 될 것을 상상하며 미소 짓지 않을 수 없었다.

8장
댄스 파트너를 현명하게 선택하자

나는 이십대 때 어떤 남자를 6년간 만났다. 그는 두 번 청혼했고 나는 두 번 거절했다. 당시 나는 아직 파티 걸이었다. 나는 언젠가 결혼이 하고 싶어질 것 같지 않았고 아이도 낳을 생각이 없었다(지금까지 아이를 넷이나 낳은 여자의 말이다). 그러나 내가 청혼을 두 번째로 거절하고 얼마 지나지 않아 그가 떠나자 나는 큰 충격을 받았다. 그 뒤로 1년 내내 의기소침해져서 남자를 아예 만나지 않았다. 그러고 있으니 여동생과 친구가 오스트레일리아 경마 클럽의 연례 댄스 파티에 가라고 설득했다.

맞다. 두 사람은 나에게 소파에서 이제 그만 일어나라고 성화를 부렸다. 나는 멋진 밤 외출을 즐길 기분이 아니었지만 어쨌거나 근사한 노란색 원피스를 샀다.

나는 우울하고 상심했지만 마음의 고통에서 벗어나기 위해 미친 사람처럼 운동을 했다. 어디에도 가고 싶지 않고 누구도 만나고 싶지 않았기 때문에 사회생활은 엉망이었다. 내가 견딜 수 있는 것은 직장, 대학, 운동 그리고 소파밖에 없었다. 나는 결별 다이어트 중이었다(즉, 거의 먹지 않았다). 그날 밤 파티에 갈 준비를 하면서 나는 속으로 생각했다. '와, 이렇게 멋져 보일 일은 앞으로 두 번 다시 없을 거야.' 정말이었다. 내가 오늘 밤 누군가를 만나지 못한다면 이제 로맨스 쪽으로는 아무 가망이 없다고 생각했다. 나는 거울 속의 나를 마지막으로 보고 어깨를 으쓱한 다음 파티장으로 출발했다. 물론, 그날 밤 나에게 춤을 신청하기는커녕 바라봐주는 사람도 거의 없었다. 나는 절망했다. 같은 아파트를 쓰는 친구 대니얼과 택시를 타고 집으로 돌아가면서 나는 미친 사람처럼 울었다. "난 스물여덟 살이고 이제 가망이 없어!" 내가 흐느꼈다. 대니얼은 내 기운을 북돋워주려 했지만 나는 완전히 망가진 상태였다.

2주일 후, 나는 런던으로 이주하는 친구 커플의 작별 파티에 억지로 참석했다(놀라울 것도 없지만, 나는 그날 밤도 파티에 가고 싶지 않았다). 내가 진입로 끝에 서서 주차하는 친구를 기다리고 있는데, 택시 한 대가 와서 서더니 정말 잘생긴 남자가 내렸다. 처음 보는 남자였지만 그가 나를 향해 곧장 걸어오더니 손을 내밀며 말했다. "노란 옷을 입었던 예쁜 분이군요." 처음에는 무슨 말인가 싶었지만 이 사람도 경마 클럽 댄스 파티에 참석했었구나 하고 금방 깨달았다. 공식적인 첫 데이트(2주 후였다)에서 나는 왜 댄스 파티에서 말을 걸지 않았냐고 물었다. 그는 같은 직장에 다니는 여자와 데이트 중이었다고, 나에게 접근하는 것은 그녀에게 무례한 일이었다고 설명했다. 내가 잠시 그를 보며 생각했다. "아, 당신은 착한 사람이군요?" 한 달 뒤, 나는 이 사람이 바로 내가 결혼하고 싶은 남자임을 깨달았다.

사귄 지 1년이 지난 1996년에 마르코스는 뉴욕에서 일자리를 제안받았다. 그는 내가 같이 가겠다고 하면 그 일자리를 받아들이겠다고 말했다. 나는 휴가 때 뉴욕에 간 적이 있었는데, 택시가 맨해튼에 들어서자마자 그 도시가 너무 마음에 들었다. 뉴욕의 속도감과 에너지가 자석처럼 나를 끌어당겼다. 그래서 당시 오스트레일리아 화이자에서 일하면서 MBA 프로그램 중이었던 나는 모든 것을 그만뒀다. 취업 비자도 없었으므로 엄청난 위험이었다. 그러나 우리의 뉴욕행은 2년짜리 모험에 불과했으므로 나는 자원봉사를 하거나 스페인어를 배워야겠다고 생각했다(마르코스는 여섯 살부터 오스트레일리아에서 자랐지만 칠레 산티아고에서 태어났고 스페인어를 유창하게 한다).

그러나 나는 하룻밤 사이에 뉴요커가 되어 도시를 누비는 대신 내성적으로 변해서 아파트 밖으로 절대 나가지 않았다. 취업 비자가 없었기 때문에 직장도 없고, 가족도 없고, 친구도 없었다. 오스트레일리아에서는 수없이 돌아다니며 힘든 직장도 다니고 학교도 다녔다. 너무 바빴기 때문에 마르코스와 나는 24시간 영업하는 시드니의 까페에서 자정에 만나 데이트를 하곤 했다. 얼굴을 볼 수 있는 시간이 그때밖에 없었다. 그랬던 내가 뉴욕에 오자 갑자기 목적을 잃었다. 환경이 180도 바뀌었기 때문에 나는 한없이 우울해졌다(그리고 내가 절대로 한가롭게 지낼 수 없는 사람임을 깨달았다). 나는 매일 아침 로지 오도넬의 토크쇼를 보았는데, 우울증이 너무 심해지자 그것을 녹화하게 되었다. 슬프고 게으른 나 자신을 토크쇼가 시작하는 오전 열 시 전에 깨울 수가 없었기 때문이다. 내가 기운을 차리게 만들어준 사람은 마르코스였다. 몇 달 뒤 마르코스는 나를 위해서 일부러 냉정하게 말했다. 자신이 미국으로 데려온 여자는 내가 아니라고 했다. "당신이 왜 이러는지 모르겠지만, 이제 정신 차려야 돼." 그가 말했다. "일어나서 옷을 입고 직장을 찾아봐." 그래서 나는 오스트레일리아 영사관에서 데이터 입력하는 일을 했다(취업 비자가 필요 없었다!). 곧 클로디아가 나에게 국제 연구소 일을 소개해주었고, 그곳에서 이민 서류 문제를 해결할 수 있었다. 1년 뒤, 나는 이코노미스트에 들어갔다.

4년을 함께 지낸 끝에 마르코스가 나에게 청혼했다. 나는 이코노미스트에서 자리를 잡았지만, 그건 결혼을 기다리며 시간을 때우는 것이나 마찬가지였다. 마르코스가 곧 내 손가락에 반지를 끼워주지 않으면 나는 집으로 돌아가야 한다고 생각했다. 당시 나는 뉴욕에서 평생을 살 생각이 전혀 없었기 때문이다.

나는 종교적인 사람이 아니지만 라틴 아메리카 출신인 마르코스는 교회에서 결혼식을 올려야 한다고 고집했다. 나는 마르코스에게 '나를 결혼시켜줄 교회를 찾으려면 운이 좋아야 할 걸'이라고 말했다. 우리의 결혼식을 생각하면 아직도 웃음이 난다. 드레스가 너무 딱 달라붙어서 팬티 라인이 다 보였는데, 그 상태로 결혼식장에 들어갈 수는 없었기 때문에 팬티를 벗었다. 나는 아빠와 팔짱을 끼고 시드니의 아름다운 교회(6년 뒤 같은 곳에서 니콜 키드먼과 키스 어번이 결혼식을 올렸다) 문 앞에 서서 이렇게 생각했다. '잠시 후면 속옷도 없이 결혼식장에 들어가는 거야. 벼락을 맞을지도 몰라.'

속옷 이야기는 그렇다 치고, 마르코스와의 결혼은 평생 최고의 결정이었다. 그는 내 평생의 사랑이고, 믿을 수 없을 만큼 나를 응원해주는 파트너다. 마르코스는 우리 네 딸들에게 각별한 아버지이다. 그러나 그는 나와 마찬가지로 절대로 완벽한 사람이 아니다.

우리의 결혼 8주년이었던 2008년 말 경, 나는 사업으로 인한 스트레스(거기다가 클로디아와의 결별, 흑색종 소동, 다섯 살도 안 된 세 아이까지) 때문에 무척 힘들었다. 나는 완전히 지쳤다. 딸들과 사업, 그리고 직장, 하루에 네 시간도 안 되는 수면 시간 때문에 나는 남편에게 아무것도 해주지 못했다. 할 일이 산더미 같았던 나는 남편을 보살펴야 할 또 하나의 '대상'으로만 보았다. 한때는 상상도 할 수 없는 일이었지만 우리는 우리의 결혼 생활이 과연 제대로 흘러가고 있는지, 심지어 갈라서는 것에 대해서도 이야기하기 시작했다.

잘하려는 노력이 부족했던 것은 아니다. 정신과 의사는 우리가 이혼을 논의하기에 제정신이 아니라고 했는데, 세 아이와 사업 그리고 각자의 일 때문에 너무나도 큰 압박을 받고 있었기 때문이다. 친구들도 파리 떼처럼 떨어져 나갔다. 직장에 다니고 가정을 꾸리는 동시에 창업까지 했으니 당연한 결과였다. 가장 가깝고 인내심 있는 친구들과도 함께할 시간이 거의 없었기 때문에 지원해주던 친구들이 하나둘 사라지기 시작했다. 우리는 정말로 제정신이 아니었다.

마르코스는 MBA 두 개에 전자 엔지니어링 학위를 가진 모범생 타입인데 반해, 학창 시절 내내 술 취한 날라리였던 내가 갑자기 빠르게 성장하는 국제적인 기업의 CEO가 된 것도 문제였다. 전형적인 마초 아버지의 손에서 자란 라틴계 남자에게는 어려울 수밖에 없었다.

마르코스의 아버지와 내가 잘 지내지 못한 건 놀라운 일이 아닐 것이다. 마르코스의 아버지는 전통적인 사람이고, 마르코스에게 그보다 돈을 더 많이 버는 여자와는 절대 결혼하지 말라고 한 적도 있었다. 마르코스의 아버지는 여자란 자고로 집에 있어야 한다고 믿었다. 그는 내가 칠레 사람이 아니어서 만나고 싶어 하지도 않았는데, 어린 마르코스와 그 어머니에게도(우리 두 사람 모두 그녀를 무척 사랑한다) 똑같은 부류의 사람이었다.

어째서 마르코스가 자기 아버지와 전혀 다른 사람이 되었는지 신기하게 느껴질지도 모른다. 마르코스는 라틴계 특유의 오만함이 약간 있지만 성격이 아주 강한 여자와의 결혼을 선택했다. 나는 늘 그가 성격 약한 여자와 결혼했다면 부인을 엄청 무시했을 거라고 농담하곤 했다. 나는 상대하기 힘든 여자지만 마르코스는 나를 감당해낸다. 요구가 많고, 신경질적이고, 주도권을 잡으려고 하는 나를 마르코스는 그대로 받아들인다. 어느 정도까지는 말이다. 내가 선을 넘으면 그가 제자리에 돌려놓는다. 마르코스가 그렇게 해주어서 정말 다행인데, 나는 내 마음대로 할 수 있는 남자도 못 견디기 때문이다. 어디선가 '결혼 생활을 오래 유지하는 비결은 두 사람이 동시에 사랑에서 빠져나오지 않는 것이다'라는 말을 읽은 적이 있는데 정말 공감한다. 마르코스를 더 이상 못 견디겠다고, 더 이상은 못하겠다고 생각할 때도 있다. 하지만 그를 보면서 그가 곁에 없는 삶은 상상도 못하겠다 싶을 때도 있다. 결혼 생활이 힘든 것은 사실이고, 네 딸과 두 가지 일, 개 두 마리까지 더해지면 더욱 힘들다. 우리는 삶의 큰 부분을 포기해야 했고, 그럼으로써 압박도 많이 받았지만 계속해나갈 만큼 즐거운 일들도 따라왔다.

기업가가 된다고 해서 상황이 바뀌거나 더 나빠지는 것은 아니다. 그저 다를 뿐이다. 이코노미스트에서는 이 정도의 압박은 없었을지 모르지만 뭔가 부족했다. 나는 지금 내게 요구되는 것보다 더 많은 것을 할 수 있었지만, 그걸 믿어주는 사람이 아무도 없었기 때문에 진전이 없다고 느꼈고 의기소침해졌다. 때로는 마르코스가 화풀이 대상이 되었다. 기업가가 됨으로써 나는 성취감을 얻었다. 그러나 사업에 모든 것을 쏟아붓느라 결혼 생활과 나 자신을 잃기 시작했다.

결국 이혼 이야기를 유보하자고 말한 사람은 마르코스였다. 우리는 앞으로 10년 동안 밤에만 잠시 스치는 배들처럼 먼 사이가 되어야 할지도 모르지만(우리는 자정 데이트의 새로운 버전을 찾아보기로 약속했다) 결국은 헤쳐나갈 수 있다고 믿기로 약속했다. 나라면 나 같은 사람과 진작 헤어졌을 것이므로, 정말 놀라운 일이 아닐 수가 없다. 나는 완전히 제정신이 아니었다. 매일 밤 잠은 거의 자지 않았고, 머리카락도 빠졌다. 나는 지쳤고, 화를 잘 냈고, 감정적이었고, ……좀 더럽기까지 했다. 마르코스의 머리를 향해 커피잔을 던진 적도 몇 번 있었다. 나는 잘 살고 있지 못했다.

　분명히 밝혀두자면, 마르코스와 내가 사업 문제로 싸우는 일은 거의 없었다. 아덴아나이스의 역사를 통틀어 말다툼은 두 번밖에 기억나지 않는다. 우리 관계의 긴장은 우리가 각각 지고 있는 책임의 무게 때문이었다. 마르코스의 직장, 나의 아덴아나이스 업무, 네 아이, 그리고 개 두 마리. 압박감이 어마어마했다. 나는 일과 가정을 분리하고 싶었기 때문에 더욱 괴로웠다. 나는 일이 가정까지 따라오는 것이 싫었으므로 사업이 어떻게 되어가는지 마르코스에게 말하지 않았고, 그것이 마르코스를 괴롭혔다. 그런 상황에서도 우리는 많은 부부와 달리 금전적 압박에 시달릴 일은 없어서 다행이라는 사실을 예리하게 인식하고 있었다. 금전적 압박에 시달리는 수백만 쌍의 부부를 생각하면 그런 상황에서도 함께하는 것은 무척 놀랍다.

　우리는 분명 힘든 시간을 보냈지만 내가 이룬 것을 해낼 수 있었던 건 바로 이 남자와 결혼했기 때문이었다. 이런 말은 진부할지도 모르지만, 마르코스는 분명 최고의 내 편이다. 내가 일하는 엄마로서 죄책감으로 괴로워 할 때, '당신은 멋진 역할 모델이야'라고 확신을 주는 사람도 마르코스이다. 그는 집안일을 대부분 같이하고, 내가 출장 중일 때는 잡다한 일을 대신 처리해준다. 그가 출장 중일 때는 나도 그렇게 한다. 마르코스가 그렇게 하는 것은 나와 내 사업을 믿을 뿐만 아니라 자신도 적극적인 부모 역할을 해야 한다고 생각하기 때문이다. 그러나 일하는 부모가 대부분 그렇듯이 우리는 진정한 50대 50의 파트너 관계가 되는 방법을 찾아야 했다(5장에서 논의했던 이야기가 기억나시는지?).

불행히도 마르코스 같은 남자는 많지 않다. 아이스크림 가게 직원이 마르코스에게 엄마는 없냐고 물었던 것을 생각해보자. 모르는 사람인데도 말이다. 그런 일들은 생각보다 흔하다. 마르코스의 친구들은 더 심한 헛소리를 한다.

마르코스의 친구들 중에는 내가 '재수 없는 은행가'라고 부르는 유형이 많다. 아이러니하게도 아덴아나이스에 투자한 사람들 중에도 있다. 몇 년 전에 우리는 은행가 부부 몇 쌍과 스키 여행을 갔다. 우리는 오스트레일리아의 유명한 축구 선수에 대해서 이야기하고 있었다. 그는 같은 팀 선수의 아내와 바람을 피우다 들켜서 큰 논란이 되었다. 아주 흥미롭게도 남자들은 대부분 그 선수를 팀에서 내쫓아야 한다는 입장이었다. 나는 물론 생각이 달랐다.

"왜 그 사람을 해고해야 하는데?" 내가 물었다. "그 여자도 동의했고, 그건 그 여자의 선택이었잖아. 그래, 동료의 아내와 자다니 아주 나쁜 놈이지. 하지만 축구 실력이나 권리는 다른 문제잖아. 바람을 피우는 나쁜 놈인 것과 팀의 주장을 맡는 건 전혀 다른 문제야."

늘 그렇듯 내 말에 아무도 대꾸하지 않았다. 남자들은 내가 자기들과 의견이 달라서, 아니 애초에 내가 의견을 가지고 있어서 짜증난 것 같았다.

남자들이 시가를 피우자며 다 같이 방에서 나갔다. 나중에 들어보니 친구들은 그에게 '네가 따끔하게 한마디 해줘야겠네'라고 말했다고 했다. 여자라면 응당 그 선수의 행동을 수치스럽게 생각해야 한다고 생각했을지 모르겠다. 나는 물론 수치스러운 행동이라고 생각했지만, 그 문제와 그 선수가 주장을 맡는 것은 아무 관계가 없다고 진심으로 생각했다. 마르코스는 뭐라고 대답했을까? "농담이겠지. 너희들이 래건과 생각이 다르면 직접 얘기해."

일반적인 사회 통념에 얽매이지 않고 부인을 지지하는 마르코스 같은 남자는 인정받기보다는 줏대가 약한 사람으로, '알파 여성'(나는 이 말을 두 번 들어 봤다)에게 조종당하는 남자로 보일 때가 많다. 그러나 마르코스는 근본적으로 자신감이 넘치기 때문에 그런 시선에 당황하지 않는다. 그런 말을 귓등으로도 안 듣고 넘길 수 있느냐 없느냐는 그의 성품에 대한 시험이다. 나는 많은 여자들이 탁월한 성과를 낼 수 있도록 지원받지 못한다는 것을 알게 되었다. 더불어, 동등한 파트너가 되기를 선택한 남자들이 그 공을 인정받지 못하고 비웃음을 살 때가 많다는 사실도 깨달았다.

사람들은 결혼하기 전에 종교와 재정 상태에 대해서, 살 곳에 대해서, 그리고 각자 원하는 자녀의 수에 대해 잠재적인 배우자/파트너와 생각을 맞춰야 한다고 믿는다. 커리어도 이 목록에 들어가야 한다. 그 이유는 이렇다. 나는 우연히 마르코스 같은 남자와 결혼한 것이 아니다. 나는 마르코스가 '어떻게 도우면 되는지만 말해. 그렇게 할게'라고 했을 때 놀라지 않았다(물론 나에게 물어봐야 한다는 것도 이상하고 내가 도움을 청할 때까지 정말 영원과도 같은 시간이 걸렸지만 말이다). 나는 마르코스와 결혼하면서 우리가 파트너 관계가 될 거라는 사실을 알았다.

사업으로 성공하고 싶은데 현재 누군가와 사귀거나 결혼 생활 중이라면, 파트너는 당신이 오랜 시간 일하고, 주말과 늦은 밤도 사업에 투자하고, 금전적인 위험을 감수하는 것을 이해할 수 있는 사람이어야 한다. 파트너의 지원이 없으면 목표 달성이 훨씬 더 어려울 것이고, 불가능할지도 모른다.

당신의 커리어가 중요하게 취급받기를 바란다면, 즉 배우자/파트너가 집안일과 육아를 동등하게 나눠 하기를 바란다면 그것을 당신만큼 중요하게 느끼는 파트너를 만나야 한다. 여자는 평등을 위해서 싸우면서 파트너가 자신과 함께 싸우고 있다고 생각한다. 하지만 늘 그런 것은 아니다. 우리가 잘 알고 있듯이 집에서 해야 할 일이 많을수록 직장이나 사업에서 꾸준히 성장하기 어렵다. 나도 겪어봤기 때문에 잘 안다. 나는 혼자 해내려 했다가 미칠 뻔했다. 당연한 말이지만 하루는 24시간 뿐이므로 혼자서 모든 것을 할 수는 없다. 내가 의기소침해질 때 마르코스가 종종 일깨워주듯이, 우리가 나름대로의 방법을 찾아내서 그것에 따라 살면 우리 딸들에게 아주 좋은 모범이 된다.

우리 부부는 처음부터 집안일을 공평하게 나눠 하지는 않았지만 마르코스는 필요할 때마다 나에게 기운을 주었다. 내가 클로디아와의 결별 문제로 갈팡질팡할 때 마르코스는 나를 아주 잘 알았기 때문에 내가 사업을 놓치면 스스로를 용서하지 않을 것을, 사업을 지키기 위해서 싸워야 한다는 것을 잘 이해했다. 사실 그 당시 가까운 친구와 가족 중에서 나를 진정으로 이해하고 격려한 사람은 마르코스밖에 없었다. 친구들은 나에게 사업을 포기하라고 했지만 마르코스는 내가 믿는 것을 위해 싸우라고 말해주었다. 분명 그가 깜짝 놀란 순간이 적어도 세 번은 있었겠지만, 나는 내가 어떤 방향을 선택하든 마르코스가 지지해줄 거라는 사실을 늘 알고 있었다.

클로디아가 사업에서 빠진 뒤 마르코스는 우리 사업에서 더욱 적극적인 역할을 하기 시작했고, 그러면서도 일시적일 뿐임을 이해했다. 내가 마르코스를 끌어들이려는 (경솔한) 시도를 하지 않아서가 아니었다. 나는 마르코스에게 아덴아나이스에서 정규직으로 일하라고 제안한 적도 있다. 그때 우리는 휴가를 의논하고 있었는데, 마르코스가 시간을 낼 수 없어서 계획을 세우기가 힘들었다. 내가 나도 모르게 불쑥 말했다. "그냥 아덴아나이스에 들어와서 같이 일하는 건 어때? 그러면 당신이 휴가를 못 내서 걱정할 필요는 없을 텐데."

"장난해?" 마르코스가 주저 없이 말했다. "당신은 우리 가정의 CEO야. 직장에서까지 당신을 CEO로 모실 일은 없을 거야. 당신이 내 삶의 양쪽 모두에서 CEO가 될 순 없어. 한쪽의 CEO로 충분해." 정말 다행히도 이때만큼은 마르코스의 상식이 옳았다.

마르코스는 내가 가장 필요로 할 때 항상 나서줬지만 자신의 커리어를 절대 포기하지 않았고, 전문가로서의 정체성을 절대 잃지 않았다. 아내를 상사로 모시거나 직장에서의 권력 다툼이 가정에까지 침입하는 일도 없었다. 같이 사업을 하면서 잘 해내는 부부도 있지만 마르코스와 나의 경우는 분명 재난이 될 것이다.

　우리는 잠시 같이 일한 적도 있지만(다음 장에서 이야기할 예정이다) 집에서는 일 이야기를 되도록 하지 말자는 무언의 약속이 있었다. 나는 회사에서 긴 하루를 끝내고 집으로 돌아왔을 때 남편에게 사업 이야기만은 절대 하고 싶지 않았다. 남편의 조언이나 의견이 필요한 경우에는 물론 이야기하지만 그렇지 않을 때에는 직장과 가정을 구분하고 싶다. 남편도 마찬가지다. 우리는 마르코스의 직장에 대한 이야기도 거의 하지 않는다. 모든 부부는 각자의 방법이 있지만 우리에게는 이렇게 경계를 정하는 것이 딱 맞다.

나는 수학을 끔찍하게 못했고, 고등학교 때는 수학 시험을 통과했었는지도 기억나지 않는다. MBA에 다닐 때 가장 힘들었던 과목은 회계였다. 교수님이 나를 통과시킨 건 단지 수업에서 나를 두 번 다시 보고 싶지 않았기 때문임이 분명하다. 내가 교수님을 괴롭힌 것은 정말 이해가 안 가서였다(부분적으로는 이해하고 싶지 않았다). 나는 368의 18퍼센트를 암산할 수 있었지만 손익 계산서나 대차 대조표는 절대 작성하지 못했고, T자형 계정(왼쪽에 대변, 오른쪽에 차변을 기입하는 T자 모양처럼 생긴 부기 방법)을 절대 이해하지 못했다. 반대로 마르코스는 이차 방정식을 암산으로 푼다. 나는 생각만 해도 머리가 어질어질하다. 수학 능력에 있어서 우리는 너무나도 다르다.

그러므로, 조금 전에 동업자나 배우자와 사업을 하지 말라고 말했지만, 나는 마르코스를 끌어들여서 도움을 받았다. 물론 일시적인 도움이었고 아덴아나이스의 정식 직원은 아니었다. 재무를 담당하던 (앞서 말했던 것처럼 아주 뛰어나지는 않았던) 클로디아가 이제 없었고 나 혼자서는 장부를 감당하지 못했다. 나는 도움이 필요했다. 때는 2009년 초였고, 마르코스는 마침 휴직 상태였다. 마르코스는 재무 쪽을 나보다 훨씬 잘 알았기 때문에 한 달 동안 비공식 회계 담당자가 되어서 내가 일을 바로잡도록 도와주었다.

나는 마르코스가 재무의 방향을 잡아줘서 기뻤지만 새로운 문제가 있었다. 모든 일이 우리 아파트에서 이뤄졌다. 식탁이 사무실이 되었고, 벽장마다 재고와 마케팅 자료가 가득했다.

당시 우리는 뉴욕의 작은 아파트에서 애들 셋을 데리고 살았기 때문에 남는 방이 없었다. 게다가 제품 수요가 많고 업무용 파일도 갈수록 늘어나는 반면 일손은 부족했다. 우리는 도움이 필요했고, 공간이 필요했다. 그때까지 클로디아와 나는 우리가 감당하지 못하는 모든 것을 아웃소싱에 맡겼다. 우리는 마케팅 예산뿐만 아니라 직원을 고용할 돈도 없었다. 그러나 아덴아나이스가 꾸준한 수익을 내면서 날로 성장하고 있었으므로 이제는 도움을 받을 때였다. 나는 이코노미스트에서 퇴사하기 10개월 전에 우리의 첫 직원 앤드리아 베이가를 고용했다.

앤드리아를 추천한 사람은 데이비드였다. 내가 점차 커져가는 회사를 관리하느라 힘들어하는 것을 눈치챈 데이비드가 고등학교 때부터 제일 친했던 친구 앤드리아를 추천했다. 기업가는 좋든 싫든 친구를 고용할 때가 많은데, 어떤 일을 맡기든 받아들일 수 있는 사람이 최대한 빨리 필요하기 때문이다. 앤드리아는 끔찍한 부동산 회사를 다니고 있었는데, 데이비드는 그녀가 똑똑하고 유능하며 믿을 수 없을 만큼 열심히 일하는 사람이라는 것을 알고 있었다. 바로 신생 벤처 회사의 첫 직원에게 꼭 필요한 능력이었다.

앤드리아는 우리 회사에 필요한 모든 것을 갖추고 있었다. 본인의 제안에 따라 나는 그녀에게 '세상의 여왕'이라는 비공식 직함을 붙여주었다. 별명대로 앤드리아는 정말 모든 일을 했다. 그녀는 재무, 생산, 영업, 고객 서비스, 협력 등 분야와 상관없이 필요한 일을 모두 했고, 각종 역할을 부탁할 때마다 무슨 일이든 기꺼이 할 준비가 되어 있었다. 앤드리아는 아주 오랫동안 아덴아나이스의 심장이자 영혼이었다. 2016년에 우리 회사를 떠날 당시 그녀는 제품 개발부의 부장이었고 제조사와의 관계를 관리했다.

데이비드는 여러 가지 방법으로 도와주려 했다. LA 소동이 결국 순전한 재앙만은 아니었는데, 바로 그때 데이비드가 기업가 병에 걸렸기 때문이다. LA에 다녀온 지 얼마 안 됐을 때 데이비드가 내게 말했다. "이코노미스트를 그만두고 사업에 전념할 거면 나도 데리고 가요. 난 당신이 하는 일을 믿고 당신이 크게 성공할 거라고 생각해요. 나도 그 일부가 되고 싶어요." 데이비드는 열정적이었다. 그는 믿을 수 없을 만큼 부지런한 데다가 무척 똑똑했다. 데이비드는 마르코스를 빼면 처음으로 나와 내가 하는 일을 진심으로 믿어준 사람이었고, 운영 책임자로서 아덴아나이스의 성장을 돕기 시작했다.

우리 모두 수요를 충족하기 위해 열심히 노력했으므로 이 모든 노고를 보람차게 만든 이정표에 도달했을 때는 말로 표현할 수 없을 만큼 행복했다. 2009년 5월, 수익이 100만 달러에 도달했다. 큰 수치라는 것 이상의 의미가 있었다. 내가 창업을 하면서 목표로 삼은 수치였다. 이제 드디어 이코노미스트를 그만둬도 된다는 뜻이었다.

기분이 정말 좋았다!

이제 내가 회사를 그만둘 준비가 되었을 뿐 아니라 데이비드도 함께 떠날 준비가 되어 있었다.

내가 사무실로 걸어 들어가서 잭에게 사직서를 내던 날이 기억난다. 잭이 사직서를 흘끔 보더니 물었다. "이게 뭐지?"

"음, 그만두려고요." 내가 말했다.

"다른 잡지사로 옮기려고?" 그가 물었다.

"아뇨. 혼자서 뭘 좀 해보려고요."

그가 멍한 표정으로 나를 보았다. "뭘?"

"아직은 말할 준비가 안 됐어요." 내가 말했다. "하지만 경쟁사에 가진 않을 거라고 확실히 말씀드릴 수 있어요."

잭이 잠시 침묵을 지키며 나를 자세히 살폈다. "데이비드랑 무슨 일을 꾸미고 있는 거지?" 데이비드는 2주 전에 회사를 그만뒀다.

"아무것도 아니에요. 아시잖아요. ……타이밍이 그렇게 된 거죠."

데이비드와 내가 이코노미스트를 그만두었을 때, 바닥에서 시작한 우리 부서는 3년 만에 200만 달러에 살짝 못 미치는 수익을 올린 참이었다. 우리는 목표액을 넘기고 모든 것이 탄탄할 때 일을 그만두기로 했다. 나는 아덴아나이스가 다른 희생을 바탕으로 성공했다는 말을 듣고 싶지 않았다. 데이비드와 내가 그만두고 1년도 안 돼서 우리 부서는 몰락했다. 이코노미스트는 데이비드와 나를 대신할 사람을 네 명이나 고용했지만 별 성과가 없었다. 결국 이코노미스트는 해당 부문을 매각했고, 나는 그 소식을 들어도 전혀 기쁘지 않았다.

음, 어쩌면 조금은 기뻤을지도 모른다.

나는 마침내 두 가지 일을 해야 한다는 책임감에서 자유로워졌지만 수입 감소는 감수해야 했다. 나는 나의 연봉으로 약 5만 달러를 책정할 수 있었는데(내 사업에서 처음으로 받은 돈이었다), 그건 내가 이코노미스트에서 벌던 수입의 70% 정도였다. 데이비드 역시 아덴아나이스의 COO로 오면서 연봉이 상당히 낮아졌지만 우리 사업을 믿었고 더 키울 수 있다고 생각했기 때문에 감수했다.

앤드리아가 10개월 전부터 일하고 있던 작고 형편없는 재임대 사무실은 브루클린 덤보 지역의 작고 창문도 없는 방으로, 우리 모두가 들어가기에는 너무 작았다. 그래서 데이비드와 나는 처음 몇 달 동안 재택근무를 하다가 결국 세 사람이 들어갈 수 있는 조금 더 큰 사무실을 구했다. 마르코스도 필요하면 이 공간을 쓸 수 있었다. 사무실의 주인은 옆방에서 힙합 프로모션 회사를 운영하는 사람들이었는데, 길거리에서 쓰는 거친 말들이 많이 들렸다. 이를테면 옆방에서 들려오는 상스러운 욕설 섞인 대화가 배경처럼 깔린 가운데 앤드리아가 앨버커키나 디모인의 부티크 주인에게 유아용 모포를 판매하려고 애썼다. 그러나 몇 주 뒤 옆방 사람이 우리 사무실에 고개를 들이밀고 허브티를 권한 것을 계기로, 마르코스는 이들의 거친 분위기가 연극에 가깝다는 사실을, 또는 그들이 누군지를 말해주는 작은 일면에 지나지 않는다는 것을 깨달았다. 지금까지도 그 이야기를 생각하면 웃음이 난다.

나는 사업에 필요한 자금 마련에 대부분의 시간을 썼다. 겨우 돈을 마련해서 클로디아의 지분을 샀지만, 현금 흐름을 흑자로 유지하는 것은 여전히 도전이었다. 나와 데이비드와 앤드리아가 새벽 두 시에 사무실에서 필요 재고를 검토하다가 제작비가 절반밖에 없는 걸 깨달을 때는 수없이 많았다. 다행히 직원들 월급을 못 줄 상황에 처한 적은 없었지만 사모펀드의 투자를 받기 전에는 아슬아슬할 때도 몇 번 있었다. 마르코스는 송장을 받고 지급일에 꼭 결제를 하지 않아도 괜찮다는 사실을 알았지만 나는 이해가 가지 않았다. 청구서를 받으면 지급해야 한다고만 생각했던 것이다. 운전 자본, 정확히 말해서 운전 자본의 부족은 솔직히 내가 회사를 떠날 때까지도 가장 큰 문제였다.

처음에 우리는 회계와 IT를 비롯해서 우리가 해결할 수 없는 주요 직무를 전부 아웃소싱에 맡겼다. 그러나 작은 기업은 서비스 제공사의 레이더에서 아주 작은 점에 불과하다. 우리가 받는 관심은 우리가 지불할 수 있는 금액에 따라 결정되는데, 신생 기업에게는 서비스에 지출할 돈이 많지 않다. 필요한 것이 생기면 전화기를 들고 요청한 다음 줄을 서서 기다려야 했다. 확실히 효율적인 사업 운영 방법은 아니다. 나는 그러한 부분을 최대한 빨리 회사 내부로 돌렸다. 내가 사업을 다시 시작한다면 그런 분야의 직원들을 훨씬 더 빨리 고용하고, 재무 담당자를 제일 먼저 채용할 것이다. 내 경우에는 그렇다는 말이다. 누구를 제일 먼저 채용할지는 당신이 가진 기술(그리고 부족한 기술)에 따라 결정해야 한다. 나는 CFO에 이름을 올린 적도 있지만, 재무 분야는 절대 나의 강점이 아니다.

회사가 계속 성장하면서 앤드리아, 데이비드, 내가 아덴아나이스의 성공에 필요한 것을 전부 충당할 수 없다는 사실이 분명히 드러나고 있었다. 모두가 상근으로 일해도, 또 마르코스의 도움을 받아도 마찬가지였다. 이제 회사를 확장하고 더 많은 사람을 채용할 때였다.

앤드리아와 데이비드 다음으로 채용한 직원은 첫 영업 사원, 첫 디자이너, 첫 CFO 등이었는데, 거의 모두 친구나 전 이코노미스트 직원이었다. 이것은 무척 흔한 일이다. 우리는 채용 공고를 내지 않고 아는 사람들을 통해 유능하고 성실한 사람들을 찾았다. 유능한 사람이 최대한 빨리 필요했고, 정식 채용 과정을 거칠 시간이 없었다. 직원을 구하는 자연스러운 방법처럼 보일지도 모르지만 주의하지 않으면 문제가 될 수 있다. 우리는 아는 사람들 중에서 직원을 채용하면서 서로 보완적인 기술을 가진 다양한 배경의 사람들을 찾았다.

그러나 아홉 번째 직원을 뽑을 때에는 채용 공고를 낼 준비가 되어 있었다. 이력서가 백 장 정도 들어왔고, 데이비드가 2, 3일 정도 이력서를 꼼꼼하게 검토했다. 결국 어느 날 밤 느지막이(우리는 다 같이 둘러앉아서 와인을 마시며 일하고 있었다) 데이비드가 벌떡 일어나더니 이력서 한 장을 흔들며 외쳤다. "이거야! 이 사람이 바로 우리 직원이야! 정했다!"

나는 데이비드가 왜 그렇게 흥분하는지 전혀 몰랐다. 월급 4천 달러를 받고 일할 준비가 된 하버드 MBA 졸업생이라니? 이 놀라운 후보가 누구였을까?

그것은 브라이언 제임스(BJ) 매슈라는 청년으로, 데이비드는 단지 그의 이니셜이 구강성교(BJ)라는 이유만으로 그를 채용하고 싶어했다. 분명 그는 업무 능력이 뛰어났지만 이니셜 덕분에 면접을 볼 수 있었고, 나중에 운영 부책임자가 되어 2017년까지 근무했다. 그는 현재 시애틀에서 아마존의 상무로 일하고 있다.

아덴아나이스는 직원을 아주 중요하게 여겼다.

2009년 말이 되자 재택근무를 하는 직원이 열한 명으로 늘어났다. 이제 정말로 사무실이 필요했기 때문에 우리는 같은 건물의 더욱 큰 공간을 빌렸다. 남편과 함께 사무실을 보러 갔을 때 신중한 엔지니어인 그가 '정신 나갔어? 이렇게 큰 공간은 필요 없어!'라고 말했던 기억이 난다. 그러나 우리는 1년도 안 돼서 규모가 늘어 사무실을 다시 옮겨야 했다.

나는 직원을 채용할 때 주로 다섯 가지 특질을 봤다. 바로 열심히 일하려는 자세, 지적 능력, 겸손함, 친절함, 그리고 유머 감각이었다. 이 다섯 가지를 갖춘 사람은 뭐든 해낼 수 있다. 나는 열심히 일하고, 어느 정도의 지적 능력도 있고, 웃는 것을 좋아하고, 사람들에게 친절했는데, 그렇기 때문에 아덴아나이스를 창립할 수 있었다. 나는 지원자가 아는 사람이든 채용 공고를 보고 지원했든 이러한 성격을 가지고 있는지, 스스로를 가르치고 배울 능력과 의지가 있는지 파악할 수 있는 질문을 던졌다. 모르는 부분을 인정하고 새로운 것을 배울 만큼, 더욱 중요하게는 직접 쓰레기를 내놓을 만큼 겸손해질 의지가 있는가?

우리는 자원이 무척 한정적이었기 때문에 민첩하고 여러 가지 역할을 해낼 수 있는 사람을 채용하는 것이 중요했다. 초기에 입사한 직원들은 내가 그랬던 것처럼 열 가지 역할을 했다. 나는 CEO였지만 쓰레기를 내놓고 탕비실에서 설거지를 했으므로 직원들 역시 아무리 하찮아 보이는 일도 할 수 있기를 기대했다. 따라서 우리 직원들은 직책을 직접 선택했다. 역할이 항상 바뀌기 때문에 무슨 직책이든 임시적으로 느껴진다는 이유도 있었지만, 나는 모든 직원이 무슨 일을 하든 서로 존중하는 마음으로 대접받는 민주적인 문화를 원했다. 직원들에게 직책을 직접 선택하게 하자 내가 벗어나려고 그토록 애썼던 위계적인 회사와 전혀 다른 문화를 만들 수 있었다. 물론 여러 해가 지난 뒤에는 상황이 바뀌었다. 우리는 공급망 분석가와 재무 담당자 등 소비재를 생산하는 회사에 으레 존재하는 직책의 경력자들을 채용하기 시작했다. 그러나 초창기에는 필요할 때면 모두가 나서서 일을 도왔다.

또 우리가 채용한 직원은 팀과 깊은 유대를 맺는 것이 중요했다.

내가 같이 식사하는 것을 상상할 수 없는 직원이라면 우리 회사에 맞는 사람이 아니었다. 물론 우리 사업을 성공시키기 위해서 필요한 기술도 있어야 했지만, 우리는 너무나 작은 회사였기 때문에 성격이 그 사람의 기술과 근면성만큼이나 중요했다. 면접을 볼 때 나는 가족에 대해서, 취미 활동은 무엇인지, 어떨 때 웃는지 묻곤 했다. 무엇을 재미있다고 생각하는지 물어보면 그 사람에 대해서 많은 것을 알 수 있다. 나는 또 학창 시절에 상점이나 패스트푸드점에서 일한 경험이 있는 사람들을 찾았다. 특이하게 느껴질지도 모르지만 나는 그것이 그 사람이 얼마나 근면한지, 생계를 꾸리기 위해서 무엇까지 할 준비가 되어 있는지 알려준다고 항상 생각했다.

사업의 성패는 결국 그 일을 하는 사람에게 달려 있다. 팀과 협동할 수 있는 직원을 찾아라. 신생 기업의 특성 때문에 당신은 직원들과 많은 시간을 보낼 것이다. 나는 사무실의 모든 직원들이 서로 잘 지내야 한다고, 매일 출근할 때 사무실 문을 열고 들어오는 것이 즐거워야 한다고 굳게 믿는다. 월급 때문에 회사를 다닌다면 직업을 잘못 구한 것이다.

첫 직원들을 채용하는 것은 신나는 일이었지만, 당시 우리가 직면했던 문제는 수익이 1억 달러에 다다랐을 때 직면한 문제와 같았다. 바로, 멋진 사람들을 찾아내는 것이었다. 그 당시 내가 알았던 것(그리고 지금은 확실히 알고 있는 것)은 직원이야말로 사업의 모든 것이라는 점이다. 엉뚱한 사람을 채용하면 망하고, 딱 맞는 사람을 채용하면 번창한다. 최악의 실수는 단연 채용 실수이다.

나는 2015년에 마케팅 팀장을 채용하면서 이 교훈을 힘들게 배웠다(잠깐 시간을 뛰어넘었지만 들어주길 바란다). 그 사람을 샘이라고 하자. 샘은 겸손하고, 열심히 일하고, 지적이고, 팀을 중요하게 생각하는 사람처럼 보였다. 그는 『포춘』 선정 500대 기업들에서 믿기 힘들 정도로 좋은 추천서들을 가지고 왔고, 우리와 일하게 되어 신난 것 같았다.

문제의 조짐은 샘이 우리 회사에서 일을 시작한 직후 팀 전체의 출장 일정을 잡았을 때였다. 우리는 제품을 진열했을 때 어떻게 보이는지 확인하기 위해서 뉴욕과 뉴저지의 대형 매장과 부티크 몇 군데를 방문하기로 했다. 샘이 이번 출장을 기획했는데, 영업팀장, 마케팅팀장, 고객서비스팀장, 경영팀 몇 명에 나까지 모두 같이 가야 한다고 고집했다. 그러나 예정된 출장 몇 시간 전에 샘이 우리에게 이메일을 보내서 헤드폰 브랜드 비츠의 사진 촬영을 할 드문 기회가 생겼다고 알렸다. 아덴아나이스와 아무 상관없는 일이었지만, 마침 브루클린에서 촬영을 하기 때문에 그로서는 편리하게 되었다는 것이다. "팀과 함께 가는 것보다 촬영을 하는 것이 제 시간을 더 보람차게 쓰는 방법인 것 같습니다." 샘은 이렇게 썼다.

나는 무척 화가 났다. '그게 어떻게 시간을 더 보람차게 쓰는 방법이라는 거지?' 나는 답장을 보내서 크게 잘못된 결정인 것 같다고, 약속을 어기다니 다른 직원들이 용납하지 못할 것 같다고 말했다. 어쨌든 샘은 촬영을 하러 갔다. 지금 생각하면 다음 날 샘을 해고했어야 하는 건데, 나는 멍청하게도 그의 경험이 팀을 소홀히 하는 성격보다 중요하다고 생각했다. 다시 말해서, 나는 성공을 위해 샘이 필요하다고 생각했다. 완전히 틀린 생각이었다.

샘이 사진 촬영 때문에 팀의 출장 일정을 날렸기 때문만이 아니다. 그는 체계와 절차가 잘 잡혀 있고 보조 직원이 수없이 많은 전혀 다른 근무 환경에서 왔다. 신생 기업에서는 직원들이 알아서 일할 준비가 되어 있어야 한다. 신생 기업은 표준적인 작업 절차에 의지할 수 없다. 필요하다면 작업 절차를 만들 준비가 되어 있어야 한다. 면접을 할 때 나는 샘에게 '소매를 걷어 붙이고' 일할 준비가 되어 있냐고 물었다. 그는 다른 모든 사람들처럼 그렇다고 대답했지만, 그의 직업 윤리는 이 일과 맞지 않았다.

수많은 사람들이 힘든 상황에 적응할 수 있다고 말했고, 샘도 그들 중 하나였다. 그러나 그는 앞으로 나아가기 위해 반드시 필요한 힘든 노력을 할 준비가 되어 있지 않았다. 샘은 팀원이 서른 명이나 되는 『포춘』 선정 500대 기업에서처럼 마케팅 팀을 운영하려고 했고, 그 방법이 우리에게는 맞지 않았다. 그러한 접근법은 신생 기업에서, 또 속도가 빠른 6천만 개의 기업에서는 절대 통하지 않는다.

결국 샘은 겸손한 사람 같다는 내 생각과 반대로 우리가 채용한 직원들 중에 가장 권모술수에 능하고 자기 중심적인 사람이 분명했다. 그는 자신이 다른 모든 사람들보다 우월하다는 듯이 행동했고 다른 직원들의 기를 꺾었다. 샘은 자기 경력과 지력을 이용해서 직원들에 대한 우월성을 확립했다. 그는 모두 똑같이 대접받는 민주적인 문화를 위계적인 문화로 바꾸려고 했다. 나는 그의 행동이 나쁘다는 사실을 알았지만 우리에게 그의 경험이 필요한 건 아닐까 하고 생각했다. 나는 샘이 소위 말하는 마케팅 전문가였기 때문에, 우리의 브랜드 전략과 마케팅의 수준을 한 단계 높여줄 수 있다고 생각했기 때문에 해고하지 않았다. 나는 자신감이 흔들렸고, 샘이 없으면 할 수 없다고 생각했다. 그는 아이비리그에서 교육을 받았고 나는 그렇지 않았다는 사실이 적지 않은 부분을 차지했을 것이다. 따라서 나는 샘을 잘못 채용했다는 사실을 두 달 만에 깨달았지만 10개월 동안 해고하지 않았다. 기업가는 잘못된 채용을 그렇게 오래 끌어서는 안 된다. 샘은 우리와 일하는 짧은 기간 동안 아덴아나이스의 문화에 아주 부정적인 영향을 끼쳤다.

좋은 팀을 고용해서 건전하고 즐길 수 있는 문화를 만드는 것은 힘든 일이다. 그리고 내 경우에는 직원들에게 위임하는 법을 배우는 것이 더 힘들었던 듯하다. 나는 손을 놓기가 힘들었다. 직원들이 자기 일을 하게 좀 비켜달라고 나에게 말해야 했다. 나는 직원들이 유능해서 채용한 거라고, 그들을 믿고 일을 맡겨야 한다고 계속 상기해야 했다. 또 직원들이 일하는 방식이 반드시 내 방식과 같지는 않지만 어쨌거나 좋은 결과를 내고 있다는 사실을 받아들어야 했다.

내가 2013년에 가입한 여성 기업가 모임인 EY 위닝 위민이 가르치는 기업가의 핵심 원칙은 '업무를 하지 말고 사업을 하라'이다.[1] 이것은 뒤로 물러나 더 큰 그림 안에서 사업을 보고, 현장에 나서는 것을 피하라는 뜻이다. 이 교훈을 체득하기까지는 시간이 걸렸다. 어느새 나는 매일 사업이 어떻게 굴러가는지 알지 못하는 수준에까지 이르렀다. 한 사람이 전부 파악하기에는 정보가 너무 많아진 것이다. 한때 나는 사업의 세세한 부분까지 다 알았지만 이제는 거리를 걸어가다가 지나가는 유아차를 보고 '어머, 저게 우리 새 디자인인가?'라고 말하게 되었다.

좋은 기업가의 역할은 자신감을 갖고 끼어들어야 할 때를, 더욱 중요하게는 다른 사람이 들어갈 수 있도록 옆으로 물러나야 할 때를, 심지어는 회사 내에서 자기 역할을 바꿔야 할 때를 아는 것이다. 결국 나는 업무나 프로젝트가 너무 복잡할 때, 또는 나를 빼고 결정을 내리고 싶지 않을 때에만 팀이 나를 끌어들인다는 사실을 받아들이게 되었다. 다시 말해서, 나는 문제를 해결하는 사람이었다. 내가 문제를 해결할 수 있는데 다른 사람이 그렇게 하는 모습을 보고만 있는 것이 나에게는 여전히 어렵다. 나는 그것을 받아들이는 법을 배워야 했다. 팀원들을 믿을 때에만 그렇게 할 수 있다. 시간을 두고 연습을 하면 더욱 쉽게 받아들일 수 있다.

손 놓는 법을 배울 때 가장 중요한 것은 팀이 저지르는 불가피한 실수를 받아들이는 것이다. 팀이 커질수록 직원들이 저지르는 실수의 규모도 커진다. 처음에는 어떤 실수든 작다. 아마 웃어넘기고 교훈을 얻을 수 있는 정도일 것이다. 그러나 회사가 성장할수록 이익도 커지고 실수도 커진다. 한 번은 어느 직원이 외국에 제품 발송을 의뢰하면서 실수를 저질렀다. 물건은 엉뚱한 곳으로 갔고, 이 작은 실수 때문에 우리 회사는 10만 달러의 비용을 치러야 했다. 실수를 저지른 직원은 완전히 당황했다. 그가 이 사건을 보고하러 왔을 때 어떤 표정이었는지 아직도 기억난다. 그는 '정말 죄송해요, 래건'이라는 말만 계속 반복했다. 나는 당신도 인간일 뿐이고 우리 모두 실수를 한다고 일깨워주었다. 액수가 컸지만 다행히 우리 회사는 그정도 일로 폐업할 위기에 놓일 정도는 아니었다. 나는 곤혹스럽긴 하지만 괜찮을 거라고 말했다. 내 생각은 이랬다. 우리는 사람이므로 한 번의 실수는 저지를 수 있고, 그것은 우리 모두에게 일어나는 일이다. 한 걸음을 잘못 디뎠다고 해고하는 것은 말도 안 된다. 그러나 두 번째 실수는 문제가 있다. 세 번째로 실수를 하면 그 사람은 해고다. 나는 모든 직원에게 이런 태도를 취했다.

직원들만 실수하는 것은 아니었다. 나 역시 실수를 많이 했다. 그럴 때면 반드시 팀 전체에게 공개했다. 나는 월요일 아침 정기 회의에서 전체 직원들 앞에 서서 내가 어떤 실수를 저질렀는지 말했다. 직원들이 실수를 하면 너무 당황했기 때문에 나도 실수한다는 것을, 그런다고 해서 세상이 끝나지 않는다는 것을 알려주고 싶었다.

나는 실수도 저지르고 역할도 바꾸었지만 비전은 계속 지켜야 했다. 내가 무엇을, 왜 성취하고 싶은지 항상 아주 투명하게 밝혔다. 목표와 일정이 무엇인지, 목표를 달성하기 위해서 무엇이 필요한지 팀원들에게 알리고 동의를 끌어냈다. 그것이 핵심이었다. 나는 우리가 할 일을 절대 상명하달 식으로 전하지 않았다. 팀원들은 처음부터 목표에 동참했고, 다 같이 아이디어를 내고 업무 과정을 결정했다. 우리의 민주적 구조는 잘 작동했다. 최종 결정은 내가 내렸지만 팀원들의 의견을 반영했고, 우리가 성장하고 배움에 따라 팀원들의 의견도 계속 발전했다.

우리 회사의 문화도 발전했다. 직원이 열한 명밖에 없는 신생 회사일 때 우리는 항상 열심히 뛰었다. 회사 초창기를 생각할 때 내가 가장 좋아하는 점은 다 같이 이 회사를 대단한 것으로 만들기 위해 어떤 날은 새벽 3시까지도 모여서 일했다는 것이다. 우리는 승리를 함께 축하하고 실패를 함께 한탄했고, 따라서 무척 긴밀한 느낌이었다. 우리는 늦은 밤까지 와인을 마시며 문제를 해결하곤 했다. 나는 아덴아나이스가 친親음주 회사라고 절대 대놓고 말하지는 않았지만, 사실 그것이 우리 회사의 특징이었다(물론 도를 넘지는 않았다). 또 회사에 개들도 뛰어다녔기 때문에 직원들은 집에 두고 온 털북숭이를 걱정할 필요가 없었다. 회사를 세우기 위해 열심히 일하려면 건전한 배출구가 있어야 하고, 따라서 아덴아나이스는 항상 개들을 환영했다. 데이비드가 키우는 코카푸 에디는 강아지 때부터 사무실에서 지냈기 때문에 자기가 CEO인 줄 알고 거의 모든 회의 때마다 내 무릎에 앉아 있었다.

아덴아나이스 사무실은 전부 개방형이기 때문에 코너 사무실도, 칸막이 독방도 없다. 나는 생일에 일하는 것이 늘 싫었기 때문에 직원 모두 생일에는 일을 쉬었다. 영업팀은 2주 만에 목표액을 달성하면 남은 2주는 사실상 휴가나 마찬가지였다. 변호사들은 완고하게 반대했지만 나는 사무실에 바가 있어야 한다고 똑같이 완고하게 우겼다. 이렇게 오랜 시간을 보내는 회사를 최대한 재미있는 곳으로 만들면 안 될 이유가 있을까? 나는 같이 일하는 사람들이 자신에게 주어진 자유를 남용하지 않을 것이라고 믿었고, 대체로 그랬다. 바, 팝콘 기계, 당구대를 설치한 것도 조금 더 재미있는 하루와 조금 더 가까운 팀을 만들기 위해서였다.

우리 사무실에 왔다가 유아용품 회사 같지 않다고, 오히려 기술 스타트업 같다고 말하는 사람도 많았다. 나는 사무실을 만들면서 그런 생각은 별로 하지 않았다. 나는 그저 내가 엄마이며 유아용품에 대한 관심이 나라는 사람의 한 부분이라는 사실만 생각했다. 나에게는 바에서 춤을 추는 파티 걸의 모습도 있었고, 회사에 대한 비전을 가진 기업가의 모습도 있다. 아덴아나이스의 문화는 나라는 사람의 여러 가지 모습을 반영했다.

나는 또 지금껏 일했던 모든 회사와 정반대되는 회사를 만들고 싶었다. 나는 수많은 얼간이들 밑에서 일했기 때문에 정치도 위계도 없고 재미가 넘치는 회사를 꿈꾸었다. 내 입장에서는 보조 직원들도 고위간부 만큼이나 중요했다. 누구나 서로 존중하고 친절하게 대하며 동등한 대접을 받을 때 최선을 다한다. 나는 모두 같은 목소리를 내고 모두의 의견이 중요한 분위기를 만들었다. 사무실 안의 바와 생일 휴가 모두 그러한 문화를 만들기 위해 의도적으로 도입한 것이었다.

대체로 나는 모두의 의견이 중요한 민주적인 회사를 운영했다. 나는 본능에 따라서 직원을 채용했고, 과거의 성취보다 앞으로의 잠재력을 보았으며, 내가 믿는 사람들을 선택했다. 사람들을 친절하게 대하면 충성심을 얻는다. 한 직원은 내 여동생에게(동생은 아덴아나이스에서 6년 동안 일했다) 만약 내가 살인을 저지르면 시체를 같이 묻겠다고 말한 적이 있다. 그리고 시체를 꼭 모슬린으로 싸자는 농담이 오갔다. 나중에 우리 회사 투자자가 된 SPC가 회사를 장악하기 전까지는 아덴아나이스를 그만둔 직원이 거의 없었다. 그만둔 사람들 중 많은 이들이 몇 달 뒤에 전화를 걸어서 돌아오고 싶다고 말하곤 했다.

기업 문화 확립에 많은 시간과 노력을 쏟아붓는 기업가들이 많다. 아덴아나이스의 문화는 자연스럽게 생겨났다. 나는 '멋진 문화를 만들어야 해'라고 생각하지 않았다. 우리 문화는 유기적으로 탄생했다. 나는 우리 회사의 모든 사람들에게 신경을 썼기 때문에 모두 소속감을 느꼈다. 열심히 일하면서 즐거운 시간을 보낼 수 있는 사람들과 힘을 합쳐 일하다보니 그런 문화가 생겼고, 모두들 회사에서 최선을 다했다.

지금 그때로 다시 돌아가도 나는 똑같이(유기적으로) 문화를 만들겠지만, 사업이 성장하고 확장할수록 초창기에 우리가 만들어낸 놀라운 문화를 유지하기 위해서 더욱 합심하여 노력했을 것이다. 회사가 커질수록 문화를 유지하기가 힘들었다. 아덴아나이스의 직원은 120명이 넘었고 각자 자신만의 믿음과 태도, 불안을 가지고 들어왔다. 「왕좌의 게임」 에피소드처럼 개성 강한 사람이 다른 이를 희생시켜 권력을 탐하는 날들이 이어졌다. 나는 밤에 잠을 이루지 못했다. 그러나 그 이야기는 잠시 후 다른 장에서 다루기로 하자.

나는 처음부터 감정을 중시하는 문화를 만들었고, 모두가 직장에서 자기 생각을 편하게 드러낼 수 있게 했다. 나는 아덴아나이스가 본연의 모습을 자유롭게 드러내고 감정을 원하는 만큼 드러내는 곳이 되기를 바랐다. 내가 경험한 기업 문화에서는 특히 여성의 감정과 강한 의견을 환영하지 않았기 때문에 나는 그 반대를 원했다. 여성은 너무 감정적이라서 사업체를 운영할 수 없다는 잘못된 생각의 반증을, 감정적이라도 회사를 성공적으로 운영할 수 있음을 보여주고 싶었다.

이제 사업하는 여성에 대한 일반적인 인식이 그 무엇보다도 해롭다는 말을 길게 늘어놓을 필요가 없을 것이다. 사람들은 사업하는 여성에게 남성과 더욱 비슷해지라고 요구한다. 덜 감정적이고, 덜 반동적이고, 덜 여성적이어야 한다고 말이다. 나는 이 생각에 절대로 반대한다. 나는 감정적이었기 때문에 사람들과 마음이 통하는 리더가 될 수 있었다. 나는 직원들을 끌어안았고, 회의를 하다가 울음을 터뜨렸다. 직원들은 내가 화를 내고 언짢아하는 모습을 보았다. 나는 직원들에게 내가 마음을 쓰고 있음을 보여주려고 일부러 노력했다. 아덴아나이스를 운영하는 내내 나는 회사를 위해 일하는 사람들과 무척 개인적인 관계를 맺었다. 그 정도로 감정을 드러내는 남성 CEO를 나는 알지 못한다. 직장에서 자기 감정을 드러내는 것은 부끄러운 일이 아니다. 우리는 모두 인간이다. 어떻게 감정을 드러내지 않을 수가 있을까?

나는 최근에 수익 2억 달러 이상의 제조사를 소유한 남성 기업가 두 명을 만났다. 그들은 아덴아나이스의 인수를 타진하려고 접촉해

왔다. 우리 사무실로 찾아온 두 사람은 자기들 회사와 환경이 무척 다른 것 같다고 말했다. 나는 같이 일하는 직원 대부분과 무척 친하다고 설명했다. 그러자 두 사람은 대부분의 직원과 대화를 하지 않는다고 대답했다. "우리는 직원들을 모르고, 직원을 상대하는 관리팀이 따로 있어요. 사실 우리는 직원을 알아보지도 못하죠." 내가 왜냐고 묻자 그들은 너무 힘들다고, 직원들과 감정적으로 얽히지 않는 것이 낫다고 대답했다. 사업을 하다보면 무슨 일을 해야 하게 될지 모르니 말이다. 그들에게는 이러한 접근법이 통했을지 모르지만 나는 절대 그런 방식으로 회사를 운영하지 않았다. 두 사람은 성공적인 사업을 꾸렸지만, 더 따뜻한 근무 환경을 만들었다면 두 배로 성공했을지도 모른다.

그러므로 나는 중요한 것은 덜 감정적인 방식으로 사업을 하는 것이 아니라고 생각하게 되었다. 중요한 것은 적응력이다. 나는 직원들에게 마음을 많이 쓰지만, 오랜 친구든 새로운 친구든 해고도 많이 했다. 나는 언제나 사업을 위해 옳은 일을 할 수 있었는데, 사람들을 채용할 때마다 내 일은 회사를 최대한 잘 운영하는 것이라고 솔직하고 분명하게 말했기 때문이다. 회사를 잘 운영하기 위해서 친한 친구를 해고해야 한다면 나는 그렇게 하겠지만, 최대한 친절하고 깔끔한 태도를 취할 것이다.

나는 결코 감정이 전진을 방해하도록 내버려두지 않았다. 내가 이 회사를 건설하도록 도와준 팀, 나를 가장 잘 아는 팀은 내가 항상 단호해서 좋았다고 말해줄 것이다. 나는 발언권이 있는 모두의 의견에 항상 귀를 기울였고, 그런 다음 전진하는 방법을 한 가지 선택했다. 한 번 결정을 내리면 절대 흔들리지 않았다. 당신을 이끌어줄 사람을 원할 때 어느 날은 이쪽으로 가야한다고 말했다가 다음 날은 전혀 다른 방향으로 가야 한다고 말하는 지도자는 필요 없다. 나는 내가 사업을 성공으로 이끌 수 있었던 직접적인 요인은 단호하게 결정하는 능력이었다고 굳게 믿는다.

결정을 내리지 못해서 괴로웠던 적이 없었다는 뜻은 아니다. 그럴 때면 나는 행동을 통해서 자신감을 얻었다. 불안함에 시달릴 때는 이랬다저랬다 하거나 이러지도 저러지도 못할수록 자신감이 사라진다. 따라서 나는 믿음이 가는 주변 사람들의 의견을 듣고 모든 정보를 검토한 다음 결정을 내렸다. 그렇다고 해서 내가 항상 옳은 결정을 내릴 수 있었던 것은 아니었다. 나는 확실히 때때로 잘못된 결정을 내렸다. 그러나 유통사와 협력업체, (결국에는) 직원에 이르기까지 당신과 함께 일하는 사람들은 결정을 아예 내리지 못하는 리더보다 때로 잘못된 결정을 내리더라도 단호한 지도자를 훨씬 더 좋아한다. 나는 실수를 저지르면 그것을 인정한다.

나는 또한 팀에게 최대한 솔직하려고 노력했다. 솔직함은 혼동을 피하고 가장 효과적인 리더십을 발휘하는 데 도움이 된다. 나는 솔직하되 상처는 주지 않으려고 조심한다. 그저 있는 그대로 말할 뿐이다.

감정이 사업에 좋지 않다는 믿음의 이면은 우리처럼 단호하고 완고한 사람들을 성격이 나쁘다거나 거슬린다고 낙인찍는 것이다. 여성은 종종 부드럽고, 남성보다 표현을 더 많이 하고, 사회적 관계를 더욱 중요시하도록 기대되기 때문에[2] 그러한 사회적 기대에 어긋나는 특징을 드러내면 비난을 받는다.[3] 우리가 그러한 기대에 어긋나면 동료나 아랫사람이 우리를 덜 좋아할 가능성이 크다. 그러나 아이러니하게도 남자들이 똑같이 솔직하고 거칠게 굴면 자신감 있는 귀중한 팀 플레이어라고, 잠재적인 리더십을 보여준다고 칭찬한다.

내가 있는 그대로 말하는 것이 자연스럽게 느껴진다고 말해도 이제 당신은 놀라지 않을 것이다. 이코노미스트에서 일할 때는 이러한 성격이 내 경력에 해가 되었지만, 아덴아나이스에 집중하기 위해서 회사를 그만두었을 때는 사업을 일으키는 데 도움이 되었다. 나의 솔직함은 나중에 다시 문제가 되지만, 그 이야기는 다른 장에서 다루기로 하자. 그런 식으로 낙인이 찍히면 상처가 되는 것은 사실이지만, 나는 많은 사람들이 단호하거나 완고한 사람을 못됐다고 여긴다는 사실을 받아들여야 했다. 우리는 그러한 인식을 바꿀 수 없다. 다만 다른 사람의 비위를 맞추려고 불분명한 태도를 취하는 것보다는 못된 사람으로 취급받는 것이 낫다. 이를 위해서는 자신의 모습을 있는 그대로 받아들여야 한다. 나는 스스로 존중받을 만하고 친절한 사람이라는 것을 알지만 사람들이 솔직함을 못된 성격이라고 받아들인다면…… 음, 그것은 내 문제가 아니다. 안 그런가? 경력이 쌓여도 이것은 변하지 않았다. 예를 들어 나는 화이자에서 일할 때나 지금이나 똑같이 무뚝뚝한 래건이다. 내 성격과 행동은 일관적이었고, 그렇기 때문에 회사를 다닐 때에는 크게 성공하지 못했다고 생각한다. 나는 항상 솔직했고, 그래서 자기 감정을 표현하는 데 어려움을 겪는 사람에게 조언을 하기가 힘들다. 하지만 그런 사람에게는 성격과 주관이 강한 여자들과 시간을 더 많이 보내면서 배우라고 권하고 싶다. 원래 단호한 사람이라면 그러한 낙인에 익숙해지면 된다. 나는 스스로 어떤 사람인지 마음 깊이 알고 있고, 누가 나를 남자의 자존심을 깔아뭉개는 여자라고 낙인찍고 싶어해도 상관없다. 내가 할 수 있는 일은 일관성 있게 행동하면서 스스로에게 진실한 것이다. 일반적인 믿음과 달리 솔직함과 협동성은 상충하지 않는다. 사실은 솔직해야만 협동할 수 있다. 팀원들에게 솔직하게 행동하고 진정한 생각을 말할 수 있으면 더 빨리 발전할 수 있다.

사실 헤지펀드 투자자 레이 달리오는 비슷한 방법을 이용해서 독특한 기업 문화를 만들었다. 달리오는 '극단적 투명성'이라는 개념으로 투자 업계를 바꾼 회사 브리지워터 어소시에이츠의 창립자이다. 『포춘』은 브리지워터를 미국에서 다섯 번째로 중요한 유한 회사로 꼽았다. 달리오는 자서전이자 마케팅 의사 결정 방법론을 자세히 설명한 책 『원칙』에서 '극단적 투명성'과 '극단적 진실'에 대한 철학을 설파한다.

투명해지는 법을 배우는 것은…… 처음에는 어색하지만 하면 할수록 더 편안해질 것이다. ……무엇이 진실인지 안다면, 사람들이 진짜 생각을 숨기는 대신 공개적으로 자기 생각을 나누면 오해가 얼마나 적어질지, 세상이 얼마나 더 효율적일지, 우리 모두가 얼마나 더 가까워질지 생각해보자. ……나는 이것이 의사결정 과정과 각종 관계를 개선하는 데…… 얼마나 강력한지 직접 배웠다.[4]

나는 달리오보다 조금 더 직설적으로 말하고 싶다. 당신이 진실을 밝히기 주저하면서 진심을 말하지 않으면 팀은 갈피를 잡지 못한다. 원탁에 둘러앉은 모두가 두려움 없이 자기 생각을 말할 수 있어야만, 그리고 상석에 앉은 사람이 기꺼이 귀를 기울여야만 팀이 잘 돌아간다. 상석에 앉은 사람이 당신이라면 이러한 문화를 만드는 것은 당신 몫이다. 건전한 사업을 운영하려면 당신이 직원들에게 마음을 쓴다는 사실을 확실하게 보여주는 긍정적인 기업 문화를 반드시 만들어야 한다. 기하급수적인 성장 앞에서 그러한 문화를 유지하는 것은 힘든 도전이다. 기업을 확장할 때 경쟁적인 성격을 유지하면서 사적인 면도 소홀히 하지 않는 것은 정말 가장 어려운 부분이다. 당신이 친절과 존중으로 사람들을 대할 수 있다면 최고를 끌어낼 수 있다. 사실 나는 감동을 주는 리더였기 때문에 이 놀라운 회사를 만들 수 있었다. 나와 함께 일했던 사람들, 회사와 나에게 친절과 존중을 보여 준 사람들은 내가 그들을 위해 뭐든지 하리라는 사실을 알았다. 나는 항상 무엇보다도 직원들을 인간적으로 대했다. 이는 꾸며낼 수 있는 것이 아니다. 나는 금요일 밤에 다 같이 바에서 시간을 보내고 있을 때 IT 지원팀의 브라이언이 와서 한 말을 절대 잊지 못할 것이다. 그는 이렇게 말했다. "래건, 난 이런 회사에서 두 번 다시 일하지 못할 거예요. 우선 CEO인 당신이 나와 대화를 한다는 게 놀라운 일이죠. 게다가 뭔가 잘못되면 당신이 와서 나를 안아줄 거예요. 그게 얼마나 큰 의미인지 당신은 절대 모를 거예요."

그것은 나에게도 큰 의미였다. 내가 회사를 만들면서 맺었던 관계들은 리더로서뿐 아니라 개인적으로도 나를 성장시켰다. 회사가 성장하면서 나도 성장했다. 우리의 자그마한 아덴아나이스 가족이 여러 가지 감정이나 온갖 일들을 겪고 자라면서 우리의 수익도 커졌다. 나는 우리가 만든 멋진 문화가 사업의 재정적인 성공에 직접적으로 기여했다고 믿는다. 우리는 모두 자신이 하는 일을 굳게 믿었고 정말 열심히 일했다. 내가 팀을 격려하는 만큼 팀 역시 내가 성장하도록 격려해주었다. 모두가 같은 목표를 향해 하나가 되어 전진하고 있었다.

2009년 5월에 아덴아나이스는 직원이 3명이었지만 그해 말에는 11명이었다. 2010년 말이 되자 본격적인 성장을 시작하면서 수익과 직원 수가 두 배로 늘었다. 마침내 우리의 확장을 도울 본격적인 자금을 구할 때가 되었다.

10장
더 크게 생각하라

우리 제품이 언론에 계속해서 긍정적으로 보도되고 빠른 속도로
인기를 얻으면서 경쟁이 시작되었다. 우리가 아덴아나이스를 시작
했을 때는 시장에 속싸개 모포가 거의 없었고 모슬린 제품은 아예
없었다. 속싸개 모포를 파는 업체가 한 군데 있었지만 소재가 플란
넬이었다. 나는 아덴아나이스를 창업할 때 그 회사의 존재를 알지
못했지만 그들이 법률 서신을 보내며 위협하기 시작하면서 알게
되었다.

정말 골치였다. 문제의 첫 신호는 'a+a는 미국의 안전 기준을 준
수하지 않는다' 같은 문구가 들어간 악의적인 페이스북 게시물이었
다. 그런 다음 그들은 발신인이 없는 편지를 보내 회사 문을 닫게 하
겠다고 협박하면서 우리가 제품을 허위 광고한다고 비난했고, 제품
을 계속 판매하면 법적 책임을 물을 것이라고 했다. 페이스북 게시

물과 표현이 똑같았으므로 누가 편지를 보냈는지 파악하기는 어렵지 않았다. 다음으로 그들은 한 발 더 나아가 우리의 가장 큰 고객사들에 편지를 보냈다. 고객사의 법률 팀이 전화를 걸어서 이 편지들이 도대체 뭐냐고 물었다. 편지에는 내가 거짓말만 늘어놓는 비윤리적인 장사꾼이라고 적혀 있었고, 내가 고객들을 오도하고 있다고 주장했다. 또 우리 모포가 통기성이 있다는 '거짓' 주장으로 아기들을 위험에 빠뜨리고 있다고 했다! 경쟁사 사주는 심지어 우리 제품을 계속 취급하는 상점들을 고소하겠다고 협박했다. 다행히도 내가 소매상점들과 대화를 나누자마자 이것이 아덴아나이스를 쓰러뜨리려는 악의적인 시도에 지나지 않는다는 사실이 분명해졌고, 협박은 통하지 않았다. 우리 제품 취급을 중단한 상점은 단 하나도 없었다. 나는 정직함과 투명성을 바탕으로 우리 브랜드를 만들었고, 그것이 증명되었다.

나는 문제의 회사를 한 번도 경쟁사로 생각하지 않았지만 해당 회사를 소유한 부부는 생각이 달랐다. 그들은 기분이 상했다. 우리는 몇 년 만에 미국의 속싸개 모포 시장을 장악했고, 고의는 아니었지만 그들의 사업에 큰 타격을 주었다. 아덴아나이스가 등장하기 전까지는 그 회사가 속싸개 모포 시장을 사실상 독점했다(이는 어떤 산업에서든 짧을 수밖에 없는 호사다). 그러나 그들이 파는 제품은 우리 제품과 달랐다. 그들은 우리 제품을 보고 수많은 유아용품 제조사들과 마찬가지로 재빨리 모슬린을 구해서 모방 제품을 만들었다. 어쩔 수 없다는 것은 알았지만 그래도 화가 났다.

회사가 성장함에 따라 경쟁사들은 더욱 문제가 되었고, 새로운 회사가 등장할 때에는 특히 그랬다. 우리 회사가 점점 커지면서 경쟁에 맞설 자원이 많아졌지만 신생 회사들을 따라잡기는 더 힘들었다. 우리는 원래 순발력 있게 대처할 수 있는 민첩하고 작은 회사였지만 이제 결정권자들이 많아지면서 시간과 협력이 필요해졌다. 우리는 느릿느릿 움직이는 회사가 될 위험에 처했고, 나는 그것이 죽음의 입맞춤이나 마찬가지라고 생각했다.

아덴아나이스는 몇 년 동안 경쟁 우위를 차지했지만 다른 회사에서 우리 제품을 베낄 때까지 시간이 별로 없다는 사실을 나는 늘 인식하고 있었다. 물론 다른 회사들은 우리 제품을 베꼈다. 그러나 그렇게 뻔뻔하게 대놓고 베낄 줄은 생각하지 못했다. 나는 창업할 당시 정말 빠른 시간 내에 제품을 사방에 배포해야 한다는 사실을 알고 있었다. 시장을 확보하려면 그 방법밖에 없었다. 나는 우리 제품을 모방으로부터 보호할 수 없었다. 직물에 대해 특허를 신청할 수는 없고, 내가 모슬린을 발명한 것도 아니었다. 그러나 나는 모슬린 모포를 개조해서 더 부드럽고 품질이 뛰어난 제품을 만들었고, 아무도 시도한 적 없는 독특한 스타일로 디자인했다. 지금도 지난 몇 년 동안 우리 상품을 그대로 베낀 제품이 얼마나 많이 나왔는지 보면 정말 미칠 것 같다.

우리 시장에 들어와서 기존 업체의 제품에서 영감을 받아 독특한 제품을 만들려는 사람들의 경우는 다르다. 그런 사람들은 응원한다. 그러나 다른 사람의 아이디어를 베껴서 자기 아이디어인 척하면서 어떻게 밤에 편안하게 잠을 잘 수 있는지 나는 절대 이해할 수 없다. 우리는 모포를 시장에 내놓았을 당시, 2년이나 투자해서 부드러움과 디자인 면에서 완벽한 직물을 만들었다. 우리 제품은 평범하고 지루하고 까끌까끌하고 몇 년 동안이나 변함없던 물건을 혁신적으로 바꾸었다. 그러나 경쟁사들은 혁신 따위는 신경 쓰지 않았다. 그들은 6개월 안에 똑같은 디자인과 똑같은 포장으로 우리 제품을 그대로 베꼈다. 긍정적인 면은 우리가 혁신을 계속할 수밖에 없다는 것이었다. 그래서 우리는 파스텔 톤부터 기하학적 무늬, 대담한 색과 캐릭터까지 온갖 디자인을 내놓았다. 경쟁사가 우리에게 큰 타격을 주는 방법은 우리에게 없는 디자인을 파는 것뿐이었기 때문이다. 우리는 여러 해에 걸쳐서 막대한 자금을 들여 제품을 개발하고 완벽하게 만들었으므로 경쟁사들이 모슬린을 우리처럼 만드는 방법을 파악할 때까지 한참 걸렸다. 그러나 곧 따라잡기 시작했다. 아덴아나이스가 디자인과 제품 면에서 혁신을 계속하지 못하면 산 채로 잡아먹힐 판이었다. 압박은 계속되었다. 우리는 계속 움직여야 했다.

우리가 다음으로 중요하게 여긴 것은 고객 서비스였다. 오랜 고객이 전화를 걸어서 아이의 모포가 찢어졌다고 하는 경우가 있었다. 그러면 언제 샀는지는 중요하지 않았다. 우리는 그것이 옳은 일이었으므로 모포를 교환해주었다. 12달러짜리 모포 때문에 전화기를 집어들 정도로 우리 제품을 좋아하는 고객은 분명 평생 고객이 될 것이다. 경쟁이 극심한 시장에서 우리가 경쟁력을 유지하려면 이러한 고객을 확보하는 것이 중요했다.

그러나 우리가 시장에 진출하고 1년, 2년이 지나자 고객들로부터 불평이 들려오기 시작했다. 아덴아나이스는 엄마 블로거들에게 인기가 많았는데, 너무 비싸다는 구독자들(그리고 몇몇 작가들)의 불평이 내 귀에 들어올 정도로 높아졌다. 적당한 기준 소매가를 유지하려고 애를 썼는데도 그런 말들이 들려왔다. 처음부터 나는 모든 엄마가 고급 모슬린 모포를 쓸 수 있게 만들고 싶었다. 그런데 그 목표를 아직도 이루지 못해서 화가 났다. 특히 아기들에게 형편없는 합성 섬유 제품을 쓰는 모습을 보면 미칠 것 같았다. 나는 콜로라도의 로데오에 갔다가(그렇다, 매일 13센티미터 높이의 하이힐을 신는 여자인 내가 말이다) 쪄죽을 듯한 여름 날씨에 뜨겁고 바람이 통하지 않는 천으로 아기를 싼 엄마들을 보았다. 모슬린을 모르는 것이 분명했기 때문에 나는 끝없이 짜증이 났다. 모슬린 모포로 감싸면 아기가 훨씬 더 편안했을 것이다. 그래서 나는 가격을 낮춰 대형 할인점에서 취급할 수 있는 보급형 브랜드를 만드는 일에 착수했다.

원래 나는 부티크용 4개들이 세트를 39.95달러, 모포 하나당 10달러로 정도로 가격을 책정하고 싶었다. 그러나 한 세트당 42달러 이하로는 우리가 원하는 품질을 유지할 수도 없고 사업을 성공적이고 지속 가능하게 운영하기 위해서 필요한 이윤 폭을 유지할 수 없었다. 그러나 최대한 낮은 가격을 유지하는 것이 중요했다. 아덴아나이스가 너무 비싸서 사기 힘든 제품이 되는 것은 원하지 않았다. 나는 사람들이 모슬린 담요를 기저귀처럼 생각하기를 바랐다. 다시 말해서, 없어서는 안 되는 필수품 말이다.

나는 가격을 낮출 방법을 찾기 시작했다. 가장 큰 장애물은 우리가 기존 소매점과 고급 부티크를 바탕으로 브랜드를 만들어서 키웠고, 그래서 어느 정도 독점적인 느낌을 준다는 사실이었다. 어떤 식으로든 제품에 변형을 가하지 않은 채 우리 제품을 대형 할인점에 진열하면 두 가지 일이 일어날 것이었다. 즉, 브랜드의 느낌이 바뀔 것이고 아덴아나이스를 독점적으로 취급했던 부티크 소매점들이 화를 낼 것이었다. 인프라와 영업 및 유통 경로를 갖춘 큰 회사는 모슬린 제작에서 우리를 앞설 수 있었지만 디자인과 품질, 부티크들의 도움으로 확립할 수 있었던 브랜드 특징은 아무도 따라오거나 베낄 수 없었다. 부티크라는 고객을 희생시키고 우리 제품의 접근성을 너무 빨리 확장하면 사업 전체가 카드로 만든 집이 되어버릴 공산이 컸다. 우리는 다른 방법을 찾아야 했다.

새로운 라인은 품질이 좋고 우리 브랜드와 어울리면서도 부티크에서 더 높은 가격으로 팔리는 주요 라인과 달라야 했다. 우리는 수많은 시도와 착오 끝에 괜찮은 시제품을 개발할 수 있었다. 새로운 제품은 면을 적게 써서 두께가 얇고, 크기는 약간 작고, 선물용 상자 대신 비닐 봉투로 포장했으므로 제조 단가를 낮출 수 있었다. 또 처음에는 세트마다 무늬 없는 흰색 모포를 하나씩 포함시켜서 가격을 더 낮출 수 있었다. 이 작은 변화 덕분에 우리는 4장짜리 한 세트 가격을 34.95달러로 정할 수 있었다. 부티크에서 판매하는 제품은 49.95달러였다.

새로운 라인이 준비되자 나는 주요 대형 소매점(타깃, 베이비저러스, 콜스)와 접촉해서 우리가 준비한 제품이 있는데 관심이 있는지 문의했다. 그들은 관심이 있었다. 타깃은 우리의 새로운 저가 라인을 처음으로 구매한 대형 소매점이었다(2장에 나온 이야기를 기억하시는지?). 2009년에 우리는 미국 전역의 모든 타깃 매장에 제품을 출시했다.

타깃이 보급형 제품을 팔기 시작하자마자 다른 소매점들에서 연락이 왔다. 우리는 결국 마이어와 JC 페니를 포함한 여러 소매점과 계약을 맺었다. 또, 독립 고급 부티크에서 노드스트롬, 블루밍데일스, 그밖에 국제적인 주요 백화점들을 포함한 고급 체인으로 부티크 고객 범위를 확장하기 시작했다. 그때 큰 기회가 찾아왔다. 런던의 전설적인 백화점 해로즈였다. 당시 우리 상무이사였던 새미아 칸과 COO였던 데이비드가 구매 담당자를 만나러 해로즈 본점으로 갔다. 유럽에서 가장 큰 아이콘과 같은 백화점과 함께 일한다는 생각에 우리 모두 흥분했다.

그러나 그렇게 되지 않았다. 새미아와 데이비드는 구매 담당자가 자기들을 사무실 안으로 들이지도 않았다고 전화로 보고했다. 두 사람은 엘리베이터 바로 앞 로비 의자에 앉아 있었다. 우리는 회의실에서 만날 가치도 없는 상대였나 보다. 어쨌거나 상대는 해로즈였다. 데이비드와 새미아는 단념하지 않고 제품을 설명했다. 구매 담당자가 여러 가지 수치와 해로즈가 기대하는 마진에 대해서 이야기하자 데이비드가 그녀의 말을 멈추었다. "그건 말도 안 되는 액수예요. ……그 조건에 응하면 우리는 손해입니다." 구매 담당자는 상관하지 않았다. "우린 해로즈예요." 그녀가 말했다. "여러분이 손해를 보는지 아닌지는 중요하지 않아요, 해로즈에 입점하는 것만으로도 행복하실 테니까요." 새미아와 데이비드는 그녀에게 우리는 영리를 추구하는 기업이라고, 그러니 안 되겠다고, 시간을 내 줘서 고맙다고 말했다. 바라던 결과는 아니었지만 우리는 크게 낙담하지 않았다. 우리와 같이 일하고 싶다는 회사는 얼마든지 있었다. 게다가 1년 뒤 우리가 어느 정도 힘을 얻고 나자 해로즈가 다시 접근했고, 이제는 종종 해로즈에 아덴아나이스 매장을 낸다. 인내심을 가지고 자신의 가치관에 충실하면 분명히 보답을 받는다.

말도 안 되는 수익에 대해서 말하자면, 월마트 역시 비슷한 시기였던 2012년에 우리 제품에 관심을 보였다. 나는 5년 동안이나 저항했다. 내가 가장 우선적으로 여기는 것은 사업의 장기적인 성공이었는데, 그것은 때로 큰 수익 창출 기회를 거절해야 한다는 뜻이다. 월마트와 거래를 한다는 것은 그것을 가능하게 만들 적절한 인프라와 인력을 갖추어야 한다는 뜻이었다. 인프라와 인력을 갖추지 못하면 월마트의 어마어마한 수요 때문에 사업이 무너질 수도 있었다. 무척 저렴한 소매가와 그 이면의 마진 요구는 말할 것도 없고, 월마트와 협력할 공급망 인프라를 제대로 갖추지 못하면 제품을 수백만 개나 팔고도 이익을 1센트도 내지 못할 수 있다. 월마트에 필요한 양을 그들이 원하는 방식으로 공급할 수 있어야 한다. 부티크 상점을 상대하다가 월마트의 주문에 응하려면 수요를 충족시킬 수 있는 공급망으로 바꾸어야 한다.

내가 월마트와 너무 일찍부터 일했다면 그러한 성장과 압박에 대처하지 못했을 것이다. 첫 수익 면에서는 더 나았을지도 모르지만 그렇다고 해서 수익성이 반드시 증가하는 것은 아니다. 1억 달러 가치의 사업을 해도 손해를 보면 아무 소용이 없다.

대형 소매점의 제안을 거절한 것은 이때가 처음도 아니고 마지막도 아니었다. 지나치게 빨리 움직여서 모든 선반에 제품을 진열해버리면 탐나는 제품이라는 위상을 유지하기 힘들다. 앞서 설명했던 것처럼 우리는 부티크에서 브랜드를 확립했고, 우리 모포와 디자인은 특징이 있었다. 처음에 나는 대형 할인점마다 제품을 납품하면 브랜드의 매력이 약해질지도 모른다고 생각했다. 사업을 확장할 때 나는 우리 제품이 해당 유통망에서 가장 좋은 제품이 되도록 확인했고, 이것은 아덴아나이스의 분위기를 유지하는 데 도움이 되었다. 요즘은 어디서나 아덴아나이스를 볼 수 있지만 그렇게 되기까지 몇 년이나 걸렸고, 계산된 방법을 통해서였다. 부티크 브랜드로 시작해서 대량 판매 소매점으로 확장하면서 명성을 유지하는 회사는 거의 없다. 유아용품 회사들 중에 타깃이나 월마트 같은 곳들과 대규모 라이선스 계약을 맺고 부티크와 고급 상점에서 대량 판매점으로 초점을 옮기는 회사가 많다. 그러다보면 부티크와의 관계를 관리할 시간이 없기 때문에 관계가 나빠지기 시작한다. 결국 대량 판매 회사들과의 라이선스 계약은 끝나고, 그러면 하룻밤 사이에 사업의 80퍼센트가 사라져버린다. 다시 말해서 대형 고객사에 지나치게 의존하게 된 상황에서 한 고객사에서 라이선스를 마무리하기로 결정하면 어마어마한 대가를 치를 수밖에 없다. 대량 판매채널에서 매상과 수익이 대부분 나오므로 이런 일은 흔히 발생한다. 그러면 브랜드 사업은 무릎을 꿇을 수밖에 없고, 사모펀드 회사나 규모가 더 큰 전략 기업에게 말도 안 되는 가격으로 폭탄 세일을 하거나 최악의 경우에는 아예 회사를 닫을 수도 있다. 부티크 부문이 노동 집약적이고 고비용 저수익인 것은 사실이다. 대량 판매점부문의 크고 반짝이는 숫자를 보고 모든 에너지를 쏟기로 결정하기쉽지만, 프리미엄 브랜드를 만들고자 할 경우 그런 결정은 아주 큰대가를 치를 수도 있다.

우리는 처음부터 계획적인 성장 전략을 세웠고, 흔들리지 않았다. 소프트웨어 기업 베이스캠프(37 시그널스)의 제이슨 프라이드역시 동의한다. 그는 『패스트 컴퍼니』와의 인터뷰에서 화전을 일구듯 파괴적으로 사업을 하는 기술업계의 방식보다는 느린 성장이 좋다고 설명한다.

우리는 오랜 기간 동안 사업을 하고 있고, 또 오랜 기간 동안 팀을 유지하고 있습니다. 저는 단기적인 폭발적 성장과 장기적인의욕 저하를 절대 맞바꾸지 않을 겁니다. ……저는 천천히, 신중하게, 순차적으로 성장하는 것을, 단지 양적 성장만을 위해서 성장하지 않는 게 좋아요. 급진적인 성장은…… 뭔가 잘못된 점이있다는 징조라고 생각합니다. 『샘코 스토리』의 저자 리카르도

세믈러가 유명한 말을 했지요. 단지 성장만을 위해 성장하는 것
은 두 가지밖에 없다고 말입니다. 바로 사업과 종양이죠. 우리 37
시그널스의 직원은 35명입니다. 원한다면 수백 명을 고용할 수
도 있지만(수익과 이윤이 그 정도는 뒷받침할 수 있으니까요) 그러면
더 나빠질 것 같습니다.[1]

나는 프라이드와 마찬가지로 단기적으로든 유일한 목표로든 큰
것이 항상 더 좋지는 않다고 확신한다.

우리는 보급형 제품 라인을 만들고 있었지만 성장 가능성이 컸
으므로 국제 시장으로의 확장도 검토했다. 우선 우리는 일본, 영국,
프랑스, 독일, 이탈리아 등 전 세계의 상품 전시회에 참가했다. 나
는 미국의 부모들이 우리 제품에 이렇게 열광한다면, 예를 들어 영
국과 일본의 부모도 마찬가지일 것이라고 생각했다. 외국 부모들의
반응은 생각대로였고, 나는 외국에 제품을 유통할 방법을 찾기 시
작했다. 우리는 국제적인 성장 기회를 이용하기 위해서 인프라를,
그리고 가장 중요한 사람들을 투입하기 시작했다.

새로운 시장에 들어가는 가장 쉬운 방법은 유통업자와 거래하는
것인데, 유통업자는 외국 소매업자들과 관계가 확립되어 있으므로
제품을 팔기 쉽다. 유통업자는 당신의 제품을 그대로 팔지만, 다른
브랜드도 10개쯤 같이 취급하기 때문에 당신의 제품이 받는 관심은
10분의 1밖에 안 된다. 또한 브랜드가 고객과 상호 작용하는 방식
을 당신이 통제할 수 없다. 중요한 국제 브랜드가 되려면 제품을 판

매하는 모든 국가에서 브랜드 일관성이 있어야 한다. 일이 훨씬 더 많아졌지만 우리는 열심히 하면 보상이 있으리라 생각했다. 그래서 외부 유통업자와 사업을 하기보다는 가장 큰 기회가 보이는 국가들에 법인을 설립하고 사무실을 차려 직접 유통 모델을 만들었다.

우리는 우선 2008년에 오스트레일리아에 법인을 설립하고 창고로 물건을 보냈다. 여동생 페이지가 영업과 고객 서비스를 담당했고, 엄마가 회계를 맡았다. 오스트레일리아 사업은 잘 됐다. 초기 자본이 거의 필요 없었고 고객들에게 모슬린에 대해 알릴 필요가 없었다. 얼마 지나지 않아 연간 수익이 몇 백만 달러에 도달했다. 2011년, 내가 유럽에 법인을 설립할 준비가 되었을 때 투자자들은 완고하게 반대했다. 그들은 클로디아가 그랬던 것처럼 자본이 덜 들고 위험이 적은 유통 경로를 택하고 싶어했다. 그러나 내가 강력하게 주장했고(나는 유럽 시장에 직접 가서 해외 상품 전시회에서 구매 담당자들이 우리 제품에 어떤 반응을 보내는지 목격했다), 그렇게 해서 다행이라고 생각한다. 현재 아덴아나이스는 영국과 일본에 사무실이 있는데, 전 세계 수익의 약 29퍼센트를 차지하며 매년 성장하고 있다. 우리 회사는 이러한 지역에서 법인을 설립함으로써 중요한 (그리고 예측 가능한 미래까지 지속할 수 있는) 성장을 이루게 되었다.

해외에 진출하면서 몇 가지 문제도 생겼다. 2011년에 미국 디즈니가 협업을 제안하자 우리는 무척 흥분했다. 디즈니에서 우리의 마진 요건에도 어긋나고 브랜드 미학과도 전혀 맞지 않는 온갖 규칙과 요구들을 들고 나오기 전까지는 말이다. 디즈니는 요구가 많왔고 타협할 생각이 없었다. 협업이라기보다는 독재처럼 느껴졌는데, 나는 모포에 'It's a small world'라는 문구를 넣는 데 목매고 싶지 않았다. 우리는 그동안 열심히 노력해서 독특한 디자인을 만들었는데, 디즈니의 독단적인 요구에 따라 모포를 만들면 우리가 회사를 매각하는 것처럼 보일까봐 두려웠다. 결국 기회를 포기했고 내 입에는 쓴 맛만 남았다.

3년 뒤, 유럽 사무실로 정기 출장을 갔다. 새미아가 모든 일정을 담당하여 언제 어디로 가야 하는지 알려주었다. 나는 새미아를 만나서 '오늘 만날 사람은 누구고 의제는 뭐예요?'라고 물을 때가 많았다. 새미아가 순조롭게 안내할 거라고 믿었기 때문이다.

그날 우리는 어느 회사와 만나서 협업을 논의하기로 되어 있었다. 내가 아는 것은 거기까지였다. 그러나 새미아가 기다리고 있던 건물로 들어가 주변을 둘러보던 나는 속았음을 깨달았다. '우리가 만나기로 한 회사는 디즈니였다.' 나는 기분이 좋지 않았다.

"장난해요, 새미아?"

"제발요, 진짜 부탁이에요. 가서 무슨 말을 하는지 들어나봐요." 그녀가 말했다. "이번에는 다를 거라고 장담할게요. 아주 괜찮을 것 같아요."

새미아는 재미있는 여자이고, 정말 독특하다. 그녀는 열아홉 살과 스물두 살인 예쁜 두 딸의 엄마로, 튀튀를 입고 손톱에 새파란 반짝이 매니큐어를 바르며 유니콘과 디즈니의 모든 것을 사랑한다. 그리고 새미아는 유럽에서 아덴아나이스 브랜드를 일굴 때 큰 도움을 쳤다. "있잖아요, 래건. 지방시한테 좋으면 아덴아나이스한테도 분명히 좋을 거예요." 그녀가 설득했다(맥락을 설명하자면, 지방시는 2014년에 디즈니와 협업했다).

이 말이 내 흥미를 끌었다. "좋아요." 내가 말했다. 이미 건물 앞까지 왔으니 열린 마음으로 들어가보기로 했다.

알고 보니 유럽 디즈니는 미국 디즈니와 무척 달랐다. 그들은 기꺼이 협조하려 했고, 디즈니의 전통적인 캐릭터와 디자인에 아덴아나이스의 정신을 불어넣는 것도 찬성했다. 최종 결정은 그들의 몫이었지만(디즈니 측에서 정말 좋아하거나 인정하지 않으면 어떤 제품도 출시할 수 없었다) 우리 디자인 팀이 그들의 캐릭터를 마음껏 이용하도록 허락했다. 게다가 로열티에 대해서도 협상할 마음이 있었다. 몇 년 전과는 전혀 달랐다.

"날 속였군요." 나중에 내가 새미아에게 말했다.

"당연하죠. 내가 뭘 하는지 알고 있었거든요." 새미아가 이렇게 말하고 미소를 지었다. 그녀는 디즈니 측을 미리 만났기 때문에 일이 어떻게 흘러갈지 대충 알고 있었다. 나는 새미아에게 잘했다고 말했다. 당시 나는 마음이 닫혀 있었고 완고했으므로 절대 디즈니와 만나려 하지 않았을 것이기 때문이다. 새미아가 주도적으로 나서줘서 고마웠다. 그녀의 재치 덕분에 우리는 놀라운 계약을 맺을 수 있었다.

디즈니와의 협업은 규모가 컸기 때문에 잘하고 싶었다. 그래서 행운을 비는 의미로 지방시의 디즈니 지갑을 샀다. 추상적인 디자인의 멋진 지갑으로, 반은 밤비, 반은 여자가 그려져 있다. 자세히 봐야 알아볼 수 있지만 밤비 부분은 무척 또렷하다. 사업상 지인들이 내 지갑을 볼 때마다 쉰 살이나 먹은 여자가 밤비 지갑을 도대체 왜 가지고 다니나 하는 표정이었다. 그러나 나는 신경 쓰지 않았다. 지갑은 나의 행운의 부적이었고, 나는 친구들의 반응이 정말 좋았다. 친구들은 지갑을 처음 봤을 때 멋지다면서 '어머, 그거 지방시야? 그 콜라보 정말 좋다!'고 말했다.

어쩌면 지갑이 정말로 좋은 기운을 내뿜었는지 모른다. 디즈니와 우리의 협업은 정말 멋졌으니 말이다. 우리 디자인 팀은 디즈니를 정말 아름답게 해석해냈다. 일단 협업을 시작하자 이번 프로젝트가 아텐아나이스의 정신에 딱 맞으면서도 디즈니를 그들이 원하는 대로 표현해낼 수 있었다. 사람들은 디즈니와 우리의 협업에 열광했고, 물론 미국 디즈니가 다시 연락해 와서 자신들도 참여할 수 있는지 물었다. 현재 아텐아나이스는 전 세계에서 디즈니와 협업하고 있다. 디즈니는 놀라운 파트너이자 협력자임이 증명되었다.

우리 브랜드의 정신을 지키겠다는 결심은 성과가 있었다. 세세한 부분 하나하나에 집착하는 것이 지루하게 느껴질지도 모르지만 고객이 당신의 브랜드와 제품 디자인에 숨은 의도와 품질을 알아보면 성공이다. 시간을 들여서 작은 부분까지 제대로 한다는 것은 고객에게 당신이 정말로 신경을 쓰고 있다는 신호를 보내는 셈이다.

미디어에서는 빠른 확장이 대유행인 듯하지만, 결국에는 느리고 꾸준한 성장이 성과를 거둔다. 나는 항상 성장에 초점을 맞추었지만, 성장만을 위한 성장을 좇기보다는 건전하고 꾸준한 성장을 유지하려고 애썼다. 기회가 생기면 확실히 이용하고 싶었지만, 우리가 준비되어 있지 않으면 무너질 수 있는 기회가 아니라 올바른 기회여야 했다. 앞서 말했듯이 나는 월마트와 계약을 체결함으로써 생길 복잡함에 대해 우리가 아직 준비되지 않았음을 알았다. 우리는 나중에 인프라가 갖춰진 다음에야 우리 제품을 판매하고 싶다는 월마트의 제안을 받아들였다. 성장에 초점을 맞춰야 하는 것은 사실이지만 다가오는 모든 기회를 잡아서는 안 된다. 특히 사업을 위험하게 만들지도 모르는 기회라면 더욱 그렇다. 기업가를 꿈꾸는 사람들은 분명 국내에서 자리를 잡지도 못했는데 도대체 어떻게 외국에서 제품을 출시할 수 있을까 하고 생각할 것이다. 그러나 해외 진출에 당장 초점을 맞출 필요는 없다. 지금 있는 곳에서 시작하되 국내에서 성장하면서 국제적인 브랜드가 될 가능성에서 절대 시선을 떼지 말자. 그리고 국내의 성장 기회가 다 소진될 때까지 기다릴 필요가 없음을 기억하자.

협업 기회가 생겼을 때 지나치게 흥분해서 당장 어떤 비용이 드는지 놓쳐서는 안 된다. 디즈니의 협업 요청을 거절할 사람은 아무도 없을 것이다. 그렇지 않은가? 그러나 나의 경우 처음에는 옳다고 느껴지지 않았고, 디즈니와의 협업 때문에 브랜드의 진실성이 희생될 수도 있다고 생각했다. 협업 요청이 들어오면 철저히 조사해서 정말로 합당한지 확인한 다음에 동의하자. 협업으로 인해 노출 기회가 늘어날 수는 있지만, 잘못된 협업이라면 그러한 노출이 아무 도움도 되지 않을 것이다.

마지막으로, 당신이 올바른 선택을 내렸는데 당신이 믿는 직원들이 다른 방향을 가리킬 경우, 직원들이 옳을지도 모른다는 가능성에 마음을 열자. 내 경우에도 옳은 결정을 내렸다고 생각했는데 직원이 반대로 이야기할 때가 무척 많았다. 직원이 옳을 때도 있고 틀릴 때도 있었지만 나는 항상 귀를 기울였다. 당신이 같이 일하기로 선택한 사람에게 겸손하게 귀를 기울이자. 직원들이 당신의 생각에 도전하도록 격려하자. 직원이 의견을 제시하면 고맙다고 말하고, 항상 이쪽이든 저쪽이든 결정을 내릴 준비를 하자.

대부분의 사람들은 드넓은 수평선을 보면 거기까지 헤엄쳐 가야 한다는 생각에 움츠러든다. 그러나 마음을 열고 할 수 있다는 생각을 잃지 않는다면, 언젠가 그곳에 닿은 걸 발견하고 깜짝 놀라게 될 것이다.

11장
팔아야 할 때를 알라

시장에 진출하고 3년이 지난 2009년에 아덴아나이스는 놀라운 속도로 성장을 거듭했다. 믿지 못할지도 모르지만 그때까지도 나의 최우선 임무는 현상 유지를 위해 자금을 구하는 것이었다. 나는 확장 속도에 흥분했지만 무척 진 빠지는 일이었다. 가족, 친구, 친구의 친구에게까지 돈을 부탁했고, 그렇게 해서 2009년까지 사업 자금을 댈 수 있었다. 2만 달러부터 25만 달러까지 액수가 얼마든 10퍼센트 이자를 지급했다. 그러나 그 정도의 소액으로는 아덴아나이스의 성장을 따라갈 수 없는 시점에 이르렀다. 수요를 충족하기 위해 필요한 재고가 점점 더 커졌고, 증가하는 업무량을 따라갈 인력과 인프라도 보충해야 했다. 이제 내가 자금을 구해 쫓아다니는 일은 그만두고 사업 전략과 성장에 초점을 맞출 수 있도록 상당한 현금을 투입해줄 사람을 찾을 때가 되었다.

그러나 나는 이 모든 일이 처음이었으므로 벤처 캐피털과 사모펀드 중에서 어디를 알아봐야 할지 확신이 없었다. 벤처 캐피털 회사들은 신생 벤처 기업에 초점을 맞춰서 A 시리즈, B 시리즈, C 시리즈에 투자한다. 시리즈는 기업의 발달 단계를 가리키는데, A 시리즈는 사업의 초기 발전 단계, B 시리즈는 사업을 다음 단계로 끌어올리는 단계, C 시리즈는 사업을 확립하고 확장하는 단계를 말한다. 우리는 A 시리즈에 해당되었을 것이다. 각 단계에 따라 사업에 더 많은 자금과 더 큰 투자를 받을 수 있다. 반대로 사모펀드는 규모가 더 크고 자리가 잘 잡힌 회사에 투자하는 경향이 있고, 초기 투자 금액이 보통 더 크다. 나는 벤처 캐피털과 사모펀드에 대해서 연구한 다음 우리가 사업을 한 햇수와 당시 규모를 생각하면 벤처 캐피털 자금을 구하는 것이 적절하다는 결론을 내렸다.

그러나 나는 초조했다. 사업 자금을 구하려는 사람들, 특히 여성들에 관한 끔찍한 이야기가 많았다. 은행에서 일하는 친구들은 나를 만류했다. 친구들의 말만 들으면 벤처 캐피털 회사와 사모펀드 회사는 악의 화신이었다. 내 경험도 그러한 인상과 다르지 않았다. 나는 그동안 만났던 모든 투자자들을 언제든지 물어뜯을 태세를 갖춘 바다 속 상어에 비유했다. 그러나 당시에는 그 길밖에 없어 보였다.

2009년에 클로디아가 회사를 떠난 직후 벤처 캐피탈 회사에서 연락이 왔다. 우리는 소액 투자를 의논하기 시작했고, 나는 기업 실사를 완료하기 위해 필요한 모든 서류를 모으기 시작했다. 서류가 괜찮아 보이면 투자를 받기 쉬워질 것이었다. 그 사이 시카고의 장

난감 회사에서 연락이 와서 우리 회사를 인수하고 싶다는 뜻을 전했다. 그들이 꽤 두둑한 액수를 제시했기 때문에 나는 그들을 찾아가서 만나보기로 했다. 그래서 벤처 캐피털 회사에는 매각을 고려 중이라고 전한 다음 대화를 끝냈다.

시카고에 도착한 나는 사람들과 악수를 하고 인사를 나눈 다음 길쭉한 회의용 탁자에 앉았다. 맞은편에는 남자들만 잔뜩 앉아 있었다. 그들은 나를 유쾌하고 정중하게 대접했는데, 우리 회사를 인수할 생각이었으니 놀라운 일은 아니었다. 그들은 어떤 제품을 개발 중인지, 자신들의 회사(그리고 내 회사)를 어떤 방향으로 이끌고 싶은지, 앞으로의 계획에 대해서 신나게 이야기하기 시작했다. 그때 가장 고위급이었던 간부 하나가 앞으로 발표할 예정인 혁신적인 제품을 소개했다.

"아주 멋진 신제품이 있습니다." 그가 다들 자기 말에 집중하는지 확인하려고 좌중을 둘러보며 말했다. "사상 최초의……," 그는 극적인 효과를 노리고 여기서 말을 잠시 끊었다. "진짜로 편안한 유축기죠!"

나는 웃음을 터뜨렸다. 진지한 자리였지만 참을 수가 없었다.

"여러분 중에 유축기를 써보신 분이 몇 명이나 계시죠?"

몇 초 동안 얼음 같은 침묵과 멍한 눈빛, 초조한 웃음이 오간 뒤 내가 말을 이었다. "외람된 말씀이지만, 진짜로 편안한 유축기 같은 건 없어요. 유축기를 정말 많이 써본 사람으로서 저는 '정말 편하다'는 말과 '유축기'를 같이 쓰는 건 모순어법이라고 확신해요. 모유를 빨아내는 기계를 가슴에 부착하면 절대 편안할 수가 없어요."
그들은 웃음을 터뜨렸고, 내가 전달하고 싶은 요점을 알아들었다.

나는 탁자에 둘러앉은 남자들을 둘러보며 이 대화가 얼마나 우스꽝스러운지 생각했다. '전부 다 남자란 말이지? 이 회의에 참석할 만큼 높은 자리에 여자가 한 명도 없다는 거야? 이 〈죽이는 아이디어〉에 대해 의견을 낼 여자가 하나도 없다고? 정말로?!'

그러나 구애는 끝나지 않았다. 그들이 돈을 제안했고, 나는 거절했다. 그러자 더 많은 돈을 제안했고, 나는 다시 거절했다. 그들은 계속해서 더 높은 값을 불렀고, 결국 나는 수락했다. 우리는 매각 실사를 시작했고, 약 3개월 동안 그들이 우리 회사의 각종 수치를 자세히 살폈다. 그 사이 나는 다시 망설이기 시작했다. 결국 계약서에 서명하기 직전에 나는 아니라는 결론을 내렸다. 나는 회사에서 손 뗄 준비가 되어 있지 않았다. 나는 아덴아나이스에서 훨씬 더 많은 것을 할 수 있음을 깨달았고, 직접 팀을 이끌면서 비전을 실현하고 싶었다. 내가 상대 회사 CEO에게 전화를 걸어서 생각이 바뀌었다고 말했다. 매각에 필요한 정보를 수집하느라 몇 개월 동안이나 열심히 일했다는 사실을 생각하면, 그는 믿기 힘들 만큼 정중했다. 그는 나에게 행운을 빌어주면서 생각이 바뀌면 연락하라고 말했다. 나는 다른 누군가가 정말로 우리 회사를 사고 싶어한다는 현실을 그때 처음으로 깨달았다. 그 전까지 매각이란 마음 속 깊이 어렴풋이 존재하는 개념일 뿐이었다. 이 일을 겪으면서 나는 아직 빠져나갈 준비가 되지 않았음을 확실히 깨달았다.

매각 협상이 끝나자 이미 몇 달이나 지나버렸고, 우리는 곤경에 처했다. 그동안 우리는 사업 자금 마련(끝없는 서류 작업)이 아니라 영업에만 초점을 맞추었다. 회사를 매각하면 새로운 사주가 아덴아나이스를 기존 인프라에 통합할 것이고, 그러면 자본이 필요 없기 때문이었다. 그러나 매각이 없었던 일이 되자 현금 흐름을 유지하기 위해 갑자기 더 많은 자금을 마련해야 했다. 그래서 나는 벤처 캐피탈 회사를 다시 찾았다. 우리가 마지막으로 이야기를 나누고 나서 몇 달 사이에 아덴아나이스의 규모가 거의 두 배로 커졌다. 2009년에 우리는 로켓처럼 폭발적으로 성장하고 있었다. 그러나 어마어마한 성장에도 불구하고 그들은 같은 계약을 제안했다. 나는 괴로웠다. 혼란스러웠던 나는 그들에게 전화를 걸어서 이렇게 말했다. "있잖아요, 내게 자궁이 있다고 해서 뇌가 없는 건 아니에요. 규모가 두 배로 커졌는데 어떻게 같은 계약을 하겠어요? 멍청한 은행원들이 나를 바보로 아는군요. 가서 연필이나 좀 깎고 더 나은 계약을 가져와볼래요?" 맞다, 나는 너무 짜증이 나서 정말로 멍청한 은행원이라고 말했다. 그들은 웃음을 터뜨리더니 약간 더 나은 계약을 제시했지만 나는 그들의 평가가 여전히 너무 박하다고 생각했다. 그래서 제안을 거절했다.

그러나 우리는 결국 예상치 못한 방법으로 투자 대박을 터뜨렸다. 초기에 아덴아나이스에 투자했던 매트(자동차광)와 폴라 부부를 기억하시는지? 바로 그 매트가 아덴아나이스의 궤도를 바꿀 사람을 소개해주었다. 당시 매트는 크레디트 스위스의 사모펀드 분야에서 일하고 있었고, LA의 사모펀드 회사 세이들러 사모 파트너의 세이들러 형제와 아는 사이였다. 매트는 세이들러 형제에게 아덴아나이스가 미친 듯이 성장하고 있으며 자금이 필요하다고 말했다. 세이들러는 보통 우리 회사보다 규모가 훨씬 큰 회사들을 상대하지만, 어쨌든 나를 만나보고 싶다고 했다. 처음에는 투자를 꺼렸던 매트가 아덴아나이스를 곤경에서 구해주다니 참 재미있는 일이다.

나는 밥 세이들러와 매트 세이들러 형제, 창립 파트너 에릭 컷센다를 만나자마자 범상치 않은 사람들이라는 느낌을 받았다. 그들은 친절하고, 합리적이고, 두뇌 회전이 빠르고, 인심이 좋고, 정중했다. 내가 만나 본 사모펀드 회사 사람들과 정반대였고, 한두 명만 제외하면 아직도 그런 사람들은 보지 못했다. 그들은 사모펀드에 대한 두려움을 없애주었고, 아덴아나이스에 투자했지만 적은 지분만을 차지했기 때문에 나는 과반수 주주 위치를 유지할 수 있었다. 한편, 초기 투자자 세 팀(클로디아의 지분을 살 49만 달러를 빌려줬던 친구들) 중에 두 팀은 빠져나갈 준비가 되어 있었다. 그들이 각자 투자한 15만 달러는 18개월 만에 두 배가 되었다. 초기 투자자들 중에서는 폴라와 매트 부부만 남아 지분을 유지했다. 이제 아덴아나이스의 투자자는 폴라 부부와 세이들러 형제밖에 없었다.

세이들러 형제와 함께했던 3년 동안 두 사람은 나에게 가족 같은 존재가 되었다. 그들은 나에게 수익 5,500만 달러 회사는 수익 1,500만 달러 회사와는 다르게 운영해야 한다는 사실을 가르쳐주었다. 아덴아나이스는 너무 빨리 성장하고 있었다. 세이들러 형제는 나에게 건전한 사업체를 운영하는 방법을 가르쳐주었고, 리더로서 내가 발전하도록 도와주었다. 그들은 전체 매출뿐만 아니라 순익을 지켜보는 것이 중요하다고 가르쳐주었다. 그들의 가르침 덕분에 나는 재무 분야를 이해할 수 있었고, 결국 내가 전체적으로 더 나은 기업가가 된 것은 그들 덕분이다. 세이들러 형제는 우리 사업에 투자한 첫날부터 진정한 파트너였고 지금까지도 내가 신뢰하는 고문이다.

세이들러 형제와 나는 개인적으로 친했고, 그래서 가르침과 멘토링을 주고받는 관계를 맺을 수 있었다. 세이들러 형제를 만나기 전까지 나는 멘토란 당신에게 초점을 맞추고, 당신을 가르치고, 당신을 옹호하고, 당신이 한계를 넘도록 격려하는 사람이라고 생각했다. 그러나 그것이 너무 큰 기대임을, 나를 이끌고 충고해주는 사람들은 사실 나와 연결된 사람, 내가 믿는 사람, 내가 도달하고 싶은 곳에 도달했던 사람임을 배웠다. 그런 사람들은 무엇보다도 내가 성공하는 모습을 보고 싶기 때문에 가끔 필요한 충고를 해주었다. 세이들러 형제가 바로 그런 사람들이었다.

지원 네트워크, 즉 업계의 인맥, 영향력 있는 고객, 조언자, 유명한 여성 역할 모델의 결여는 여성 기업가들이 직면한 또 다른 장애물로 어김없이 손꼽힌다. 아시아, 캐나다, 유럽, 미국의 '핵심 인재' 근로자 4천여 명을 대상으로 실시한 2010년 연구에 따르면, 여성은 실제로 남성과 거의 동등한 멘토링을 받았다. 그러나 멘토링에서 얻는 구체적인 이익은 같지 않았는데, 남성의 멘토는 여성의 멘토

보다 조직 내의 위치가 높았고, 따라서 여성은 손에 넣을 수 없는 승진과 기회가 주어졌기 때문이었다.[1]

회사에 다닐 때 멘토가 없어서 아쉽지는 않다. 결국 회사에서 누군가가 나를 지원해주었다면 나는 '아, 지금 상태로도 충분한 것 같아'라고 생각하고 회사를 나가 혼자서 뭔가를 하겠다는 야심을 키우지 못했을지도 모른다. 즉, 스스로를 채찍질하지 않았을지도 모른다. 기업가는 대부분의 사람들이 해보지 않은 일을 이루기 위해서 노력하도록 타고난다. 조언자와 멘토는(그런 존재가 있다면 정말 좋겠지만) 열정, 호기심, 뚜렷한 의도, 근면함, 자신감, 비전을 대체할 수 없다.

즉, 여성은 멘토를 찾아야 할 뿐 아니라 경험과 지식, 심지어는 원하는 곳에 도달하도록 자극할 영향력을 가진 멘토를 찾아야 한다는 뜻이다. 너무 당연한 말처럼 들릴지도 모르지만, 여성은 친구와 가족에게 문제를 이야기하고 해결책을 찾으려는 경향이 있다. 사업 경험이 없는 친구들에게 의지하면 감정적으로는 후련할지 몰라도 잘못된 길로 이끌려 갈 수도 있고, 잘못된 충고에 따라 움직였다가 위험에 처할 수도 있다. 멘토의 충고라고 해서 전부 적절하거나 도움이 되는 것은 아니다. 누구를 믿을지, 그들의 충고 중에서 무엇을 믿을지 구분할 수 있어야 한다. 우리의 디자인이나 마케팅 전략을 이렇게 저렇게 바꿔야 한다고 무심코 말하는 일반 고객이나 상점 주인이 얼마나 많았는지 모른다. 이러한 우회로야말로 당신을 멈추게 하고 느려지게 만든다. 나는 내 사업과 브랜드에 나만큼 투자하지 않은 사람들에게서 영향을 받고 싶지 않았다. 아덴아나이스의 방향에 대해서 나만큼 신경 쓰는 사람은 아무도 없었으므로 나는 본능과 지식에 의지하는 법을 배웠다. 그것이 중요하다. 그렇지 않으면 당신은 약해지고 만다. 그런다고 해서 누구에게 무엇이 좋을까? 나는 밥과 매트, 에릭이 투자 업계에서 내가 만난 그 누구보다 뛰어나다는 사실을 즉시 깨달았다. 조언을 뒷받침할 만한 경험을 가지고 있었을 뿐 아니라 훌륭한 사람들이었기 때문이다. 나는 또 규모가 큰 회사를 운영하려면 재무 분야를 더욱 잘 알아야 한다는 사실을 깨달았다. 나의 자기 인식과 동기에 세 사람의 경험이 더해지면서 우리는 성공적인 관계를 맺을 수 있었다.

더욱이, 기업가로서 이제 막 출발한 당신을 백만장자로 만들어줄 '단 한 사람'은 없다. 당신을 위해서 누군가가 그렇게 해줄 거라는 생각은 비현실적인 환상일 뿐이다. 성공하기 위해서는 당신보다 더 많이 아는 사람들, 다른 난관을 뚫고 성공적인 사업을 일궈낸 여러 사람들로 주변을 채워야 한다. 단 한 사람은 해답이 아니다. 성공하기 위해서는 당신을 위해 일하는 직원이든 당신에게 필요한 방향과 충고를 제시하는 사람이든, 경험과 지식이 풍부한 수많은 사람들에게 둘러싸여야 한다.

요즘 기업가들이 나에게 멘토링을 요청하며 접근할 때면 너무 아이러니해서 미소가 떠오른다. 물론 나는 사람들을 지지하고 격려하고 싶지만, 내가 그 단 한 사람이라고 말하지 않으려고 항상 조심한다. 나는 경험에 따라서 기꺼이 조언을 하지만, 다양한 관점의 조언을 받아야 한다고 알려주고 싶다.

세이들러 형제는 책임지고 나를 가르쳤고 한 단계 높이 끌어올려 주었다. 그들은 내가 경험하지 못한 분야를 겪었고, 친절하게도 그 경험을 나와 나누었다. 그들이 사람에게 투자를 한다는 사실은 첫날부터 명확했다. 세이들러 형제는 스스로 멘토라고 여기지 않았을지도 모르지만 나의 성공을 보고 싶어했고 성공에 필요한 정보를 제공하며 나를 인도해주었다.

그들은 나와 생각이 다를 때에도 나를 지지했다. 예를 들어, 세이들러 형제는 (앞서 말했던 모든 사람과 마찬가지로) 아덴아나이스의 유럽 진출을 썩 반기지 않았다. 그들은 사무실과 유통 경로 확립과 운영에 시간과 자원이 너무 많이 든다며 반대했다. 그러나 나는 열심히 항변했고, 유럽 시장에 직접 가서 제품에 대한 열렬한 관심을 내 눈으로 보았기 때문에 그렇게 해야 한다고 결론을 내렸다. 나는 또 전 세계적으로 브랜드의 일관성을 유지하려면 그 수밖에 없다는 느낌을 강하게 받았다. 결국 세이들러 형제는 일단 시도해본 다음 1년 내에 재평가하자며 나에게 맡겼다. 1년도 안 돼서 유럽 사업은 크게 성공했고, 이윤 폭이 미국 사업보다 더 커졌다.

이 일로 인해서 우리 관계에 대한 신뢰는 더욱 굳어졌다. 그래서 3년 뒤에 세이들러 형제가 사업을 매각하자는 아이디어를 내놓았을 때에도 나는 마음을 열고 귀를 기울였다.

언젠가 비공식 이사회가 끝났을 때 밥이 말했다. "우리는 이 사업을 믿고, 당신이 계속 성장하면서 확장할 거라고 믿어요. 하지만 예상하지 못한 일이 일어나는 것을 너무 많이 봤어요. ……공장이 불타고, 테러 공격이 발생하고, 그러다가 갑자기 발밑이 무너지는 거죠."

매트가 거들었다. "당신과 마르코스의 자산이 회사에 너무 많이 묶여 있어요. 우리는 매각해야 한다고 생각합니다. 판돈에서 칩을 몇 개 빼서 당신 가족의 경제적 위험을 좀 줄이도록 해요. 까딱하면 지금까지 흘린 피 땀 눈물에서 경제적인 이득을 못 보는 수가 있어요. 매각한 다음 부담 가지 않는 수준에서 재투자하도록 해요."

나는 그런 생각을 한 번도 하지 않았다. 순진하게도 나는 일단 매각하면 끝이라고 생각했고, 회사에 상당 부분을 재투자할 수 있다는 사실을 깨닫지 못했다. 나는 또 우리 가족의 경제적 위험을 생각하지 못했다. 당시 우리 회사의 가치는 수천만 달러에 달했으므로 서류상 나는 백만장자였지만, 실제로는 다른 사람들과 마찬가지로 월급을 받는 직원에 불과했다. 사주인 나는 배당금으로 돈을 더 받을 수 있었지만 그렇게 하지 않는 쪽을 선택했고, 사업을 성장시키기 위해 그대로 넣어두었다. 회사에 무슨 일이 생기면 내가 창업할 때부터 축적한 서류상의 모든 재산이 회사와 함께 사라지게 된다. 당시 나는 부채를 끌어들이지 않았고, 돈 때문에 곤란하지도 않았다. 나는 성공적인 사업체를 일구어냈지만 월급을 받을 뿐 금전적 가치를 현실화하지 않았다.

세이들러 펀드에서 투자를 받을 때 나는 과반 지분을 보유한 채 지분의 일부만을 팔았다. 사모펀드를 투자받은 것은 회사를 성장시킬 자본금을 구하기 위해서였다. 나는 회사에 애착이 있었기 때문에 내가 회사의 일부여야 했고, 회사를 이끌기 위해서는 더욱 그랬다. 어떤 기업가는 자기 사업을 절대 떠나려 하지 않지만, 어떤 기업가는 사업을 매각하는 순간만을 고대한다.

그러나 세이들러 형제의 제안에 따라서 나는 회사에 가족의 자산을 지나치게 많이 묶어두는 위험을 줄일 준비가 되었다. 회사를 매각하면 우리 가족은 경제적으로 자유로워질 것이다. 최소한 딸들을 대학까지 보내고 아파트를 유지할 수 있었다. 회사를 매각한 다음 아덴아나이스의 지분을 다시 사들이면 상당한 지분도 보유할 수 있었다.

세이들러 형제의 제안에 따라서 매각이 진행되었다. 우리는 우선 투자 은행을 고용했다. 매각 결정은 대부분 시장에 달려 있다. 타이밍이 맞아야 하는데, 공급이 많을 때 가장 좋은 가격을 받으려고 애쓰는 것보다는 수요가 많을 때 매각하는 것이 좋다. 재무의 모든 부분이 준비되어야 하고, 사업이 성장하고 있고 수익성도 있음을 증명할 수 있어야 한다. 놀랍게도 이 부분은 무척 애매하다. 성공적인 것처럼 보이는 회사도 장부의 숫자만 놓고 보면 수익성이 없는 경우가 많다. 소비재 회사를 적정한 가격으로 매각하려면 수익성을 증명해야 한다. 수치가 기준에 미치지 못하면 회사 가치를 현실화할 수 없다. 다행히도 2013년에는 수요가 많았다. 높은 가격에 회사를 매각한 거래가 벌써 여러 건 있었다. 우리는 사업과 재무 상태에 대한 개요, 흔히 CIM(confidential internal memorandum: 대외비 내부 메모)이라고 부르는 것을 작성해서 잠재적 구매자들에게 보냈다. 나는 전략 회사를 피하고 사모펀드에만 집중했다. 전략 회사란 유니레버, 로레알, 코카콜라처럼 인수한 기업을 운영할 인프라를 갖춘 회사를 말한다. 전략 회사에 매각할 경우 내가 경영에 참여하는 것을 바라지 않을 가능성이 높았고, 아덴아나이스 경영팀 전체를 해고하고 본사 사람들을 데려와서 운영할 가능성도 있었다. 반대로 사모펀드는 운영자가 아니다. 그들은 사업을 운영할 인프라가 없기 때문에 브랜드와 제품만큼이나 사람과 비전에 투자한다. 나는 그렇게 생각했다.

대부분의 회사는 표준 EBITDA(법인세 이자 감가상각비 차감 전 영업이익) 배수, 즉 회사의 투자자본수익률을 측정하는 비율을 이용해서 평가한다. EBITDA는 어떤 회사를 다른 회사보다 더 나아 보이게 만드는 회계상의 차이를 표준화하여 성장과 기회를 쉽게 비교할 수 있기 때문에 투자자들이 많이 이용한다. 시장에 따라 그 배수는 EBITDA의 3에서 20까지 이를 수 있다. 우리는 아덴아나이스를 시장에 내놓으면서 보수적으로 평가해서 8에서 10배수를 기대했다.

내가 아덴아나이스를 보수적으로 평가하려 했기 때문에 우리가 고용한 투자 은행은 곤혹스러워했다(수수료가 달려 있으므로 투자 은행은 물론 최대한 높은 값을 받으려고 한다). 그러나 내 생각은 솔직하고 단순했다. 회사를 평가하는 부분적인 근거는 앞으로의 전망이다. 나는 회사에서 완전히 빠지는 것이 아니었으므로 좋은 업무 관계를 맺고 싶었다. 내가 목표 수치에 도달하지 못하면 새로운 투자자들이 닦달할 것이 뻔했다. 그러므로 나는 자면서도 달성할 수 있을 수치를 제시했다. 나는 우리에게 만족하는 투자자를 확보하고 싶었고, 투자자가 우리 팀을 압박하는 것은 원하지 않았다. 몇 백만 달러를 더 받는다 해도 그 뒤에 이어질 압박과 스트레스를 감수할 가치는 없었다. 곧 서른다섯 팀에서 인수 의사를 드러냈는데, 그 정도면 꽤 많은 편이었다. 우리는 서른다섯 팀을 아홉 팀으로 줄인 다음 직접 만났다. 나는 우리 회사에 들어와서 기존 팀을 내보낼 사람이 아니라 우리 브랜드를 진정으로 이해하는 사람, 경영팀과 나의 비전을 믿는 사람을 만나고 싶었다. 나에게는 좋은 사람을 선택하는 것도 중요했다.

2주에 걸쳐 각 회사와의 회의가 끝나갈 때쯤, 나는 기진맥진했지만 희망에 부풀었다. 우리가 만난 아홉 팀 중에서 두 팀이 유력 후보로 떠올랐다. 그 중 하나가 소비재 전문 사모펀드 회사 SPC Swander Pace Capital였다. SPC가 최고가를 제시한 것은 아니었지만 우리 브랜드를 이해하고 나를 포함한 기존 팀과 함께 일하고 싶어한다는 느낌이 들었다. 나를 이해하는 것 같았다. 또 솔직히 말해서 나는 투자 회사 아홉 곳 중에서 SPC 협상팀에만 유자녀 여성이 포함되어 있다는 점도 높이 평가했다.

그렇게 해서 우리는 SPC와 대화에 돌입했고, 5개월 동안 모든 일이 순조롭게 진행되었다. 그러다가 매각 과정이 거의 끝나갈 때쯤 경각심이 든 순간이 찾아왔다. 그때 SPC의 팀장('크리스'라고 하자)

과 나는 아덴아나이스 라운지에서 계약서에 서명하기 전 몇 가지 최종적인 세부 사항을 논의하고 있었다. SPC는 보통 과반 지분을 선호했기 때문에 나는 순전히 호기심에서 소액 투자를 고려할 때도 있냐고 물었다. 크리스는 즉시 이렇게 대답했다. "아뇨. 우리가 통제권을 가져야 하거든요."

뒷목의 머리털이 곤두섰다. '제기랄, 별로 안 좋은데.' 내가 생각했다. 크리스는 '아뇨, 우리는 과반 지분 계약을 선호합니다'라고 대답하지 않았다. 그는 '통제권'이 필요하다고 말했다. 말의 내용뿐만이 아니라 그 말을 하는 방식도 중요했다. 나는 갑자기 SPC가 적절한 파트너인지 의심이 들었다.

계약 과정을 시작하기 전에 친구와 동료들은 '계약 피로'를 조심하라고 경고했다. 나는 이렇게 생각했던 기억이 난다. '계약 피로? 도대체 계약 피로가 뭐야? 되게 우습게 들리는데?' 그때 나는 SPC가 적절한 투자자인지 확신하지 못했지만 이미 너무 지쳤다. 5개월이라면 기업 매각 치고는 무척 빨리 진행된 편이었다. 보통은 1년 가까이 걸린다. 사업 매각 과정은 시간이 얼마가 걸리든 사람을 무척 지치게 만든다. 회사를 운영하면서 매각을 동시에 준비해야 하기 때문이다. 만나기로 약속한 모든 투자자들의 질문 공세에 시달리고, 회의를 하다가 죽을 것만 같다. 우리는 2주 동안 쉬는 시간도 없이 4시간짜리 회의를 연달아 했고, 또 모든 잠재적 투자자들에게 최대한 열정적으로 설명해야 했다. 불쌍한 CFO 시애라와 COO 데이비드는 나보다 더 상태가 나빴다. 두 사람은 업무의 대부분을 처리하는 동시에, 서류도 준비하고 관심을 보이는 측의 요구에도 응해야 했다.

내가 크리스와 머리카락이 쭈뼛 서는 대화를 나눈 것은 계약을 마무리 짓기 이틀 전의 일이었다. 나는 두 번째 투자자에게 돌아갈까 잠시 생각했지만, 그러면 모든 과정을 처음부터 다시 겪어야 했다. 그리고 그들은 기업 실사를 더욱 꼼꼼하게 실시하길 원했다. 중국의 공장과 창고까지 방문하려고 했다. 장기적인 손해를 불러온 근시안적인 결정처럼 들릴지도 모르고, 그 생각이 맞을지도 모른다. 그러나 우리는 이미 너무 멀리 와버렸다. 나와 우리 팀은 지쳐서 쓰러질 지경이었고, 갑자기 경로를 바꿔서 다른 투자자와 똑같은 과정을 한 번 더 반복했다가는 오래 버틸 수 없을 것이 뻔했다. 그래서 우리는 SPC와 매각을 마무리했고, 나는 크리스의 말을 머릿속에서 지우고 이 모든 걱정을 불안한 마음과 계약 피로 탓으로 돌렸다.

마침내 계약을 마무리했을 때가 생각난다. 2013년 12월 23일, 크리스마스 직전이었다. 팀 전체가 마지막 통화를 위해 회의실 탁자에 둘러앉아 있었다. 양측 모두 거래 마무리에 동의했고, 통화가 끝나자 시애라와 나는 눈물을 터뜨렸다. 피곤과 기쁨, 이제 다 끝나서 다행이라는 감사의 눈물이었다.

결국 우리는 회사를 몇 천만 달러에 매각했다(미안하지만 변호사들의 조언에 따라 정확한 액수는 밝힐 수 없다). 나는 당시의 아덴아나이스로서 적절한 금액이라고 생각했고, 결과에 만족했다. 큰돈이었지만 예상과 달리 승리감이 느껴지지는 않았다. 그때쯤 되니 너무 지쳐서 안도감 외에는 아무 것도 느낄 수 없었다. 나는 주식의 23퍼센트를 되사고 CEO 직위를 유지했다. 내가 세운 작은 회사가 가족과 나에게 몇 천만 달러의 이익을 안겨주었을 뿐 아니라 애초에 이 회사를 처음 시작할 때 내가 꿈꾸었던 경제적 자유를 가져다주었다. 폴라와 매트도 지분을 매각했다. 두 사람도 초기 투자금 20만 달러로 5년 만에 수백만 달러를 벌었다. 매트는 그때 차를 안 사서 정말 다행이라고 말했다.

나는 잠시 회사에 남아서 팀과 함께 축하했다. 직원들은 회사 주식이 없었지만 내가 내 몫에서 200만 달러를 떼어서 주요 직원들에게 나눠주었다. 내가 이 회사를 세우도록 돕고 너무나 오랫동안 현장에서 함께했으므로 한몫 받을 자격이 있는 사람들이었다(SPC가 들어오면서 우리는 10퍼센트의 스톡옵션에 합의해서 주요 직원들에게 선택권을 주었다). 마침내 내가 책상으로 걸어가서 마르코스에게 전화를 걸었다.

"끝났어." 내가 말했다.

"당신이 정말 자랑스러워." 그가 말했다. 마르코스에게 이 말을 듣는 것은 무척 의미가 컸다. 그는 내가 지금까지 얼마나 열심히 노력했는지 누구보다도 잘 알았다. 마르코스는 첫날부터 내 곁을 지켰던 유일한 사람이었으므로 내가 맨손으로 시작해서 무엇을 쏟아부어 이 회사를 일구었는지 누구보다도 잘 알았다. 마르코스는 불쾌한 결별을, 공포와 의심의 순간을 빠짐없이 지켜보았다. 그는 아름다운 부분뿐 아니라 오점까지 모두 보았고, 내 곁을 내내 지켰다.

돈이 계좌로 들어온 다음, 그날 밤 늦게 나는 맨해튼에 저녁 식사를 하러 가려고 택시를 탔다. 전화기로 계좌에 찍힌 숫자를 보면서 이게 우리 은행 계좌라고 생각하니 정말 믿을 수가 없었다. 나는 세이들러 형제에게 전화를 걸어서 전부(그들의 지원과 친절함, 관대함, 가르침) 고맙다고 인사했다. 통화를 하다가 눈물까지 터트렸다(그렇다. 아주 '여자 같은' 행동이다). 그들의 길잡이 덕분에 우리 가족은 두 번 다시 돈 걱정을 할 필요가 없어졌다.

이제 돈 걱정을 할 일이 없었지만 나는 돈을 사치스럽게 쓰는 사람이 아니었다. 그러나 매각 직후에 딱 한 번 사치를 누렸다. 데이비드가 모히건 선에서 열리는 프린스의 공연에 나와 폴라, 매트, 앤드리아를 초대했다. 모히건 선은 코네티컷의 카지노로, 뉴욕 시에서는 약간 먼 편이다. 우리는 모두 흥분했지만, 콘서트를 보기 위해서 3시간을 운전해야 한다는 사실은 별로 신나지 않았고, 게다가 콘서트는 계약을 마무리한 날로부터 닷새 후였다. 차를 어떻게 나눠서 타고 갈지 계산하던 내가 생각했다. '에잇, 다들 내가 맨손으로 사업을 시작할 때부터 도와주고 날 믿어준 사람들이잖아.' 그래서 나는 재미있는 일을 준비했다.

긴 이야기를 짧게 줄이자면, 나는 콘서트장까지 우리를 데려다 줄 헬리콥터를 빌렸고, 재미를 위해서 비밀에 부쳤다. 내가 이 비밀 작전을 위해 빌린 리무진에 일행이 모두 오르자 기사님이 엉뚱한 방향으로 차를 몰았다. 물론 헬리콥터 발착장을 향하는 중이었지만, 내 친구들은 그 사실을 몰랐다. 게다가 뉴욕에 사는 내 친구들은 이제부터 세 시간 동안 차를 타고 가야 한다는 사실에 이미 짜증이 나 있었기 때문에 불쌍한 기사님에게 길을 잘못 택했다며 시끄럽게 한마디씩 했다. 기사님은 가던 길을 꿋꿋하게 계속 갔고, 드디어 헬리콥터 앞에 도착하자 다들 무척 놀라며 기뻐했다. 40분이면 콘서트장에 갈 수 있었다. 나는 헬리콥터가 정말 무서웠지만 잊지 못할 추억을 만들고 우리 사업의 성공에 기여한 친구들과 함께 축하하기 위해서 1만 달러를 썼다.

솔직히 말해서 나는 다른 사람들과 돈을 나누면서, 특히 겨우 4년 뒤에 회사의 가치가 어떨지 전혀 몰랐지만 위기의 순간에 나를 믿어주었던 폴라와 매트와 돈을 나누면서 더 많은 것을 얻었다. 회사를 매각한다는 것은 두 사람에게도 인생이 바뀔 정도의 돈이 생긴다는 뜻이었다. 나와 모든 과정을 함께 한 직원들은 자격이 충분한데도 돈을 받고 정말로 놀라며 고마워했다. 진정한 기쁨은 거기에서, 나를 도와 준 사람들과 금전적 이익을 나눌 수 있다는 사실에서 비롯된다.

나는 이런 일이 일어날지 상상도 하지 못했다. 오로지 돈을 위해서 회사를 만든 것은 절대 아니었지만, 이 돈은 사업에 들어간 모든 피와 땀과 눈물을 상징했다. 내 모든 노력이 보답을 받은 것이다.

12장
직감을 믿어라

2014년 6월, 나는 뉴욕 지역 EY 올해의 기업가 상을 받았다. 아덴 아나이스의 수익은 5,500만 달러를 넘었다. 최종 후보 40여 명 중에 여자는 두 명밖에 없었다. 나는 후보에 올랐다는 소식을 듣고 절대 검은 드레스는 입지 않겠다고 결심했다. 사실상 전부 남자인 최종 후보들과 무대 위에서 섞이고 싶지 않았다. 나는 검은 정장들 사이에서 눈에 확 띄고 내 몸매의 굴곡을 강조해줄 롤랑 무레의 새빨간 드레스를 선택했다. 누구라도 내가 여자라는 사실을 못 알아볼 수 없도록 말이다.

오랫동안 마케팅 전문가로 일한 EY의 리사 쉬프먼은 나와 똑같은 괴로움을 겪었다. 여성들도 대단한 회사를 창업하고 있었지만, 그녀는 여성이 남성과 똑같이 인정받거나 기회를 얻는 모습을 보지 못했다. 현 상태를 다시 정의하기로 결심한 그녀는 2008년에 여성 창업자를 위해 기울어진 운동장을 바로잡으려고 위닝 위민 프로그램을 만들었다. 위닝 위민은 '잃어버린 중간층'에 초점을 맞추고 전 세계 수익 기업을 이끄는 여성 기업가들이 잠재력을 발휘하여 회사를 확장하도록 지원한다. 나는 위닝 위민에 뽑힌 2013년부터 회원으로 활동하고 있다.

나는 상을 받아서 자랑스럽지만, 성공을 거둔 뒤에 아무 문제도 겪지 않았다는 인상을 주고 싶지는 않다. 내가 SPC 파트너 크리스에 대해서 느꼈던 여자의 직감을 기억하는지? 나의 가장 뼈아픈 후회는 그 직감을 무시한 것이다.

사업을 매각한 지 3년이 지난 2016년, 아텐아나이스의 전체 매출은 45퍼센트 증가했고 신제품도 많이 개발되었다. 스킨케어 라인도 시작했고 2018년에 출시할 일회용 기저귀 라인도 개발을 시작한 참이었다. 2016년 12월에 아텐아나이스는 침낭과 속싸개, 또 최근에는 덮개 달린 유아차를 내놓은 회사 헤일로를 인수했다. 나는 우리의 성장이 정말 자랑스럽지만 그것만이 전부는 아니었다. 수익은 계속 증가했지만 우리의 문화, 내가 그토록 애를 써서 만든 문화는 산산조각 났다.

매각 3개월 후 크리스와 불화의 조짐이 처음으로 (아니, 두 번째로) 드러났다. 회사가 다음 단계의 성장에 접어들면서 다른 능력을 가진 사람이 필요해졌기 때문에 나는 영업팀장을 해고하기로 결정했지만 크리스에게 미리 알리지 않았다. 나는 원래 채용과 해고를 전부 혼자 결정했고 CEO로서 평범한 업무라고 생각했다. 게다가 세이들러 형제에게는 그러한 결정을 미리 알릴 필요가 없었다. 세이들러 형제의 투자를 받은 후 처음으로 큰 결정을 내리게 되었을 때 나는 그들에게 보고해야 한다고 생각했지만 두 사람은 이렇게 대답했다. "음, 회사를 운영하는 건 당신이잖아요. 백만 달러를 들여서 개인용 제트기를 사려는 것만 아니면 당신 사업에 옳은 일을 당신이 하세요." 나는 SPC도 마찬가지일 것이라고 생각했다.

내 생각이 틀렸다. 크리스는 불같이 화를 냈다.

"어떻게 감히 그럴 수가 있습니까?" 그가 말했다. "우리한테 의논하지도 않고 그런 결정을 내리다니, 허락할 수 없습니다." 나는 크리스의 말에 화가 났지만, 그 업신여기는 말투 때문에 더욱 화가 났다.

"당신은 아직 우리 사업도 모르고 내가 해고한 사람도 모르잖아요……. 이 힘든 결정에 당신이 어떤 도움을 줄 수 있다는 거죠?" 내가 물었다.

"이런 식으로는 안 돼요, 래건."

그 뒤로 나는 철저하게 검토받지 않고서는 단 한 가지 결정도 내릴 수 없었다. 예를 들어 나는 중요한 사람들을 빨리 채용해야 했지만 이제 지갑을 관리하는 것은 SPC였다. 내가 새로운 사람을 채용하려 하자 그들은 뉴욕에서 능력과 경험을 갖춘 인재를 채용할 때 필요한 것보다 훨씬 낮은 연봉을 지급하려고 했다. 한편으로는 수십만 달러를 들여서 쓸모없는 컨설턴트들만 줄줄이 고용했다. 우리는 5,500만 달러 가치의 회사였지만 항상 검소했다. 나는 돈을 절약하기 위해서 컨퍼런스에 참가할 때 CFO와 방을 같이 썼다. 우리는 지출을 신중하게 결정했고 가장 중요한 일, 예를 들면 인재 채용에만 돈을 썼다. 한 달쯤 뒤, 나는 크리스를 만나서 이런 식으로 계속해서는 안 된다고 말했다. "통화할 때마다 나를 건방진 여학생처럼 취급하는데, 나는 그런 대접을 받을 이유가 없어요." 내가 최대한 인내심을 발휘하며 말했다. "당신은 내가 맨손으로 일구어낸 사업에 수백만 달러를 투자했어요. 당신이 내 윗사람이 됐다고 해서 내 경험이 전부 없어지나요? 내가 이룬 성취를 인정하지 않는다는 거예요? 평생 회사를 만든 적도, 운영한 적도 없는 당신이 모든 상황에서 나보다 잘 안다는 거예요?" 놀라운 일도 아니지만 크리스는 그런 상황에서 대부분의 남자가 할 법한 행동을 했다. 즉, 사과했다. 우리는 우호적인 분위기로 (그리고 내 기억이 옳다면 포옹으로) 마무리했지만 크리스는 내 모든 결정에, 혹은 대부분의 결정에 계속 의문을 제기했다. 나는 보통 사람을 보는 눈이 정확하지만 이번에는 틀린 것이 점차 분명해졌다. 또한 세이들러 형제(내 수호천사들)와 SPC(악의 화신)가 전혀 다르다는 것 역시 분명했다. 나는 SPC와의 관계가 세이들러 형제와의 관계와 비슷할 것이라고, 서로 존중하고, 아무것도 숨기지 않고, 투명할 것이라고 기대했다. 나는 SPC가 우리 사업에 투자하면서 나와 경영팀이 회사를 적절한 방식으로 계속 운영할 것을 기대했다고 생각했지만, SPC는 멀리서 스프레드시트에 적힌 4분기 수치만 보고 중요한 결정을 내리며 회사를 운영하려 했다. 그런 방법은 통하지 않는다. 흔한 경우는 아니지만, SPC에 회사를 매각할 때 세이들러 형제 역시 소액 투자자로 회사에 남기로 결정했다. SPC와의 계약서에는 내가 이사회에서 두 자리를 갖는다고 명시되어 있었다. 하나는 나, 하나는 내가 선택한 사람이 채우기로 했다. 처음에는 매트 세이들러가 그 자리를 차지했다. 그러다가 우리 회사가 헤일로를 인수하자 SPC는 헤일로의 전 CEO에게 이사회 자리를 하나 주면서 매트가 이사회에 적극적으로 기여하지 않으므로 물러나야 한다고 말했다. 매트는 자신을 이사회에 계속 앉혀 두기 위해서 싸울 가치가 없다며 항변하려는 나를 말렸다. 그러나 나는 그럴 가치가 있다고 생각했다. SPC는 자신들의 실수를 지적할 수 있는 사람이 이사회에 앉아 있기를 바라지 않았고, 나는 그들이 내 영향력을 축소시키려 하는 것 같아서 걱정되었다.

매트는 이사회에서 물러났다. 내가 남은 한 자리를 채워야 했으므로 세이들러 형제와 비슷한 역량을 가진 사람을 찾기 시작했다. 나는 1년이 넘는 기간 동안 여러 사람을 후보로 제안했지만 SPC는 '더욱 적절한 경험을 가진' 사람을 앉혀야 한다는 핑계로 모두 거부했다. 예를 들어 나는 15억 달러 가치의 화장품 브랜드 전 회장을 추천했다. 그녀는 당시 다국적 상장 회사 세 곳의 이사였으므로 경험에 관한 한 절대 부족한 사람이라고 할 수 없었다. 나는 그녀를 개인적으로 몰랐지만 헤드헌터를 통해 소개받은 다음 얼른 점심 식사 자리를 마련했다. 나는 함께 식사를 하면서 그녀가 얼마나 대단하고 자격이 충분한지 깨달았다. 그녀는 완벽한 이사가 될 것 같았다. 내가 후보를 내세울 때마다 면접을 고집하던 SPC는 2개월이나 지난 후에야 그녀와 통화를 했다. 다음 날 그녀가 나에게 전화를 걸어서 '그렇게 이상하고 무례한 통화는 처음'이었다고 말했다. 그녀는 통화를 하는 내내 '래건에게 좋은 변호사와 탈출 전략이 있어야 할 텐데'라고 생각했다고 했다. 그들은 나를 '상하좌우로' 폄하하고 있었다. 통화를 마무리할 때 그들이 결정타를 날렸다. 그들은 그녀에게 '당신이 이사회에 들어오면 래건 쪽 사람이 되는 거 아시죠?'라고 말했다. "음, 어차피 래건 쪽 자리를 채우는 것 아닌가요?" 그녀가 말했다. 그녀는 SPC가 나를 아덴아나이스에서 최대한 밀어내려 한다고 확신했다. 물론 그녀는 이사회에 들어가지 못했고, 내가 이 책을 쓰는 지금도 그 자리는 공석이다.

채용부터 이사를 선정하는 문제까지 나는 다방면에서 싸우고 있었다. 국내에서도 해외에서도 마찬가지였다. SPC는 해외 사무실을 닫고 이미 설립해서 운영 중이던 직접 사업 모델 대신 유통사 모델로 바꿔야 한다고 생각했다. 나는 아덴아나이스를 세우는 과정에서 이미 여러 번 했던 논의를 반복하는 것이 괴로웠다. 특히 직접 사업 모델이 잘 굴러가고 있었기 때문에 더욱 그랬다. 해외 사업을 시작한 이후 매년 성장하고 있는데도 우리는 오스트레일리아, 일본, 유럽 사무실을 닫아야 할지를 놓고 심하게 언쟁을 벌였다. 내가 보기에는 절대 닫지 말아야 할 부문이었다.

이사회가 열릴 때마다 나는 이렇게 말했다. "이러지 마세요, 우리는 유통 회사가 아니에요. 사업 방식을 바꾸면 제품 가격을 훨씬 더 높여야 합니다. 유통사가 돈을 벌려면 마진을 붙여야 하잖아요. 각 나라에서 소매 기준가가 이미 정해졌어요. 똑같은 제품을 50달러에 사다가 더 비싼 돈을 주고 살 사람은 없어요. 갑자기 70달러를 내라는데 아무렇지 않을 리가 없잖아요." 나에게는 상식 같았지만 그들은 뼈다귀를 입에 문 개처럼 꿈쩍도 하지 않았다. 그들은 해외 시장에서 사무실, 직원, 창고를 유지하는 간접비를 없애고 싶었다.

결국 오스트레일리아를 희생시키는 대신 유럽과 일본 사무실을 유지했지만, 나는 불만스러웠다. 오스트레일리아는 워낙 작은 시장이라 수익이 몇 백만 달러에 불과했지만 유통 모델로 바꾸는 것은 재난이었다. 우리는 사무실을 닫았고, 직원 네 명을 해고했으며, 유통사와 거래하기 시작했다. 물론 1년이 지나자 우리는 오스트레일리아에서 상당한 수익과 시장 점유율을 잃었다. 나는 투자자들에게 보여주기 위해서 어쩔 수 없이 오스트레일리아 사업이 몰락하도록 놔두었다. 그들이 내린 결정이 어떤 결과를 불러오는지 보면 유럽과 일본을 놔둘지 모른다는 희망 때문이었다. 나는 유통사 모델로 전환하면 비용이 몇 백만 달러나 들고 결국 그 지역에서 우리 브랜드의 이미지가 망가지리라는 것을 알고 있었다. 내가 이 글을 쓰고 있는 현재, 유럽 사업은 여전히 직접 모델이고 일본도 마찬가지이다.

이것은 누구나 알고 있는 문제였지만 그들은 인정하려 하지 않았다. 그들은 오로지 돈에만 초점을 맞추었다. 즉, 브랜드나 직원들에게 아무리 부정적인 영향이 있어도 비용을 가차 없이 쳐내는 것을 선호했다. 모순적으로 보일지도 모르지만 그들은 무슨 일이 있어도 비용을 줄이는 것에만 초점을 맞추었다. 내가 보기에 그들이 아는 수익성 제고 방법은 결국 브랜드나 직원이 어떤 대가를 치르든 비용을 절감하는 것밖에 없는 듯했다. 누워서 침 뱉기나 다름없었다. 아덴아나이스의 경우 직접 모델에서 유통사 모델로 전환하면 인프라 비용은 절감될지 모르지만 브랜드의 초점이 흐려지고 소매가가 올라가기 때문에 판매가 줄어든다. 유통사가 마진을 붙여야 하므로 가격이 오를 수밖에 없는데, 이미 시장에서 특정 기준가에 팔리던 제품의 가격을 올리면 판매는 자연히 줄어든다. 유통사 모델로 전환하면 더 깔끔해지고 부담이 줄어들지는 모르지만, 우리가 유럽과 일본 시장에서 그랬던 것처럼 기존 소매가가 있는 경우에는 적절하지 않다. 우리는 이미 몇 년 동안이나 유럽과 일본 시장에서 적극적으로 영업해왔기 때문이다.

나는 이런 식으로 SPC와 끊임없이 대립했다. SPC가 멀리 떨어져서 수치만 보고 결정을 내리며 적은 돈을 아끼려다 큰돈을 잃는 회사라는 것이 이제 분명해졌다. 소비자가 브랜드나 제품과 어떻게 상호 작용을 하는지 이해하기 위해서 해외 시장에 한 번 가보지도 않고 해외 사업을 유통사 모델로 바꿔야 한다고 고집을 피울 때부터 명확했다. 이론적으로 간접 비용을 모두 없애고 유통 구조를 확립하면 수익성이 올라갈 수 있지만, 그러다보면 결국 무형 자산을 놓치게 되고 이는 판매 감소로 이어진다.

SPC가 들어오고 3년 후, 우리가 헤일로를 인수하기 한 달 전이었던 2016년 11월, 크리스와 또 한 사람의 주요 파트너('로리'라고 하자)가 나에게 전화를 해서 새로운 소식을 알려주었다.

나는 사실 세이들러 형제가 투자자였던 2012년에 헤일로를 인수

대상으로 점찍어 두었었다. 헤일로는 무척 강력한 브랜드였고, 아이들의 안전한 수면을 위한 제품으로 유명하고 존중받는 기업이었다. 당시 나는 우리와 보완적인 이 회사를 인수하면 새로운 제품을 처음부터 만들 필요 없이 사업을 확장할 수 있겠다고 생각했다. 그러나 한참 후에 들어온 SPC는 헤일로를 인수한다는 아이디어에 나보다 훨씬 더 흥분했다. 나는 아직 인수할 때가 아니라고 생각했고, 당시의 운영 문제와 우리의 공급망에 불필요한 압박이 더해지기를 바라지 않았다. 그러나 나와 경영팀 모두 인수에 반대했음에도 불구하고 SPC는 헤일로 인수에 열의가 넘쳤다.

아무튼 2016년 11월의 통화로 돌아가보자. 크리스와 로리가 알린 소식은 내가 (회사를 크게 성장시켰음에도 불구하고) CEO 직에서 물러나게 되었다는 것이었다. 나는 정말 크게 충격을 받았다. 게다가 회사에 1,500만 달러 가까운 돈을 투자한 상태인데도 사업 운영 방식에 대해서 아무 발언도 할 수 없다는 뜻이었다. 나는 한 발 물러나서 내 마음대로 할 수 있는 사업을 시작하고 싶으니 투자금을 돌려달라고 요청했지만 그들은 거부했다. 내 능력을 믿지 못하면서 왜 내 지분을 사들이려고 하지 않았는지 나도 잘 모르겠다. 지금 생각하니 내가 더 강력하게 주장했다면 좋았을 것 같다.

SPC는 헤일로를 인수했고, 내가 헤일로와 아덴아나이스를 같이 운영할 수 없다고 생각했다. 그들은 정확히 이렇게 말했다. "우리는 슈퍼스타 CEO를 데려오고 싶어요." 그들은 나에게 직책을 주지도 않았고 새로운 역할을 정해주지도 않았다. 새로운 CEO가 나에게 어떤 직책을 줄지 두고보자고 말할 뿐이었다. 내가 앞으로 회사에서 어떤 역할을 할지, 혹은 역할을 맡기나 할지, 전부 그들에게 맡겨야 했다.

헤일로를 인수하면서 내 지분은 희석되었지만 SPC는 지분율이 늘었고 상당한 거래 수수료를 챙겼다. 우리는 헤일로를 인수하면서 빚을 많이 냈지만, 사모펀드 업계에서는 흔한 일이다.

설상가상으로 SPC가 채용한 COO가 다섯 달 만에 회사를 마비시켰다. 그는 로리의 친구의 친구였다. 그가 COO의 자리에 오르고 제일 먼저 한 일은 우리가 새로운 창고 설비 때문에 몇 달 동안 진행했던 조사를 무시하고 자기 전화번호부에 적혀 있던 창고 설비를 쓰기로 결정한 것이었다. 이 사소한 행동 하나 때문에 주문 처리 수수료가 세 배로 늘었다. 그가 자기 '지인'과 맺은 계약 탓이었다. 그즈음 우리의 주요 공급사가 통지도 없이 우리와의 관계를 단절하고 경쟁사와 일하기 시작했다. 제품 생산과 창고 문제 때문에 우리는 갑자기 새로운 COO가 오기 전보다 더욱 힘들어졌다.

어마어마한 재난이었지만 SPC는 새로운 COO가 사업에 어떤 영향을 끼치는지 들으려 하지도 않았다. 적어도 나에게서는 말이다. 나는 다른 남자 이사에게 도움을 청해야 했는데, 기분이 정말 이상했다. 그가 나를 도와서 새로운 COO가 엉망진창이라고 말하자 SPC는 그제야 그를 해고했다.

더욱 괴로운 것은 그들이 나에게 '슈퍼스타' CEO를 구하겠다고 전화를 한 다음 사람을 찾을 때까지 9개월이 걸렸고, 그동안 나는 가만히 앉아 있어야 했다는 사실이다. 나는 사형수나 마찬가지였다. 직원들의 사기를 위해서 나는 CEO 행세를 계속해야 했고(어떤 일도 추진할 권리가 없었으므로 정말 힘들었다) 이제 아주 사소한 행동마저 SPC의 허락을 받아야 했다. 나는 브랜드와 관련된 결정에 참여했고 엄밀히 말해서 아덴나나이스의 얼굴이었지만, 회사 운영에 대해서 어떤 발언권도 없었다. 직원들은 겉모습만 보고 내가 여전히 CEO라고 생각했지만 나는 바보가 된 기분이었고, 구체적이고 도움이 되는 역할을 빨리 맡고 싶었다.

마침내 SPC가 슈퍼스타 CEO를 찾아냈을 때 나는 그 사람을 채용하지 말라고 충고했다. 사람은 무척 좋아 보였지만 이 일에 알맞다고 생각할 만한 경력이 하나도 없었다.

나는 새로운 CEO가 출근하기 전, 모든 일이 정말 엉망진창이 되기 전의 마지막 금요일을 절대 잊지 못할 것이다. 평소에는 금요일 저녁이 되면 다 같이 사무실의 바에서 편안한 시간을 보냈다. 술은 공짜였고, 직원들은 밖으로 나가기보다 사무실에 남아서 이야기를 나눴다. 왠지 모르지만 그날은 조금 달랐다. 내가 고개를 들어 보니 저녁 7시밖에 안 됐는데 사무실이 텅 비어 있었다. 나 혼자였다. 사무실 안을 돌아다니며 불을 끄고 문단속을 하는데 정적이 너무나 크게 다가왔다. 그 고요한 순간, 나는 불안한 마음으로 회사를 시작한 이후 처음이자 마지막으로 감정에 휩쓸렸다. 슬픔이 나를 가득 채웠지만 그만큼 자부심도 컸다. 나는 단 한 번도 잠시 멈춰서 스스로를 격려하며 '뭐 어때. 10년 전 우리 집 주방에서 시작한 회사가 이제 1억 달러 가치의 세계적인 브랜드가 됐잖아'라고 말한 적이 없었다. 너무나 많은 일이 연달아 일어났기 때문에 이 어마어마한 성취를 자랑스럽게 생각할 겨를이 전혀 없었다. 나는 우리가 세운 것을, 내가 만든 것을 둘러보았다. 이제 다른 사람이 이 회사를 운영할 것이다.

바로 그때 마르코스가 전화를 해서 몇 시에 들어오냐고 물었다. 나는 전화를 받자마자 울음을 터뜨렸다. "오늘이 CEO로서 마지막 날이라는 생각이 갑자기 떠올랐어. 월요일에 저 문을 열고 들어올 때는 더 이상 이 회사를 이끄는 사람이 아닌 거야." 마르코스가 말했다. "내가 데리러 갈게." 마르코스와 딸들이 차를 타고 네 블록을 건너 나를 데리러 왔다. 엄마가 이제 '직업이 없어서' 안됐다고 말하는 딸들이 정말 귀여웠다. 아멜리가 준 카드에는 이렇게 적혀 있었다. "엄마가 슬프다니 가슴이 너무 아파요. 자기 직업을 그 사람한테 주다니, 엄마는 정말 다정한 것 같아요." 그날 밤 나는 상태가 좋지 않았지만 다음날 아침까지는 스스로에게 시간을 주기로 했다. 다음 날은 일어나자마자 모든 것을 떨치고 앞으로 전진할 것이다. 실제로 나는 그렇게 했다. 나는 슬펐지만 그 감정에 지배당하고 싶지 않았다. SPC의 결정에 실망했지만 새로운 CEO와 함께 일할 준비가 되어 있었다. 내 돈이 아직 회사에 묶여 있었기 때문에 더욱 그랬다. 내가 만든 브랜드, 내가 사랑하는 브랜드와 내 투자금이 어떻게 될지 모르는 채 아덴아나이스에서 빠지고 싶지는 않았다.

SPC가 데려온 새로운 CEO는 겨우 5주밖에 버티지 못했다. 그러자 SPC는 창립 파트너 중 한 사람의 친구를 고용했는데, 평생 회사를 운영해본 적 없는 모기지 판매원 출신이었다. 정말 모욕적이게도 그의 연봉은 내가 CEO일 때 받은 연봉의 두 배였다. 내가 이 책을 쓰는 지금도 그는 CEO 자리를 지키고 있다. 나로서는 정말 이해할 수 없는 일이다.

SPC가 처음 들어왔을 때 크리스는 밥 세이들러에게 사업의 성장에 대해서 조언하고 싶은 점이 있는지 물었다. 밥은 이렇게 말했다. "아덴아나이스의 문화를 절대 망가뜨리지 마세요. 내 평생 이렇게 강력한 문화를 가진 회사는 보지 못했습니다." 슬프게도 SPC는 우리 문화의 가치를 결국 이해하지 못했다. 우리 문화가 망가져가는 모습을 지켜보는 것보다 더 큰 상처는 없었다.

새로운 COO와 나를 대신한 첫 CEO가 들어오면서 끝이 시작되었다. SPC가 우리 회사에 가하는 압박이 너무나 강했기 때문에 경영팀뿐만 아니라 그 밑의 직원에게들까지 영향을 끼쳤다. 결정은 투자자들이 내렸지만(더 비싼 창고 설비로 교체한 것과 같은) 실수를 바로잡는 것은 직원들의 몫이었다. 설상가상으로 경영팀은 내가 어떻게든 해주기를 기대했지만 나는 손이 묶여 있었다. 모두를 보호하려고 최선을 다했지만 내가 할 수 있는 일은 한계가 있었다.

경영팀의 타격이 제일 컸다. 회의를 할 때는 서로의 의견에 동조하고 협력했지만 얼굴을 돌리는 순간 험담과 비난이 시작되었다. 지금까지 멀쩡하게 협력하던 사람들이었는데 말이다. 직원들은 두려움 때문에 서로 등을 돌렸다. 나는 경영팀을 앉혀 놓고 내분은 안 된다고 말해야 했다. 다른 직원들도 압박을 느끼고 있었다. 서로 미친 듯이 싸우는 경영팀에게 어떤 리더십을 기대할 수 있을까? 나는 그동안 일했던 위계적이고 정치적인 회사와 전혀 다른 회사를 세웠다고, 그런데 이제 아덴아나이스는 더 이상 그 회사가 아니라고 직원들에게 호소했다. 정말 영혼이 부서지는 고통이었다. 기적적으로 직원들은 내 말을 이해했다. 경영팀은 문제를 해결하려고 애썼다. 그러나 몇몇은 회사를 떠났고, 새로 들어온 사람들이 회사의 역학을 바꾸었다. 이 경험을 통해서 나는 오랜 경험을 가진 중요한 사람들을 요직에 앉히는 것만으로는 충분하지 않다는 사실을 배웠다. 스트레스와 압박을 얼마나 견딜 수 있는지도 봐야 했다. 심각한 상황이 닥치자 압박을 견디는 사람과 견디지 못하는 사람이 금방 드러났다.

엎친 데 덮친 격으로 SPC는 모든 것을 '정상으로 되돌리기' 위해서 사무실의 바를 폐쇄하기로 결정했다. 아덴아나이스의 역사상 사무실의 바 때문에 문제가 생긴 적은 단 한 번도 없었다. SPC가 채용한 사람이 남용하기 전까지는 말이다. SPC는 바를 긴 하루가 끝난 뒤 직원들이 서로 어울리는 장소가 아니라 무절제와 과음의 상징으로 생각했다. 나는 이미 우리 회사 문화에 금이 간 상태에서 바까지 닫으면 직원들의 사기가 떨어질 것이라고 말했지만 그들은 완고했다. 바는 사라졌고, 우리 문화는 하나씩 하나씩 망가지고 있었다. 리더의 입장에서 직원들의 어긋난 관계를 되돌려 놓으려면 특별한 기술이 필요하다. 나는 더 이상 중요한 역할을 할 수 있는 위치가 아니었다. 리더가 아니었기 때문에 감정적으로 모든 직원의 어긋난 관계를 돌려놓을 수도 없었다. 게다가 나 역시 감정적으로 혼란스러웠다. 그러므로 앞에 나서서 직원들에게 다시 한 팀이 되어서 다 같이 바로잡아 나가자고 격려할 사람이 없었다.

내 밑에서 일했던 직원들은 투자자들의 결정을 이해하지 못해서 괴로워했다. 직원들은 내가 회사를 이끌어야 한다고 끊임없이 말했지만 나는 이미 배는 떠났다고, 새로운 길에 적응해야 한다고 말해야 했다. 투자자들과 나의 삐걱거리는 관계와 스트레스가 직원들에게까지 영향을 미쳤다. 스트레스를 제일 먼저 느낀 것은 경영팀이었지만, 오래지 않아 회사 전체가 동요했고 중요한 사람들이 떠나기 시작했다. 오래된 직원이든 얼마 안 된 직원이든 근무 환경의 변화에 당황해서 회사를 떠났다. 그들이 알고 사랑했던 회사가 빠른 속도로 변화하고 있었다. 회사가 망가지면 성과에 어마어마하게 부정적 영향을 끼친다. 우리가 초창기의 아주 짧은 기간 동안 그토록 많은 성취를 이룬 것은 정말 놀라운 문화를 가지고 있었기 때문이다. 그때는 모두가 다 같이 참여했다. 회사를 이끄는 사람이 바뀌면서 사람들은 자기만 생각하게 되었다. 직원들이 전부 지쳐버렸기 때문에 실적이 예전만 못한 것도 놀라운 일은 아니었다. 사업의 성패를 결정하는 것은 사람들과 그들의 적극성이다.

나와 투자자들 사이의 긴장이 절정에 달했다. 나는 더 이상 CEO가 아니었지만 천성적으로 가만히 있는 성격이 아니었다. 특히 내가 회사의 최대 개인 주주였기 때문에 더욱 그랬다(이 책을 쓰는 지금도 나는 최대 개인 주주이다). 나는 SPC가 사업을 하면서, 또 사업을 운영할 사람들을 채용하면서 너무 많은 실수를 저지르고 있다고 생각했다. 결국 나는 지쳐버렸다.

13장
우아하게 빠져나가라

2018년 초, SPC와 꼬박 4년 동안 같이 일한 나는 업계 친구들의 조언에 따라 변호사를 고용했다. 친구들은 이렇게 말했다. "SPC는 널 무시하고 있어. 더 이상 무시하지 못하게 하려면 변호사를 구하는 수밖에 없어." 나는 이제 요직에서 물러났지만 여전히 투자자였고 우리 가족의 자산 상당수가 회사에 묶여 있었다. SPC가 아덴아나이스의 미래뿐만 아니라 우리 가족의 자산까지 위험에 빠뜨리는 결정을 내리는 것을 묵묵히 좌시할 수는 없었다.

투자자들이 전 모기지 판매원을 CEO로 임명하면서 긴장은 더욱 고조되었다. 그는 SPC에 말은 청산유수로 했지만 나와 협력하지 않았다. 그 역시 혼자서 전부 통제해야 하는 사람이 분명했고, 회사 창립자이자 전 CEO인 내가 어깨 너머로 들여다보는 것을 영 불편하게 여겼다. 그는 내가 내린 결정을 대부분 방해하기 시작했다. 다른 사람들과 함께하는 회의에서는 내가 선택한 방향에 동의해놓고서 등 뒤에서는 직원들에게 내 지시에 따르지 말라고 했다. 그러나 그가 몰랐던 것은 우리 팀이 아직도 나를 따랐으며, 다들 그가 뭐라고 했는지 곧장 나에게 알린다는 사실이었다.

물론 나는 그에게 따졌다. "각자 자기 일만 알아서 하기로 해놓고 왜 자꾸 내 일에 참견하는 거죠? 나는 이 회사에서 아주 오랫동안 일했어요. 내가 이 브랜드를 만들었고, 당신이 요 몇 달 동안 배운 것보다 내가 잊어버린 게 더 많을 거예요. 그런데 지금 대체 뭘 하시는 거죠?" 그러나 아무 소용도 없었다. 그는 점점 공격적으로 변했고 대화는 서로 기분만 상한 채 끝났다.

2018년 3월, 투자자들과 나의 관계는 엉망진창이었다. 나는 우리 관계에 대해서, 또 같이 전진할 방법에 대해서 이야기해보자고 회의를 요청했다. 이미 투자자들은 몇 달 동안이나 나를 열심히 피하고 있었다. 브루클린 사무실에 방문하면서 나와 마주치지 않으려고 뒷문으로 왔다가 뒷문으로 나간 적도 있었다. 나는 괴로웠다. 내가 아덴아나이스에 필요 없는 것 같았고, 나의 책임은 점점 더 불분명해졌다. 나는 전면에 나서서 브랜드를 만들어나갈 수 있는 자리로 돌아가고 싶었다. 제품을 판매하고 고객들과의 관계를 쌓은 사람이 바로 나였으므로 고객들을 계속 상대할 수 있는 직책을 맡고 싶었다.

나는 2018년 3월 14일에 SPC와 만났다. 내 변호인단 중 한 명이 입을 열었다.

"양측의 관계가 점차 멀어지고 있습니다. 래건의 목표는 싸우는 것이 아니라 앞으로 나아갈 길을 찾는 거예요. 누가 무슨 일을 맡을지 다 같이 합의하고 그대로 실천하는 것 말입니다. 지금까지는 그렇지 못했으니까요. 래건은 이 회사와 브랜드를 여전히 사랑합니다. 자기 딸의 이름까지 걸려 있잖아요. 우리가 이 자리에 모인 것은 불만을 제기하기 위해서가 아니라 앞으로 나아갈 길을 찾기 위해서입니다."

그러자 크리스가 대답했다. "회의는 금방 끝날 겁니다. 우리는 당장 래건을 해고하기로 결정했으니까요." 그런 다음 계약 해지 합의서를 내밀었다.

회의실에서 모든 공기가 빠져나간 느낌이었다. 그러나 당시 내가 대응한 방식은 지금 생각해도 자랑스럽다. 나는 테이블 위로 뛰어올라 크리스의 목을 조르거나 눈물을 터뜨리고 싶은 충동을 느꼈지만 침착함을 잃지 않고 살짝 미소를 띤 채 크리스의 눈을 똑바로 보았다.

SPC는 1년치 연봉에 해당하는 퇴직금을 제시하면서 일당 1,500달러에 컨설턴트로 일하라고 제안했다. 그들은 내가 브랜드의 얼굴이 될 수 있다고 생각했다. 그러나 조건이 있었다. 그들은 5년 동안의 비방 금지 동의와 경쟁 금지 조항을 요구했다. 세전 30만 달러로 나에게서 5년을 살 수 있다고 생각했던 모양이다.

우리는 잠깐 생각할 시간을 달라고 요청했다. 변호사들과 나는 말이 안 나올 만큼 깜짝 놀랐고, 이런 반응을 예상하지 못했다. 회의실로 다시 들어간 우리는 심사숙고할 시간이 필요하다고, 몇 주 내로 다시 연락하겠다고 말했다. 그러나 나는 한 가지 묻고 싶은 것이 있었다. "이 모든 일이 어떤 메시지를 전달할지 생각해봤어요?" 내가 물었다. "직원들한테 말이에요."

"스콧이 사원들에게 얘기할 겁니다." 크리스가 설명했다.

내 변호사가 웃었다. "아주 좋습니다만, 이 회사 직원들은 래건 밑에서 10년을 일했어요. 래건에게 작별 인사를 할 권리 정도는 있겠지요."

"크리스, 직원들은 이미 알고 있을지도 모른다는 거, 당신도 알죠?" 내가 말했다. "아마 내 이메일을 이미 차단했겠죠. 그러려면 IT 직원들에게 지시했을 테고요. 비밀은 이미 다 드러났어요. 나를 따르는 팀은 그것만으로도 당황했을 거예요. 회사는 이미 동요하고 있어요. 직원들의 친구이자 창립자인 내가 직원들에게 감사 인사와 작별 인사를 하는 게 당신한테도 가장 좋지 않겠어요?"

크리스는 미처 생각하지 못했다는 눈빛으로 나를 보았다. 그러더니 '어떻게든 해결할' 것이라고 말했다.

우리는 계약 해지 합의서에 서명할 준비가 되어 있지 않았고, 나는 회사에 재투자한 자금이 걱정됐다. 내가 2013년에 회사를 매각하고 재투자한 돈이 SPC와 그들이 새로 임명한 경영자들의 잘못된 결정 때문에 위험해질 수 있었다.

"래건의 자산을 현금으로 전환해줄 생각이 있습니까?" 내 변호사가 물었다.

"물론 그렇게 할 겁니다. 하지만 지금 당장은 래건의 돈이 아무 가치가 없어요. 가치가 제로예요." 크리스가 말했다.

내 변호사가 바로 쏘아붙였다. "가치가 제로라고요? 투자자한테 그렇게 보고합니까? 이 회사의 가치가 제로라고요?"

크리스는 이런 반응을 예상하지 못했다. "음, 알아봐야 할 것 같습니다. 다시 연락드리죠." 이것으로 회의는 끝났다. 잠시 후 SPC의 변호사들이 이메일을 보내서 이제 나는 아덴아나이스 사무실에 들어갈 수 없다고 알렸다.

나는 변호사 사무실에서 나올 때까지 냉정함을 잃지 않았다. 엘리베이터를 타고 로비에 내려가서 사람들이 지나다니는 정원 구석에 앉아서 무슨 일이 일어났는지 정리하려고 애썼다. 잠깐 시간이 걸렸지만 결국 나는 내 사람들에게, 가장 가까운 사람들에게 얼른 문자 메시지를 보냈다. "여러분, 나 잘렸어."

계정이 차단되었기 때문에 아덴아나이스 직원들에게 무슨 일이 일어났는지 이메일을 보낼 수가 없었다. 그러나 단체 비상 문자 연락망을 통해서 내가 해고되었다고, 미안하다고, 모두에게 직접 작별 인사를 하고 싶었다고 메시지를 보냈다. 나는 그날 밤 덤보의 술집에서 만나자고, 내가 술을 사겠다고 초대했다.

그 뒤 두 시간 반 동안 나는 가족과 친구들의 전화를 받으면서 무슨 일이 있었는지 설명했다. 물론 마르코스는 곧장 나에게 전화했다. "래건? 당신한테는 너무 힘든 일이었어. 이 모든 일을 겪는 당신을 지켜보기가 정말 힘들더라. 내 생각에는 결국 잘된 것 같아. 이 상황 때문에 당신이 더 비참해지고 있었잖아. 슬픔을 극복할 시간이 필요하겠지만, 그러고 나면 괜찮아질 거야."

결국 나는 로비에서 일어나 택시를 잡아타고 덤보의 술집으로 가서 우리 팀을 만났다.

우리 팀을 보는 것은 힘들었지만 아덴아나이스를 성공시키기 위해 그토록 열심히 일했던 모두와 포옹을 나누고 같이 울자 마음이 놓이기도 했다. 나는 계약 해지 전까지 적어도 1년에 걸쳐서 그동안 같이 일했던 사람들과 멀어지고 있었다. 내면의 동요를 드러내게 될까봐, 또는 투자자들이 직원들을 해고하는 모습을 봐야 할 날이 올까봐 직원들을 가까이하기가 두려웠다. 나와 친하게 지내면 나중에 표적이 될까봐 걱정이 되어서 더욱 거리를 두었다. 이제 직원들은 내가 멀어졌던 이유를 듣고 안심했다. 자기들의 잘못 때문이라고 생각했던 것이다. 내가 어떤 상태였는지 처음으로 터놓고 얘기할 수 있어서 정말 좋았다.

내 친구이자 수행원이었던 알렉스를 보는 것이 가장 힘들었다. 내가 아덴아나이스를 떠날 무렵까지 그녀는 4년 동안 내 곁을 지키면서 내가 사업과 생활을 꾸려나가도록 도와주었다. SPC가 새로운 CEO를 영입하기 8개월 전에 알렉스를 내 수행원 자리에서 물러나게 했기 때문에 지금은 재무과와 인사과를 지원하고 있었지만, 여전히 아주 좋은 친구였다. 우리는 서로 보자마자 눈물을 터뜨렸다. 알렉스가 곧 해고당할 확률이 높다는 것을 알았기 때문에 더욱 힘들었다. 실제로 그녀는 이틀 뒤에 해고당했다.

결국 사람들이 흩어지고 나는 밤 11시쯤 집으로 향했다. 마르코스가 기다리고 있었다. 나는 다른 사람들을 위해서 속으로 참고 있었지만 마르코스를 보자 나를 내려놓을 수 있었다.

나는 딸들에게 어떻게 (그리고 뭐라고) 말할지가 정말 걱정이었다. 딸들에게 내가 느끼는 불안이나 슬픔을 보여주고 싶지 않았고, 아이들이 겁먹기를 바라지 않았다. 나는 이틀이 지난 후에야 딸들에게 사실을 말했다. 그러나 학교에서 돌아올 때마다 내가 집에 있었기 때문에 딸들은 무슨 일이 생겼음을 이미 눈치 채고 있었다. 아나이스가 무슨 일이냐고 먼저 물었다. 내가 투자자들과의 관계 때문에 해고당했다고 말하자 아나이스가 말했다. "나쁜 놈들이에요, 엄마. 맞서 싸우실 거죠?"

나는 미소를 지을 수밖에 없었다. "그래, 이걸로 끝은 아니야." 내가 말했다.

"그럼 이제 아덴아나이스 담요를 공짜로 못 받는 거예요?" 아나이스가 물었다.

"필요하면 내가 어디서든 구해줄 수 있을 거야." 내가 말했다.

"좋아요. 하지만 엄마한테 그런 짓을 했는데 절대 돈 내고 사지는 않을래요!"

루르드와 아린이 와서 나를 꼭 껴안아 주었다. 루르드가 내 기분을 풀어주려고 애쓰면서 내가 자랑스럽다고 말했다. "그런 사람들 때문에 시무룩해지지 마세요. 엄마는 정말 멋진 사람이에요." 루르드가 말했다. 걱정 많은 내 자그마한 딸 아린은 손톱을 깨물었다. 나는 아린에게 입을 맞추고 결국 잘된 일이라고, 다 괜찮아질 거라고 말했다.

그날 막내딸 아멜리는 학교에서 조금 늦게 돌아왔다. 내가 거실에 앉아 있는 것을 보고 아멜리가 말했다. "엄마, 오늘도 집에 있어요? 매일 내가 학교 끝나고 오면 여기 있을 거예요?"

"정말 그러면 좋겠니?" 내가 물었다.

"네! 엄마가 여기 있으면 정말 좋을 것 같아요, 엄마!" 아멜리가 말했다.

"좋아, 네가 학교에 다녀오면 엄마가 여기 있을게." 내가 아멜리에게 말했다.

"약속이에요?"

"약속이야." 내가 말했고, 우리는 하이파이브를 했다.

나는 무척 귀중한 교훈을 힘들게 얻었다.

회사에 대한 열정이 남아 있다면 절대 지배 지분을 넘겨서는 안된다. 투자자들이 멀리 떨어져서 잘못된 결정을 내리는데 힘이 없어서 막지도 못하고 가만히 지켜보고 있자면 영혼이 무너지는 것같다. 만약 과반 지분을 팔았다면 회사를 떠나라(물론 세이들러 사모펀드에 넘긴 것이 아니라면 말이다). 지분을 되산다 해도 절대 많이 보유하지 말고, 발언권이 없는 회사에 가족의 자산을 묶어두지 말자. 불가능한 일은 아니라고 생각하고 싶지만, 나는 사모펀드 때문에 자기 회사에서 쫓겨난 창립자들을 너무 많이 알고 있다. 나는 원래 SPC와 계약할 때 CEO로 잔류하기로 했지만 그 계약은 3년밖에 가지 않았고, 그들이 내가 근본적으로 동의하지 않고 사업에 해가 되는 결정을 내리는 동안 나는 가만히 서서 지켜볼 수밖에 없었다.

언젠가 나는 인수한 브랜드의 가치를 진정으로 이해하지 못하는 사람들에게 회사를 팔아버렸다며 친구에게 한탄했다. 친구는 개 사료와 햄, 질염 연고 분야의 브랜드 경험밖에 없는 사모펀드에 힘들게 일군 세계적인 부티크 브랜드를 팔아넘긴 악당은 바로 '나'라고 지적했다. 그 말이 맞았다. 그러나 솔직히 말해서 내가 배운 가장 큰 교훈은 사업계에서 여성의 싸움은 아직 끝나지 않았다는 것이다. 어떤 회사가 흔들릴 경우 CEO가 여성이면 비난을 받으며 물러날 때가 많지만, CEO가 남성이면 상황 때문이라며 문제를 해결할 기회와 지지를 얻는다는 사실을 보여줄 연구는 얼마든지 있다.[1] 내 경우도 다르지 않다. 창고 설비를 잘못 선택한 사람은 내가 아니었다. 10년 동안 같이 일한 제조사가 통지도 없이 우리를 버린 것은 내 탓이 아니었다. 회사를 인수해서 과도한 레버리지 비율로 이미 경색된 사업에 불필요한 압박을 더한 사람은 내가 아니었다. 나는 아덴아나이스에서 11년 동안 사업을 하면서 실수를 많이 저질렀지만, 최대의 실수를 두 가지 꼽자면 아덴아나이스를 SPC에 매각한 것과 그들의 결정이 틀렸다는 느낌이 들었을 때 용기를 내서 의견을 관철시키지 못한 것이다. 나는 그들의 결정에 동의하지 않을 때 목소리를 높이긴 했지만, 잘못된 움직임이라는 것을 뻔히 알면서도 너무 자주 굴복했다. 내가 왜 굴복했는지 잘 안다. 나는 일자리를 빼앗길까봐 겁났다. 너무 심하게 밀어붙이면 해고당할 것이 뻔했기 때문이다. 내가 저항하자마자 그들은 우려했던 대로 나를 해고했다.

이제 내가 통제할 수 없었던 상황과 그들의 결정에 대해 비난을 받는 사람은 바로 나다. 그들의 결정에 대해서 경고를 했는데도 말이다. 잘못에 대한 비난은 대부분 내가 받았고, 잘된 일에 대한 공치사는 그들이 대부분 가져갔다. 지금 와서 내 삶을 돌아보니 여성이 자본을 확보하기가 얼마나 힘든지, 가족과 친구의 지지를 받기가 얼마나 어려운지 잘 알겠다. 일이 잘못되었을 때 여성이 비난 대신 지원과 지지를 받는 것은 정말 너무나 어렵다. 내가 남자였다면 이야기가 전혀 달라졌을까?

결국 가장 중요한 것은, 대부분의 남자가 궁극적인 권력을 여성에게 넘기지 못한다는 점이라고 생각한다. 누구든 한 사람이 이 상황을 바꿀 수는 없다. 차이를 만드는 것은 집단적인 힘이다. 또한 남성이 우리 곁에 설 때 진정한 변화가 일어날 것이다. 여성이 힘을 갖는 것도 중요하지만 '좋은 남자들'이 우리와 함께 시끄럽게 외치게 만드는 것도 필요하다.

여성으로서 우리도 해야 할 일이 있다. 우리는 '다 그렇지 뭐'라는 생각을 영속화한다. 또, 어떤 일이 닥치기도 전에 여자라서 무시당할 것이라고 지레짐작한다. 우리는 자기 마음 속 깊은 곳을 들여다보면서 우리에게 다른 사람을 이끌 능력이 있음을 깨달아야 한다. 남자가 남자라는 이유만으로 모든 권력을 가져야 한다고 인정할 이유는 전혀 없다.

보다시피 나는 이제 원점으로 돌아왔다. 나는 이코노미스트에서 일할 때 남자들이 내가 무엇을 할 수 있는지, 혹은 무엇을 할 수 없는지 규정하도록 내버려두었다. 그리고 여러 해가 지난 지금, 나는 내가 맨손으로 일으켜 세운 회사에서 똑같은 취급을 받고 있다. 그러나 나는 12년 전에 그랬던 것처럼, 다른 사람의 생각하는 나의 한계를 받아들이지 않겠다고 거부한다. 나는 성공이 어떤 것인지, 내가 만든 회사가 얼마나 잘 굴러갈 수 있는지 보았고, 내 잠재력을 알고 있다. 나는 질문을 던지고, 도전하며, 다른 사람의 결정에 굴복할 생각이 없다.

내가 사업을 하기 위해서 직장을 그만둔 것은 다른 사람이 생각하는 내 모습이나 능력에 갇히지 않고 무언가를 자유롭게 키우고 싶어서였다. 겉으로 보면 나는 맨 처음으로, 남자들이 나에게 할 수 없다고 말하던 그 자리로 돌아와 있다. 그러나 나는 내가 회사를 운영할 수 있음을 알고, 또 문득 떠오른 아이디어를 1억 달러 가치의 국제적인 사업으로 키워낼 수 있음을 안다.

사람들에게 충분히 훌륭하지 않다고, 충분히 똑똑하지 않다고, 또는 하버드 학위나 페니스가 없다고 끊임없이 이야기를 듣다보면 점점 지칠 수도 있다. 물론 나 역시 포기할까 생각했던 날들이 있다. 침대에 누워서 '젠장, 오늘은 또 무슨 일을 겪게 될까?'라고 생각했던 아침도 수없이 많다. 그러나 나는 맨손으로 일궈낸 회사를 버리고 떠날 생각은 없었다. 솔직하게 말해서 SPC가 나를 해고했을 때 안도감을 느낀 것도 사실이지만, 나는 절대 겁쟁이가 될 생각이 없었다.

나는 어디에 초점을 맞춰야 하는지 머리와 가슴으로 잘 알고 있다. 나는 끌어당김의 법칙*을 굳게 믿는다. 그리고 좋은 일을 베풀면 좋은 일이 돌아온다고 믿는다. 부정적인 면과 분노에 초점을 맞출수록 부정적인 상황이 더욱 심각하고 빈번하게 찾아오는 법이다. 살면서 멋진 사람들을 얼마나 많이 만났는지, 멋진 기회가 얼마나 많았는지에 초점을 맞추면 긍정적인 상황이 더 많이 생긴다. 핵심은 당신을 믿지 않는 사람들과 맞서 싸우는 쉽지 않은 상황에서도 부정적인 경험에 소모되지 않고 긍정적이고 선한 내면의 중심으로 돌아가는 것이다. 나는 마음이 흔들릴 때마다 내가 이룬 업적과 나를 둘러싼 사랑을 보면서 내 삶에 일어난 좋은 일들을 생각한다. 이것이 항상 쉬운 일은 아니지만, 늘 효과가 있었다.

이코노미스트에 다닐 때는 지옥처럼 힘들었지만, 결국에는 나를 억압하던 상사들에게 감사하게 되었다. 지금까지 내가 성취를 거둘 수 있다고 믿지 않았던 모든 사람들에게 고맙다. 나는 적대감을 마주할 때마다 '닥치고, 내가 뭘 해내는지 한 번 지켜봐'라고 말하는 사람이기 때문에 그들의 방해와 비방은 정반대의 효과를 낳았다. 그들은 그들이 틀렸음을 증명하도록 나에게 힘을 주었을 뿐이었다.

그리고 하나 더. 나는 지금 또 다른 일을 추진하고 있다. 언젠가는 크리스와 로리와 SPC 사람들에게 영감을 줘서 고맙다고 할 날이 분명히 올 것이다.

---

* 긍정적인 생각이 긍정적인 경험을, 부정적인 생각이 부정적인 경험을 가져온다는 믿음
— 옮긴이주.

결론

나는 아이를 갖고 싶어질 거라고 진심으로 생각한 적이 한 번도 없었다. 그런데 네 딸을 낳았을 뿐만 아니라 유아용품 사업까지 시작했으니 얼마나 아이러니한가.

마르코스와 결혼하고 2년이 지나서 서른다섯 살쯤 되자, 나이가 들었을 때 곁에 가족이 있으면 좋겠다는 생각이 들었다. 남편과 내가 아이도 손자도 없이 크리스마스를 트리 앞에 단둘이 앉아서 축하한다고 생각하니 너무나…… 우울했다. 아이를 하나만 낳을까?

그래서 나는 아이를 가졌다. 딱히 대단한 임신 체질은 아니었다. 어딘가에서 듣거나 읽은 것과 달리 아이를 가져서 크게 행복하거나 기쁘거나 얼굴이 빛나거나 하지는 않았다. 마침내 딸을 낳았을 때는 인생 최대의 실수를 저질렀다는 생각에 압도당했다. 아나이스가 태어나고 겨우 1, 2주 지났을 때 나는 남편에게 실제로 이렇게 말했다. "돌려줄 수 없을까?"

남편이 멍한 표정으로 나를 보며 물었다. "돌려주다니…… 누구한테?"

지금 생각하면 아마 가벼운 산후 우울증이었던 것 같다. 나는 또 엄마가 될 준비가 안 됐다고, 누구든 나보다는 아이를 잘 키운다고 생각했다. 어느 날은 육아서를 충분히 읽지 않았다는 생각이 들었고, 또 다음 날은 육아서를 너무 많이 읽은 것 같았다. 사업을 할 때와는 달리 가족, 친구, 의사, 간호사, 수유 전문가, 모두의 조언을 다 받아들였다. 길잡이가 너무나 절실했지만 정보가 너무 많아서 괴로워했다.

아나이스가 7개월에 접어들 때쯤 기적처럼 모든 것이 변했다. 보호 본능, 성스러운 목적의식이 갑자기 밀려왔다. 나는 딸을 정말로 사랑했는데, 다른 인간을 그렇게 사랑할 수 있다고는 생각도 하지 못했다. 엄마와 나의 분열된 관계는 이제 중요하지 않았다. 아나이스가 내 안의 무언가를 치유해준 것 같았다. 아나이스는 내 마음의 구멍을 메워주었다.

내가 즐겨 말하듯이, 그때 이후 나는 아이를 갖는 것에 중독되었다. 셰어 박사가 나에게 소중하고 자그마한 여자아이를 건네줄 때마다 느꼈던 그 기분은 말로 표현할 수 없다.

아이들은 차례로 우리에게 왔다. 아나이스는 응급 제왕절개 수술로 태어났고, 루르드와 나머지 딸들도 응급은 아니었지만 같은 방법으로 태어났다. 나는 별자리에 따라 성격을 타고난다고 믿기 때문에 루르드의 예정일을 들었을 때 단호하게 반대했다. "아니, 아니, 안 돼요. 천칭자리여야만 해요." 내가 셰어 박사에게 말했다. "처녀자리 딸을 낳을 순 없어요. 애 언니가 전갈자리란 말이에요. 딱 경계잖아요."

"농담이죠?" 그가 물었다.

"아뇨, 완전 진지해요. 날짜를 바꾸면 안 될까요?" 그래서 우리는 날짜를 바꾸었다.

셋째 아린이 태어날 때 셰어 박사는 핼러윈에 수술을 하려고 했다. 당시 셰어 박사는 화요일에만 제왕절개 수술을 했다. "핼러윈이 생일인 애를 낳을 순 없어요." 내가 셰어 박사에 말했다.

"하지만 수요일은 휴무라고요!"

"셰어 박사님, 저는 단골이잖아요. 제발요. 하루 정도는 바꿀 수 있잖아요."

"정말 내가 이렇게까지 하게 만들 거예요?" 그가 물었다.

"네, 맞아요." 그래서 우리는 분만일을 11월 1일로 옮겼다.

나는 아린을 낳다가 자궁이 찢어졌고, 병원에서는 더 이상 아이를 낳지 않는 게 좋겠다고 충고했다. 그래서 나는 래건답게 다시 임신을 했다(이미 말했지만 나는 중독이었다). 그러나 내가 별 생각 없이 다섯째 아이에 대해서 이야기하자 불쌍한 내 남편은 끼어들 때가 되었다고 생각했다. 아멜리가 태어났을 때 셰어 박사가 수술대 가림막 너머로 고개를 내밀고 말했다. "알려드리고 싶은 게 있는데요." 그가 난관을 묶는 피임 수술을 하면서 말했다. "매듭을 세 번씩

짓고 있습니다."

나는 아린을 낳고 나서 아멜리를 낳기 전에 입양을 알아보았다. 남편과 나 둘 다 아이를 더 원했는데, 딸이 셋인 데다가 자궁이 찢어졌으므로 남자아이를 입양하고 싶었다. 내 나이가 입양에 장애물이 될 줄은 전혀 몰랐다. 나는 마흔한 살이지, 죽은 게 아니었는데! 나는 짜증이 나서 해외 입양을 알아보면서 고아원에 직접 방문할 수는 없는지 방법을 찾기 시작했다.

내가 우연을 믿는지는 잘 모르겠다. 나는 삶이 눈을 번쩍 떠지게 하는 경험으로 우리를 이끌어 새로운 가능성을 알려준다고 생각한다. 규칙에 따르면 나는 나이가 많아서 신생아를 입양할 수 없다는 사실을 깨달았지만, 입양을 알아보기로 한 것은 인생을 바꾸는 결정이었다.

개발도상국의 수많은 고아원이 얼마나 끔찍한 상황에 놓여 있는지 알게 되었기 때문이다. 불결한 데다가 기본적인 의료나 약물 치료도 불가능하다는 사실은 제쳐두더라도, 아기들이 24시간 내내 요람에 혼자 남겨질 때도 많다. 전 세계에서 수많은 아기들이 만져주고, 껴안아주고, 얼러주고, 흔들어주는 사람 하나 없이 혼자 남겨진다. 나는 아기들의 촉각 결손에 대해서도 알게 되었는데, 스트레스 호르몬인 코르티솔이 높아지고 감정 조절 및 유대감과 관련된 호르몬 옥시토신과 바소프레신이 낮아질 수 있고 심지어는 뇌의 크기가 작아지고 발달 지연이 일어날 수 있다.

사업 초기에 나는 두 가지를 꿈꾸었다. 사람들이 행복한 근무 환경을 만드는 것과 내가 의미 있는 방식으로 사람들을 도울 수 있는 위치가 되는 것이었다.

나는 뭔가를 해야 했다. 행동을 하지 '않을' 수는 없었다. 나는 무척 흥분해서 꼭두새벽에 데이비드에게 전화를 걸었다. "재단을 만들자!"

잠이 덜 깬 데이비드가 한숨을 쉬더니 체념한 듯 말했다. "그래야지, 래건. 이미 할 일이 넘치는 것도 아니고 말이야."

그렇게 해서 비영리재단 스와들 러브가 탄생했다. 우리 재단의 목표는 전 세계 고아원에 적절한 인력을 확충하는 것이었다. 우리는 세계 각국의 고아원에 밤이면 우는 아기들을 돌보고 낮이면 아기들을 달래고 지켜볼 여성 인력을 고용할 자금을 제공했다. 추가 인력을 고용해서 아기를 안아주거나 어루만지며 혼자가 아님을 가르쳐줄 수 있었다. 그러나 알고 보니 영리 사업과 관련된 비영리 재단을 운영하는 것은 복잡하고 시간이 소모되는 일이었다. 결국 우리는 3년 동안 수많은 기부를 한 끝에 재단을 폐쇄하고 기존 비영리 재단을 돕는 것에 초점을 맞추기로 했다.

우리는 아기를 위한 기존 재단과 제휴해서 더 좋은 일을 할 수 있다고 결론을 내렸고, 그렇게 해서 (RED)* 캠페인과 호프랜드에 참여하게 되었다.

---

* (RED)는 ONE의 자매 조직으로 아프리카에서 HIV/에이즈를 근절하기 위해 민간 부문의 기금을 모으고 의식을 제고하기 위해 브랜드 캠페인을 펼친다. 애플, 코카콜라, 컨버스 등 다양한 회사가 참여하고 있다 — 옮긴이주.

아덴아나이스는 브랜드 출시 이후 수많은 자선 단체에 기부했지만, (RED)와 호프랜드 사업을 알게 된 후 나는 자선 사업에 더욱 활발하게 참여했다. 나는 ONE 그리고 (RED)와 3년간의 파트너 관계를 맺었다. 그것은 분명 내가 아덴아나이스에서 이룬 가장 자랑스러운 업적이다. 특히 아프리카의 빈곤과 예방 가능한 질병 퇴치를 목적으로 하는 ONE 캠페인은 여러 기업과 파트너 관계를 맺고 (RED) 컬렉션을 통해 제품을 판매한다. ONE 캠페인은 유명 브랜드와 기업의 참여로 독특한 (RED) 브랜드 제품을 만들어서 에이즈에 대한 의식을 고취하고 자금을 모금한다. 각 제품 판매 금액의 일부는 에이즈, 결핵, 말라리아 퇴치 세계 기금으로 들어가 전 세계 여성과 가족의 상담, 검사, 투약을 돕는다. 아덴아나이스의 기부금은 HIV 바이러스 양성인 어머니가 아직 태어나지 않은 아기에게 바이러스를 옮기지 않도록 예방하는 데 쓰인다. 아덴아나이스의 (RED) 컬렉션 기부금은 지금까지 생명을 구하는 의약품 30만 일치를 제공했을 뿐 아니라 HIV 양성인 어머니가 HIV 음성 아이를 출산하도록 도왔다.[1] 나는 작게나마 이 멋진 운동을 도울 수 있어서 무척 감사하다. 내가 바라는 것은, 비록 이제는 나에게 발언권이 없지만, 전 세계에서 HIV 모자 감염이 종식되었다고 발표할 때 아덴아나이스가 (RED)의 곁을 지키는 것이다.

나는 아덴아나이스의 자선이 불필요한 지출로 보이기를 원하지 않았기 때문에 항상 소규모로 유지했다. 예를 들어 아이티 지진이 일어났을 때 우리는 도움을 주기로 결정했고, 호프랜드를 통해서

7만 달러 어치의 유아복을 기부했다. 호프랜드는 데버라-리 퍼니스와 니컬러스 에반스가 설립한 캠페인으로, 가족이 헤어지는 일을 막고 아이들이 헤어진 가족을 되찾도록 도와주며 가족의 보살핌을 받지 못하고 자라는 아이들을 다른 가정이 지원하도록 돕는다. 전 세계 고아 2,500만 명 중에서 80퍼센트는 부모나 가족이 있지만 여러 가지 이유로 떨어져 지낸다.[2] 미국 호프랜드는 약물 중독 때문에 악화되어만 가는 가정 위탁 시스템의 문제 해결에 초점을 맞추고 있다. 나는 전 세계에서 운영 중인 호프랜드의 이사회에 들어간 것이 무척 자랑스럽다.

나는 호프랜드와 아이티 기부에 대한 협의를 끝낸 다음 담당자와 이야기를 나누었다. 담당자가 물었다. "홍보는 어떻게 할까요?"

"홍보라고요?"

"네, 어떻게 하는 게 좋을까요? 기부 사실을 어떻게 홍보하고 싶으세요?"

"홍보는 필요 없는데요." 내가 말했다. "전 아이들에게 옷을 주고 싶을 뿐이에요."

그는 내 말을 믿지 못했다. 이 일을 하면서 '있잖아요, 이 일로 별로 소란을 떨고 싶지는 않아요'라고 말하는 회사를 본 적이 없었던 것이다.

이 문제에 대해서는 두 가지 태도가 있다. 하나는 여력이 있으면 돕고, 그것을 알릴 필요는 없다는 태도이다. 또 하나는 내가 예전에 다녔던 회사의 마케팅 팀이나 PR 팀의 태도이다. 사람들은 기업이 따뜻한 마음을 가지고 있음을 알고 싶어한다는 것이다. 지역 사회에 공헌하고자 하는 노력을 알리지 않으면 사업에 도움이 되지 않는다. 적당한 균형을 찾는 것은 어려운 일이다. 어쨌든 나로서는 그렇다.

이제 내가 여성이나 아이와 관련된 일에 약하다는 사실이 분명해졌을 것이다. 나는 여성과 아이를 도울 때 마음이 충만해지고 보람을 느낀다. 백만 달러어치 물건을 판매할 때보다 적은 금액이라도 남을 도울 때가 더 즐겁다.

내가 기업가로서 일하면서 진심으로 즐겼던 순간들은 수없이 많지만, 타인을 돕는 것보다 더 행복한 일은 없다. 나는 사업을 꾸리면서 내 마음을 움직이는 캠페인이 눈에 띄면 내 뜻대로 기부할 수 있었다. 불쌍하다고 생각만 하는 것이 아니라 자원과 인맥을, 또 아이디어와 지력을 제공할 수 있었다. 다른 사람의 삶에 아주 작은 변화라도 줄 수 있었다고 생각하면 고생하며 노력한 세월이 보람차다.

나는 이제 경영진이 아니므로 앞으로의 아덴아나이스 운영 방식에 영향을 끼칠 수 없다. 내가 바라는 것은 회사를 제대로 운영하고 우리 모두가 그토록 열심히 노력해서 만든 멋진 브랜드를 더욱 성장시킬 적임자를 SPC가 찾아내는 것이다.

그러나 나는 아덴아나이스가 5억 달러 가치의 기업이 된다면 계속 참여하고 싶지 않았을 것이다. 나는 정신없는 신생 기업에서 열정적이고 열심히 일하는 소수의 사람들과 함께 끝없는 가능성 앞에서 맨손으로 무언가를 만들어내는 것이 훨씬 더 좋다. 정말 기쁘게도, 나는 그런 세계로 돌아왔다.

약 3년 전인 2015년의 어느 날, 회사에 출근한 데이비드가 이렇게 말했다. "래건, 주말에 계시를 받았어. 다음 사업은 뭘 해야 할지 깨달았어." 아덴아나이스에서 함께 일하게 된 이후로 데이비드는 기업가 병에 걸렸고, 항상 새로운 아이디어를 떠올리려고 애썼다.

"아, 그래? 뭔데?" 내가 물었다.

그가 효과를 노리며 말을 잠시 멈췄다. "문샤인*이야." 데이비드가 당당하게 말했다.

"장난해? 숲에 살면서 이빨도 없고 멜빵바지를 입고 근친 섹스하는 사람들이나 마시는 거 아니야?" 내가 물었다.

데이비드가 웃었다. "그래, 맞아. 그래도 잠깐만 들어봐. 보통 그렇게 말하잖아, 자기가 잘 알고 사랑하는 일을 하라고 말이야. 음, 우리 둘 다 술을 잘 알고 사랑하잖아, 맞지?"

이번에는 내가 웃을 차례였다. 데이비드의 말은 일리가 있었지만 나는 전혀 확신이 서지 않았다. "문샤인이라니, 로켓 연료를 마시는 거나 마찬가지 아냐?"

"음, 그래. 지금은 그렇지. 하지만 만드는 법을 좀 손보면 더 나은 술을 빚을 수 있을 거야." 데이비드가 말했다.

"문샤인 만드는 법은 나도 모르고 당신도 몰라. 게다가 당신이 안다고 해도 제대로 만들 수 있을 것 같지 않은데?" 내가 농담처럼 말

---

* 원래 밀주라는 뜻으로, 알코올 도수가 높은 증류주를 가리킨다 — 옮긴이주.

했다.

"그럴지도 모르지만, 뭔가 느껴져."

"알았어. 당신 지금은 좀 제정신이 아닌 거 같으니까, 일단 모포나 더 팔자." 우리는 웃음을 터뜨렸고, 그것으로 대화는 끝났다. 일주일 뒤까지는 말이다.

나는 (자주 그러듯이) 한밤중에 샤워를 하다가 데이비드와의 대화를 떠올렸다. 모슬린과 문샤인이 비슷하다는 생각이 문득 들었다. 우리가 아덴아나이스를 시작했을 때 모슬린은 전혀 예쁘지도 세련되지도 않은 값싼 소재였다. 문샤인도 똑같았다. 문샤인은 기본적이고 심지어 질 나쁜 술로 통한다. 문샤인을 생각하면 목이 타들어 가는 듯한 값싼 술이 떠올랐다. 나는 곰곰이 생각했다. 우리가 모슬린을 바꾼 것처럼 문샤인을 완전히 바꾸면 어떨까? 맛좋은 프리미엄 문샤인을 만든다면?

온갖 생각이 거품처럼 떠올랐다. 칵테일 전문가의 도움을 받아서 멋지고 새롭고 창의적인 문샤인 칵테일을 만들면 어떨까? 예를 들어 문샤인 마티니라든가? 그래서 미슐랭의 별을 받은 레스토랑에 소개해서 칵테일 메뉴에 올린다면?

다음 날 아침, 내가 회사에 출근해서 말했다. "데이비드, 그 문샤인 아이디어에 대해서 생각해 봤어. 잘하면 뭔가 될지도 몰라."

데이비드가 눈을 반짝였다. "그래, 진짜 멋질 거야." 그가 말했다.

"그런데 문제가 하나 있어. 우리 둘 다 문샤인을 어떻게 만드는지 전혀 몰라. 이 아이디어를 실현시키려면 문샤인 제조법을 알아내야 할 뿐만 아니라 시중에 나와 있는 것 중에서 최고로 맛좋은 문샤인을 만들어야 해."

"음, 당신이 모슬린을 그렇게 만들었잖아?" 데이비드가 물었다.

"좋은 포인트야."

"그러면, 생각 중인 거야?"

"생각 중이긴 한데, 지금은 아덴아나이스에 할 일이 많잖아. 그냥 가능성이 보이는 것 같다는 말을 하고 싶었어. 제대로만 만들면 말이야." 내가 말했다.

3개월 정도 지났을 때 나는 테네시 주 멤피스의 비누 제조사를 방문했다. 나는 가능하면 아덴아나이스의 제품을 생산하는 모든 공장에 가보려고 노력했다. 우리 제품 생산을 감독하는 스콧 본부장과 잡담을 나누었는데, 스콧은 자신을 화학 기술자라고 소개했다.

"와, 비누를 엄청 좋아하는 화학 기술자시군요? 어쩌다 그렇게 됐어요?" 내가 물었다.

그가 웃으며 말했다. "아뇨, 엄청 좋아하는 건 비누가 아니에요. 비누는 본업이죠. 제가 엄청나게 좋아하는 건 문샤인입니다."

나는 몰래 카메라인가 싶어서 주변을 둘러보았다. 그러나 정말로 삶이 나를 깜짝 놀래키는 순간, 집중하라고 가르쳐주는 그런 순간이었다.

"정말요? 문샤인이라고요? 자세히 얘기해주세요." 내가 말했다.

알고 보니 스콧은 10년 동안 문샤인 제조법을 연구하는 중이었다. 그는 자신이 만든 문샤인이 최고라고 생각했다. 당밀을 이용해서 부드러웠고 지하수를 사용했으며 숯 필터로 불순물을 제거했다.

"왜 그 아이디어로 사업을 시작하지 않았어요?" 내가 물었다.

"난 화학자예요. 마케팅이나 영업, 브랜드 개발 같은 건 모르고 그럴 돈도 없죠." 그가 설명했다.

"안 믿으실지도 모르지만, 저는 친구랑 문샤인 회사를 만들까 고민 중이었어요. 브랜드를 만들고 제품을 파는 게 저희 전문이기도 하고요."

나는 스콧의 연락처를 받았고, 각자 가능성을 생각해보고 시간이 맞을 때 연락하기로 하고 헤어졌다.

나는 가능성을 보았지만 아덴아나이스의 성장에, 계속 변화하는 투자자들과의 관계에 손이 묶여 있었다. 그래서 잠재력 있는 문샤인 제조법이 있었지만 이 아이디어는 당분간 묵힐 수밖에 없었다. 나는 2년 뒤 데이비드가 어차피 SPC에 잘릴 거라며 사직한 다음에야 스콧의 연락처를 꺼냈다. 내가 데이비드에게 연락처를 주며 말했다. "스콧에게 전화할 때가 된 것 같아. 문샤인 사업을 시작하자."

그렇게 해서 2018년 1월, 새해 첫 보름달 밑에서 세인트루나(문샤인 브랜드에 얼마나 어울리는 이름인가)가 탄생했다. 데이비드와 나는 사업을 시작했고(물론 심사숙고 끝에 합의하여 업무도 합리적으로 분담하고 계약서도 작성했다), 스콧이 우리의 증류 담당자이다. 내가 이 책의 최종 원고를 끝냈을 때 우리는 유통업자들에게 견본으로 나눠줄 첫 번째 제품을 준비하고 있었다. 이번에는 직접 유통할 것인지 중개업자를 통할 것인지 의논할 필요가 없다. 미국에서는 유통업자를 통해야만 주류를 판매할 수 있다.

나는 우리가 만든 제품이 자랑스럽다. 세인트루나는 모두가 생각하는 문샤인과 정반대이다. 나는 증류주에 약하다. 와인과 샴페인은 잘 마시지만, 문샤인의 맛은 몰랐다. 하지만 우리가 만든 문샤인은 너무 맛있어서 80도 상태 그대로 얼음을 넣어서 마셔도 목이 타는 것 같지 않다. 최종 제품은 50도로 증류할 계획인데, 보드카나 진보다도 높은 도수이다. 우리의 목표는 2019년 3월 전에 세인트루나를 출시하는 것이고, 아덴아나이스 때처럼 국내 유통이 자리를 잡을 때까지 해외 출시를 미루지 않을 예정이다. 우리는 이미 유럽과 아시아 쪽과 이야기를 나누고 있다.

그러므로 이 책은 하나의 렌즈를 통해서 보면 슬픈 이야기일지도 모르지만, 나는 승리의 이야기라고 생각한다. 나는 쓰러졌지만 넘어진 채 가만히 있지 않는다. 나는 다시 일어났고, 처음부터 다시 시작하는 중이다. 모슬린을 바꿨던 것처럼 문샤인을 바꾸는 것이다.

요즘 나는 영광스럽게도 다른 기업가들에게 사업에 대해 충고할 기회가 많다. 조언해달라는 부탁이 자주 들어오는데, 연락이 오면 시간을 내서 만나는 편이다. 이제 내 이야기도 다 끝나가니, 잠시 몇 가지 조언을 하고자 한다. 새로운 도약을 위해서 벼랑 끝에 서 있는 사람에게 어떻게 하면 안전망을 확보할 수 있는지 몇 가지 겸손한 제안을 하고 싶다.

첫 번째이자 가장 중요한 것은, 절대 돈을 길잡이 별로 삼지 말라는 것이다. 돈은 좋은 길잡이가 아니다. 조언을 구하려고 나를 찾아온 기업가가 맞은편에 앉아서 돈에 대해 물으면서 무엇보다도 돈을 벌기 위해서 사업을 시작했다고 말하면 실패하겠다는 느낌을 받는다. 어떤 결정을 내릴 때 돈이 가장 중요한 요소가 되면 사람들은 약간 이상해진다. 나는 큰돈을 물려받은 적이 없지만 항상 돈이 충분하다고 생각했다. 당신이 이득을 얻을수록 다른 누군가에게 부정적인 영향을 끼친다면 용기를 내서 돈을 멀리하자. SPC도 이 책을 읽으면 좋겠다.

당신을 계속 도와줄 믿을 만한 사람들을 찾되, 꿈을 이루기 위해서 반드시 멘토가 필요한 것은 아니라는 사실을 명심하자. 내 주변에는 명석하고 열심히 노력하는 사람들이 많은데, 대부분 나보다 똑똑하고 무엇보다도 나를 지지해준다. 나는 그들의 충고에 귀를 기울인다. 내가 목표하는 곳에 도달하기 위해서 모든 것을 아우르는 궁극의 멘토가 필요하지는 않다는 사실을 나는 금방 깨달았다. 당신도 마찬가지이다.

실패에 익숙해지자. 실패할 가능성이 있을 뿐만 아니라 그 가능성이 '크다'는 사실을 받아들이면 잃을 것이 없음을 깨닫게 되고, 그러면 두려움이 사라진다.

주변 모든 사람들과 모든 상황이 반대하더라도 직감을 따르자. 내가 정말 후회했을 때는 직감을 따르지 않았을 때밖에 없다.

정말 열심히 노력해야 한다는 사실에 익숙해지자. 돈에 대한 태도 뿐 아니라 근면함(또는 근면함의 부족)이야말로 성공을 가리키는 뚜렷한 지표이다. 기업가를 꿈꾸는 사람들은 지름길을 찾으려고(내가 대신해주기를 바라기라도 하는 것처럼) 편법에 대해서 묻는다. 그것은 대부분 성공적이고 번성하는 사업을 일구기 위해서 필요한 노력과 시간을 쏟을 의지가 없다는 신호이다.

때로는 갈팡질팡하면서 자신의 아이디어와 능력, 지성에 의심이 드는 순간이 찾아올 것이다. 그럴 때에는 당신이 이미 성취한 것을 떠올리자. 내가 맨 처음에 그랬던 것처럼 한참을 찾아야 할지도 모르지만, 우리 모두 한두 가지 성취는 있다.

(당신 자신을 포함해서) 그 누구도 당신이 큰 꿈을 꾸는 것을 방해하지 못하게 하자. 나는 언젠가 EY의 위닝 위민 같은 프로그램이 더 이상 필요 없어지기를 바란다. 여성 기업가가 사교 행사나 사모펀드 회사에 들어갔을 때 그 자리의 유일한 여성이 아닐 때가 오기를, 여성 사업가가 성별이 아니라 마음가짐과 장점으로 평가받는 날이 오기를 말이다. 그런 날이 올 때까지는 여성이 사업 분야와 스스로 정한 목표에 대한 일반적인 편견 때문에 주눅 드는 일이 없기를, 충분히 '공격적'이거나 '자신감이 넘치지' 않아서 기회를 놓치지 않기를, 성공을 자신만의 언어로 정의하기를 바란다.

마지막으로, 영감을 절대 놓치지 말자. 내가 창업을 하고 싶었던 것은 내가 할 수 있음을 스스로에게 증명하기 위해서(더욱 중요하게는, 내 딸들에게 무엇이 가능한지 보여주고 싶어서)였다. 힘든 상황이 닥쳐도 나는 아이들에게 좋은 본보기가 되고 있음을 늘 알았고, 그 힘으로 정말 고된 시기를 견딜 수 있었다.

내 딸들의 이야기를 해보자. 아덴아나이스의 영감이 되어준 아나이스는 내가 이 책을 쓰고 있는 현재 마흔 살 같은 열다섯 살이다. 아나이스는 애늙은이의 표본이며, 나는 아나이스의 힘과 재치, 현명함에 감탄한다. 아나이스는 일곱 살 때부터 채식주의자였고, 여덟 살부터 매주 브루클린 자폐 센터에서 자원봉사를 했다. 또 동물 보호협회의 회원이며 반 트럼프 집회에도 참석한다. 솔직히 이 꼬맹이가 도대체 어디서 나왔는지 모르겠다. 나는 아나이스가 결국 어딘가의 나무에 몸을 묶고 믿을 수 없을 정도의 열정으로 아주 시끄럽게 산림 개발 반대 시위를 할 것 같은 기분이 든다.

둘째 딸 루르드는 열세 살이고, 음, 속을 정말 알 수 없다. 루르드는 열 살 때 아침 식사를 하면서 아빠에게 '애무'가 뭐냐고 아무렇지도 않게 물었다. 그날 아침 나는 출장 중이었기 때문에 (다행히도) 그 대화를 피할 수 있었지만, 나중에 마르코스가 알아낸 바에 따르면 우리가 모르는 사이에 B급 영화를 봤던 모양이었다. 루르드는 사랑스럽고, 똑똑하고, 상냥하고, 재능이 넘치는 정말 놀라운 아이이다. 루르드는 글을 쓰고, 노래를 부르고, 내 쉰 번째 생일에 노래를 만들어서 자매들과 같이 녹음하여 선물했다. 나는 정말 깜짝 놀랐다. 루르드는 말할 수 없을 만큼 조숙하다. 어린 시절의 나와 가장 많이 닮았다는 말을 자주 듣는다는 것은 말할 필요도 없다. 타고난 반항아다.

열한 살인 아린은 자기 아빠를 제일 많이 닮았다. 내성적이고, 수줍음이 많고, 잔걱정이 많고, 생각이 깊고, 사랑이 넘친다. 아린은 꼬마 예술가이며, 내 생각에는 우리를 가장 놀래켜줄 것 같다. 또 아린은 우리 가족 중에서 가장 건조한 유머 감각을 가지고 있다. 아린의 촌철살인 때문에 우리 가족은 허리도 못 펴고 웃을 때가 많다. 그리고 여덟 살인 아멜리는 이 집의 꼬마 여왕이다. 막내인 아멜리는 가족 내에서 자기 자리를 마련하기 위해 노력해야 한다는 사실을 아는 것 같다. 아멜리는 정말 웃기고, 본인도 그 사실을 잘 안다. 또 믿을 수 없을 만큼 밝고, 강단 있고, 기이할 만큼 느긋하다.

나는 여전히 엄마의 죄책감에 시달리고 있고 딸들과 떨어지기 싫지만, 딸들이야말로 나의 길잡이 별이다. 나는 우리 딸들에게 아무것도 두려워하지 않고 열심히 노력할 준비가 되어 있으면 무엇이든 가능하다는 것을 보여주고 싶다. 나에게는 꿈이 있다. 15년 뒤, 어느 칵테일 바에서 네 딸들과 세인트루나 마티니를 홀짝이면서 누구나 아는 이름이 된 아덴아나이스에 대해서 이렇게 말하고 싶다. "그거 아니? 엄마가 만든 거야. 너희들이 전부 아기처럼 쌕쌕 자고 있던 어느 날 한밤중에 우리 집 부엌에서 아덴아나이스를 만들었지. 내가 할 수 있으면 너희도 할 수 있어."

나는 딸들이 어떤 꿈을 가지고 있든 그것을 이루기 위해 필요한 것을 각자가 가지고 있음을, 도약할 용기만 있으면 된다는 사실을 알려주고 싶다.

미주

서문

1 "The 2017 State of Women-Owned Businesses Report," American Express, 2017, 3, http://about.americanexpress.com/news/ docs/2017-State-of-Women-Owned-Businesses-Report.pdf, accessed July 13, 2018.

2 Elaine Pofeldt, "Women Are Now Beating Men in This Competitive Field," CNBC, March 6, 2017, https://www.cnbc.com/2017/02/28/why-women-entrepreneurs-will-be-economic-force-to-reckon-with-in-2017.html, accessed June 13, 2018.

3 Pofeldt, "Women Are Now Beating Men."

4 *The Ellen DeGeneres Show*, NBC, season 13, September 10, 2015; see also http://msmagazine.com/blog/2013/05/28/10-things-that-american-women-could-not-do-before-the-1970s; "Forty Years Ago, Women Had a Hard Time Getting Credit Cards," *Smithsonian, January 8, 2014*, https://www.smithsonianmag.com/smart-news/forty-years-ago-women-had-a-hard-time-getting-credit-cards-180949289.

5 Alanna Petroff, "The Body Shop Is Getting a New Brazilian Owner," *Cnnmoney, 2018*, http://money.cnn.com/2017/06/28/ investing/body-shop-natura-loreal/index.html.

6   Zoë Henry, "How Michelle Phan Cracked the Code for Free Marketing on YouTube," *Inc.*, April 2016, https://www.inc.com/ magazine/201604/zoe-henry/ipsy-michelle-phan-youtube-branding.html.

7   Valentina Zarya, "Female Founders Got 2% of Venture Capital Dollars in 2017," Fortune, January 31, 2018, http://fortune.com/2018/01/31/female-founders-venture-capital-2017/, accessed June 13, 2018.

8   The 2014 State of Women-Owned Businesses Report, American Express OPEN, March 2014, http://www.womenable.com/content/ userfiles/2014_State_of_Women-owned_Businesses_public.pdf.

9   U.S. Census Bureau, Women-owned Businesses: 1997, 1997 Survey of Business Owners, October 2001, https://www.census.gov/prod/2001pubs/cenbr01-6.pdf.

10   Pofeldt, "Women Are Now Beating Men."

11   "Launching Women-Owned Businesses Onto a High Growth Trajectory," National Women's Business Council, 2010, https://www.nwbc.gov/2010/10/27/launching-women-owned-businesses-on-to-a-high-growth-trajectory/.

12   Malin Malmstrom, et al., "VC Stereotypes About Men and Women Aren't Supported by Performance Data," *Harvard Business Review*, March 15, 2018, https://hbr.org/2018/03/vc-stereotypes-about-men-and-women-arent-supported-by-performance-data.

13   Sheryl Sandberg and Rachel Thomas, "Sheryl Sandberg on How to Get to Gender Equality," Wall Street Journal, October 10, 2017, https://www.wsj.com/articles/sheryl-sandberg-on-how-to-get-to-gender-equality-1507608721, accessed July 13, 2018; Rachel Thomas et al. "Women in the Workplace 2017," accessed July 25, 2018. https://womenintheworkplace.com/.

14   "Scaling up: Why women-owned businesses can recharge the global economy," EY 2009, http://www.ey.com/Publication/ vwLUAssets/Scaling_up_-_Why_women-owned_businesses_can_recharge_the _global _economy _new/ $FILE/ Scaling _up _why _women _owned_businesses_can_recharge_the_global_economy.pdf.

15   Karen E. Klein, "Women Who Run Tech Startups Are Catching Up," Bloomberg, February 20, 2013, https://www.bloomberg.com/ news/articles/2013–02–20/women-who-run-tech-startups-are-catching-up; Adam Quinton, "Start-up Fundraising: The Balance Between Form and Substance in Your Pitch," Women 2.0 November 12, 2015,

http://women2.com/ stories/2015/11/12/form-versus-substance; Meredith Jones, "Wall Street Has a Problem with Women. Here's Why You Should Worry," World Economic Forum, October 20, 2015, https://www.weforum.org/agenda/2015/10/wall-street-has-a-problem-with-women-heres-why-you-should-worry/.

16 "The Power of Parity," McKinsey Global Institute, September 2015, https://www.mckinsey.com/global-themes/employment-and-growth/how-advancing-womens-equality-can-add-12-trillion-to-global-growth.

17 "The 51%: Driving Growth Through Women's Economic Participation," The Hamilton Project, October 2017, http://www.hamiltonproject .org/ papers/ the _51 _ driving _growth _through _womens_economic_participation.

1장 아이디어를 믿어라

1 Stephanie Clifford, "U.S. Textile Plants Return, with Floors Largely Empty of People," New York Times, September 19, 2013, http://www.nytimes.com/2013/09/20/business/us-textile-factories-return.html?pagewanted=all.

2 Jolie O'Dell, "Women: stop making start-ups about fashion, shopping, & babies. At least for the next few years. You're embarrassing me," Twitter, September 13, 2011, https://twitter.com/jolieodell/status/113681946487422976.

3 "Women in the Workforce: United States." *Catalyst*, 2016, http://www.catalyst.org/knowledge/women-workforce-united-states#footnote16_wsi833g; "Bachelor's, master's, and doctor's degrees conferred by postsecondary institutions, by sex of student and discipline division: 2013–14," NCES, 2015, https://nces.ed.gov/programs/digest/d15/tables/dt15_318.30.asp?current=yes; "Degrees conferred by degree-granting institutions, by level of degree and sex of student: Selected years, 1869–70 through 2021–22." NCES, 2012. https://nces.ed.gov/programs/digest/d12/tables/dt12_310.asp.

4 "Bachelor's, master's, and doctor's degrees conferred by postsecondary institutions, by sex of student and discipline division: 2014–15," NCES, 2017, https://nces.ed.gov/programs/digest/d16/tables/dt16_318.30.asp; see also: "Women in the Workforce: United States," Catalyst, 2016, http:// www.catalyst.org/knowledge/women-workforce-united-states#footnote16_wsi833g.

5 "Degrees conferred by degree-granting institutions, by level of degree and sex of student: Selected years, 1869–70 Through 2021–22," NCES, 2012, https://nces.ed.gov/

programs/digest/d12/tables/dt12_310.asp.

6   "The Simple Truth About the Gender Pay Gap," AAUW, September 2017, https://
www.aauw.org/research/the-simple-truth-about-the-gender-pay-gap, accessed July 18,
2018.

7   "Simple Truth," AAUW; Claire Miller, "As Women Take Over a Male-Dominated
Field, the Pay Drops," *New York Times*, March 20, 2016, https://www.nytimes.
com/2016/03/20/upshot/as-women-take-over-a-male-dominated-field-the-pay-drops.
html.

8   "2017 State of Women-Owned Businesses Report," About.Americanexpress.com,
2017, http://about.americanexpress.com/news/docs/2017-State-of-Women-Owned-
Businesses-Report.pdf.

9   Michael J. Silverstein and Kate Sayre, "The Female Economy," *Harvard Business
Review,* July 16, 2015, https://hbr.org/2009/09/the-female-economy; Michelle King,
"Want a Piece of the 18-Trillion-Dollar Female Economy? Start with Gender Bias"
Forbes, May 24, 2017, https://www.forbes.com/sites/michelleking/2017/05/24/want-a-
piece-of-the-18-trillion-dollar-female-economy-start-with-gender-bias/#395f61ef612318
trillionspendingandgrowing; "The Purchasing Power of Women: Statistics," Girlpower
Marketing, 2018, https://girlpowermarketing.com/statistics-purchasing-power-women/;
"The case for gender parity," Global Gender Gap Report 2016, http://reports.weforum.
org/global-gender-gap-report-2016/the-case-for-gender-parity/; "Purchasing Power of
Women," *FONA International, December 22, 2014.* https://www.fona.com/resource-
center/blog/purchasing-power-women.

10   Seth Godin, "The Freelancer and the Entrepreneur," *Medium*, June 5, 2016, https://
medium.com/swlh/the-freelancer-and-the-entrepreneur-c79d2bbb52b2.

2장 노력은 MBA를 이긴다

1   John A. Byrne, "Look Who Harvard and Stanford B-Schools Just Rejected," *Fortune*,
December 18, 2013, http://fortune.com/2013/12/18/look-who-harvard-and-stanford-b-
schools-just-rejected/.

3장 의심 때문에 포기하지 말라

1   Maureen Dowd, "E.R.," New York Times, July 4, 1999, http://www.nytimes.com/books/99/07/04/reviews/990704.704dowdt.html; Patricia Brennan, "PBS's Eleanor Roosevelt," *Washington Post*, January 9, 2000, http://www.washingtonpost.com/wp-srv/WPcap/2000–01/09/122r-010900-idx.html.

2   Raina Brand and Isabel Fernandez-Mateo, "Women Are Less Likely to Apply for Executive Roles if They've Been Rejected Before," Harvard Business Review, February 7, 2017, https://hbr.org/2017/02/women-are-less-likely-to-apply-for-executive-roles-if-theyve-been-rejected-before, accessed July 19, 2018.

3   Tara Mohr, "Opinion: Learning to Love Criticism," *New York Times,* September 27, 2014, https://www.nytimes.com/2014/09/28/ opinion/sunday/learning-to-love-criticism. html; see also Kieran Snyder, "Women Should Watch Out for This One Word in Their Reviews," Fortune, August 26, 2014, http://fortune.com/2014/08/26/performance-review-gender-bias, accessed July 19, 2018.

4   Mohr, "Learning to Love Criticism"; Snyder, "Women Should Watch Out."

4장 위험 요소를 재평가하라

1   Murray Rothbard, "Richard Cantillon: The Founding Father of Modern Economics," Mises Institute, October 26, 2010, https:// mises.org/library/richard-cantillon-founding-father-modern-economics.

2   Larry Alton, "5 Things Every Entrepreneur Should Know About Risk-Taking," *Entrepreneur*, February 3, 2016, https:// www.entrepreneur.com/article/270320#.

3   Adam Grant, *Originals: How Non-Conformists Move the World* (New York: Viking, 2016; "Neil Blumenthal and Dave Gilboa, Co-CEOs and Co-Founders, Warby Parker, to Keynote 2015 Wharton School MBA Graduation," *Wharton UPenn News*, May 18, 2015, https:// news.wharton.upenn.edu/press-releases/2015/03/neil-blumenthal-dave-gilboa-co -ceos -co -founders -warby -parker-keynote -2015 -wharton -school -mba-graduation/.

4   David J. Hosken and Clarissa M. House, "Sexual Selection Primer," *Current Biology*, January 24, 2011, https://www.sciencedirect.com/science/article%20/pii/S0960982210015198#!; Allen Frances, "The Power of Sexual Selection." *Psychology*

Today, February 15, 2013, https://www.psychologytoday.com/blog/dsm5-in-distress/201302/the-power-sexual-selection.

5   B. Pawlowski, Rajinder Atwal, and R. I. M. Dunbar, "Sex Differences in Everyday Risk-Taking Behavior in Humans," *Evolutionary Psychology* 6, no. 1 (2008: 29–42, doi:10.1177/147470490800600104; Daniel Kruger, "Impact of Social Factors on the Male-to-Female Mortality Ratio," *PsycEXTRA Dataset*, January 1, 2004, doi:10.1037/e351232004–001; Margo Wilson and Martin Daly, "Competitiveness, Risk Taking, and Violence: The Young Male Syndrome," *Ethology and Sociobiology* 6, no. 1 (1985: 59–73, doi:10.1016/0162–3095(8590041-x; Sebastian Kraemer, "The Fragile Male," *BMJ: British Medical Journal*, December 23, 2000, https://www.ncbi.nlm.nih.gov/pmc/articles/PMC1119278/; "Men overwhelmingly more likely to die of drowning than women, finds Red Cross," Canadian *Red Cross,* June 6, 2016, http://www.redcross.ca/about-us/media—-news/news-releases/men-overwhelmingly-more-likely-to-die-of-drowning-than-women,-finds-red-cross.

6   Kim Elsesser, "Research Stating 'Women Ask for Pay Raises as Much as Men' Is Misleading," *Forbes,* September 8, 2016, https:// www.forbes.com/sites/kimelsesser/2016/09/07/research-stating-women-ask-for-pay-raises-as-much-as-men-is-just-wrong/#40029f503983; Jennifer Ludden, "Ask for a Raise? Most Women Hesitate," NPR, February 8, 2011, http://www.npr.org/2011/02/14/133599768/ask-for-a-raise-most-women-hesitate; Herminia Ibarra, Nancy M. Carter, and Christine Silva, "Why Men Still Get More Promotions Than Women," *Harvard Business Review*, September 7, 2017, https://hbr.org/2010/09/why-men-still-get-more-promotions-than-women, accessed April 14, 2018; Shana Lebowitz, "A New Study from Lean In and McKinsey Finds Exactly How Much More Likely Men Are to Get Promoted Than Women," *Business Insider*, October 1, 2015, http://www.businessinsider.com/women-are-less-likely-to-get-promoted-2015–10, accessed April 14, 2018; Mary Stergiou-Kita, Elizabeth Mansfield, Randy Bezo, et al., "Danger zone: Men, masculinity, and occupational health and safety in high risk occupations," CIHR/IRSC, December 1, 2015, https://www.ncbi.nlm.nih.gov/ pmc/articles/PMC4880472/, accessed April 14, 2018; Business Radio, "Why Are There More Male Entrepreneurs Than Female Ones?," Knowledge@ Wharton, December 14, 2015, http://knowledge.wharton.upenn.edu/article/ why-are-there-more-male-entrepreneurs-than-female-ones/, accessed April 14, 2018.

7   Michael Lawrence Wilson, Carrie M. Miller, and Kristin N. Crouse, Proceedings of the Royal Society B: Biological Sciences, November 15, 2017, https://www.ncbi.nlm.nih.gov/pmc/articles/PMC5698637/, accessed April 14, 2018; Chris Von Rueden, Sarah

Alami, et al., "Sex Differences in Political Leadership in an Egalitarian Society," *Evolution and Human Behavior*, 2018, doi:10.1016/j.evolhumbehav.2018.03.005; Hannah Devlin, "Early Men and Women Were Equal, Say Scientists," *Guardian*, May 14, 2015, https://www.theguardian.com/science/2015/may/14/early-men-women-equal-scientists, accessed April 14, 2018; Michael Gurven, Kim Hill, and Hillard Kaplan, "From Forest to Reservation: Transitions in Food-Sharing Behavior Among the Ache of Paraguay," Journal of Anthropological Research 58, no. 1 (2002: 93–120, doi:10.1086/jar.58.1.3631070.

8 Claire Cain Miller, "Why Women Don't See Themselves as Entrepreneurs," *New York Times*, June 9, 2017, https://www.nytimes.com/2017/06/09/upshot/why-women-dont-see-themselves-as-entrepreneurs.html, accessed April 14, 2018.

9 *Scaling Up: Why Women-Owned Businesses Can Recharge the Global Economy* (New York: Ernst & Young Global Limited, 2009, http://www.ey.com/Publication/vwLUAssets/Scaling_up_-_Why_women-owned_businesses_can_recharge_the_global_economy_-_new/$FILE/Scaling_up_why_women_owned_businesses_can_recharge_the_global_economy.pdf.

10 Julie Zeilinger, "7 Reasons Why Women Should Take More Risks," *Huffington Post*, September 25, 2017, http://www.huffingtonpost.com/2013/08/13/seven-reasons-why-risk-taking-leads-to-success_n_3749425.html, accessed April 14, 2018.

11 Cordelia Fine, *Testosterone Rex: Myths of Sex, Science, and Society* (New York: W. W. Norton, 2017.

12 Grant, *Originals*; "Warby Parker Sees the Future of Retail," *Fast Company*, July 8, 2017, https://www.fastcompany.com/3041334/ warby-parker-sees-the-future-of-retail, accessed April 14, 2018.

13 Grant, *Originals*; Livia Gershon, "Maybe Entrepreneurs Don't Like Risk Much After All," JSTOR Daily, January 12, 2015, https://daily.jstor.org/maybe-entrepreneurs-dont-like-risk-much; "The Entrepreneur's Motivation," INSEAD Knowledge, November 20, 2017, accessed April 14, 2018, https://knowledge.insead.edu/innovation/entrepreneurship/the-entrepreneurs-motivation-630.

14 Grant, *Originals*.

15 Kathleen Kim, "Risk-Takers? Not Most Entrepreneurs," *Inc.*, November 19, 2012, https://www.inc.com/kathleen-kim/entrepreneurs-more-cautious-not-risk-takers.html, accessed April 14, 2018.

16 Malcolm Gladwell, "The Sure Thing," *New Yorker*, June 19, 2017, https://www.newyorker.com/magazine/2010/01/18/the-sure-thing, accessed April 14, 2018.

17 Jessica Livingston, "Steve Wozniak," Founders at Work, accessed April 14, 2018, http://www.foundersatwork.com/steve-wozniak.html; "Pierre Omidyar," *Entrepreneur*, October 9, 2008, https://www.entrepreneur.com/article/197554#1, accessed April 14, 2018; Peter Vanham, "10 Lessons Anyone Can Learn About Success from the Founder of Nike, an $85 Billion Company," *Business Insider*, May 17, 2017, https://www.businessinsider.com/ business-lessons-from-nike-phil-knight-2017-5, accessed April 14, 2018.

18 Julie Zeilinger, "7 Reasons Why Women Should Take More Risks," *Huffington Post*, September 25, 2017, http://www.huffingtonpost.com/2013/08/13/seven-reasons-why-risk-taking-leads-to-success_n_3749425.html, accessed April 14, 2018.

5장 엄마의 죄책감

1 Lauren Cormier, "Why I'm Embracing the Mommy Guilt," Scary Mommy, September 25, 2017, http://www.scarymommy.com/ embracing-the-mommy-guilt/.

2 E. J. Graff. "The Opt-Out Myth," *Columbia Journalism Review, March/April 2007*, http://archives.cjr.org/essay/the_optout_myth.php, accessed April 14, 2018; Kj Dell'Antonia, "After the Opt-Out Revolution, Asking: How's That Working for You?" *New York Times*, August 8, 2013, https://parenting.blogs.nytimes.com/2013/08/08/after-the-opt-out-revolution-asking-hows-that-working-for-you, accessed April 14, 2018; Sylvia Ann Hewlett and Carolyn Buck Luce, "Off-Ramps and On-Ramps: Keeping Talented Women on the Road to Success," *Harvard Business Review*, August 1, 2014, https://hbr.org/2005/03/off-ramps-and-on-ramps-keeping-talented-women-on-the-road-to-success, accessed April 14, 2018.

3 Barret Mary Katuna, "Breaking the Glass Ceiling? Gender and Leadership in Higher Education," PhD diss., University of Connecticut, 2014. [source TK]

4 P. Stone and M. Lovejoy, "Fast-track Women and the 'Choice' to Stay Home," The Annals of the American Academy of Political and Social Science, 596 (2004: 62–83).

5 M. McGrath, M. Driscoll, and M. Gross, "Back in the Game: Returning to Business After a Hiatus: Experiences and Recommendations for Women, Employers, and Universities; Executive Summary 2005," Forte Foundation, 2005, 7–9, http://www.

fortefoundation.org/site/DocServer/ Back_in_the_Game_Executive_Summary—Final. pdf?docID=1261.

6   Joan C. Williams, Jessica Manvell, and Stephanie Bornstein, " 'Opt Out' or Pushed Out?: How the Press Covers Work/Family Conflict," Worklife Law, January 2006, worklifelaw.org, accessed November 19, 2017.

7   Robin J. Ely, Pamela Stone, and Colleen Ammerman, "Rethink What You 'Know' About High-Achieving Women," Harvard Business Review, January 16, 2015, https://hbr.org/2014/12/rethink-what-you-know-about-high-achieving-women &cd=1&hl=en&ct=clnk&gl=us&client=safari.

8   Ely, Stone, Ammerman, "Rethink."

9   Sarah Thébaud, "Business Plan B," Sage Journals, June 5, 2015, http://journals. sagepub.com/doi/abs/10.1177/0001839215591627?journalCode=asqa; see also: Andrea Estrada, "Business as Plan B," UCSB Current, November 5, 2015, http://www. news.ucsb.edu/2015/016121/business-plan-b; Sarah Thébaud, "What Helps Women Entrepreneurs Flourish?" Council on Contemporary Families, November 4, 2015, https://contemporaryfamilies.org/family-friendly-and-women-entrepreneurs-brief.

10 Thébaud, "Business Plan B," Thébaud, "What Helps Women."

11 Bryce Covert, "How Everyone Benefits When New Fathers Take Paid Leave," ThinkProgress, February 13, 2015, https:// thinkprogress.org/how-everyone-benefits-when-new-fathers-take-paid-leave-862836d2f843.

12 Marcus Noland, Tyler Moran, and Barbara Kotschwar, "*Is Gender Diversity Profitable? Evidence from a Global Survey,*" Peterson Institute for International Economics, February 2016, https://piie.com/publications/wp/ wp16–3.pdf; "New Research from the Peterson Institute for International Economics and EY Reveals Significant Correlation between Women in Corporate Leadership and Profitability," EY, February 8, 2016, https://www.ey.com/us/ en/newsroom/news-releases/news-ey-new-research-from-the-peterson-institute-for-international-economics-and-ey-reveals-significant-correlation-between-women-in-corporate-leadership-and-profitability, accessed April 12, 2018.

13 Brian Neese, "The Hidden Cost of Employee Turnover," Alvernia University Online, March 28, 2018, accessed April 14, 2018, https:// online.alvernia.edu/cost-employee-turnover/; "Calculating the Cost of Employee Turnover," G&A Partners, April 10, 2018, accessed April 14, 2018, https://www.gnapartners.com/blog/how-much-does-employee-turnover-really-cost-your-business/; Suzanne Lucas, "How Much Employee Turnover

Really Costs You," *Inc.*, August 30, 2013, https://www.inc.com/suzanne-lucas/why-employee-turnover-is-so-costly.html, accessed April 14, 2018; Beth Greenwood, "The Average Cost to Hire a New Employee," Chron, November 21, 2017, http://work.chron.com/average-cost-hire-new-employee-13262.html, accessed April 14, 2018.

14   Carmen Nobel, "Kids Benefit from Having a Working Mom," HBS Working Knowledge, May 15, 2015, https://hbswk.hbs.edu/item/kids-benefit-from-having-a-working-mom, accessed April 12, 2018.

15   Klaus Schwab et al., "The Global Gender Gap Report 2015," World Economic Forum, 2015, http://www3.weforum.org/docs/GGGR2015/ cover.pdf, accessed November 19, 2017.

6장 현금이 최고

1   Jared Hecht, "State of Small Business Lending: Spotlight on Women Entrepreneurs," Fundera Ledger, March 29, 2018, https:// www.fundera.com/blog/the-state-of-online-small-business-lending-q2–2016, accessed July 20, 2018.

2   Hecht, "State of Small Business Lending."

3   Hecht, "State of Small Business Lending."

4   Valentina Zarya, "Female Founders Got 2% of Venture Capital Dollars in 2017," Fortune, January 31, 2018, http://fortune.com/2018/01/31/female-founders-venture-capital-2017, accessed July 20, 2018

5   Sally Herships, "Why Female Entrepreneurs Get Less Funding Than Men." *Marketplace*, October 25, 2017, https://www.marketplace.org/2017/10/25/business/why-female-entrepreneurs-get-less-money-men. accessed April 14, 2018.

6   Herships, "Why Female Entrepreneurs Get Less Funding."

7   Herships, "Why Female Entrepreneurs Get Less Funding."

8   Daniel Applewhite, "Founders andVenture Capital: Racism Is Costing Us Billions," Forbes, February 15, 2018, https://www.forbes.com/sites/forbesnonprofitcouncil/2018/02/15/founders-and-venture-capital-racism-is-costing-us-billions/#baf55e72e4ae, accessed July 20, 2018.

9   Issie Lapowsky, "This Is What Tech's Ugly Gender Problem Really Looks Like,"

Wired, June 3, 2017, https://www.wired.com/2014/07/gender-gap/, accessed April 14, 2018.

10   Zoe Barry, "Now Is the Perfect Time to Be a Female Entrepreneur," *TechCrunch*, April 17, 2015, https://techcrunch.com/2015/04/16/now-is-the-perfect-time-to-be-a-female-entrepreneur/, accessed April 14, 2018; Karen E Klein, "Women Who Run Tech Startups Are Catching Up." Bloomberg, February 20, 2013, https://www.bloomberg.com/news/ articles/2013-02-20/women-who-run-tech-startups-are-catching-up, accessed April 14, 2018; Peter Cohan, "When It Comes to Tech Start-ups, Do Women Win?" *Forbes*, February 26, 2013, https://www.forbes.com/sites/petercohan/2013/02/25/when-it-comes-to-tech-start-ups-do-women-win/#13f1faf06f3c, accessed April 14, 2018.

11   Barry, "Now Is the Perfect Time"; Klein, "Women Who Run Tech Startups"; Cohan, "When It Comes to Tech Start-ups, Do Women Win?"

12   Suzanne McGee, "Startup Sexism: Why Won't Investors Give Women Business Loans?" *Guardian*, July 17, 2016, https://www.theguardian.com/business/us-money-blog/2016/jul/17/bank-loan-business-sexism, accessed April 14, 2018; "Happy Birthday to H.R. 5050–Women's Business Ownership Act!" National Women's Business Council, https:// www.nwbc.gov/2016/10/25/happy-birthday-to-h-r-5050-womens-business-ownership-act/, accessed April 14, 2018; Mary Brodie, "Myth: Women Can't Get Investment Dollars," InPower Coaching, July 10, 2017, https:// inpowercoaching.com/myth-2-women-cant-get-investment-dollars-part-1-how-the-investor-side-works/, accessed April 14, 2018; Majority Report of the U.S. Senate Committee on Small Business and Entrepreneurship, 21st Century Barriers to Women's Entrepreneurship, https://www.microbiz.org/wp-content/ uploads/2014/07/21st-Century-Barriers-to-Womens-Entrepreneurship.pdf; American Express OPEN, The 2016 State of Women-Owned Businesses Report, http://about.americanexpress.com/news/docs/2016x/2016SWOB.pdf.

13   "Startup Funding Infographic," Fundable, 2017, accessed September 11, 2018, https://www.fundable.com/learn/resources/ infographics/startup-funding-infographic.

14   Brian Foley. "5 Reasons Bootstrapping Your Business Is the Best Thing You Can Do," *Entrepreneur*, January 18, 2017, https://www.entrepreneur.com/article/276974, accessed April 14, 2018.

15   Foley, "5 Reasons Bootstrapping Your Business."

16   Martin Zwilling, "The Smartest Entrepreneurs Bootstrap Their Startup," The

Gust Blog, August 27, 2015, http://blog.gust.com/smartest-entrepreneurs-bootstrap-startup/, accessed April 14, 2018; Ryan Smith, "Why Every Startup Should Bootstrap," *Harvard Business Review*, April 24, 2017, https://hbr.org/2016/03/why-every-startup-should-bootstrap, accessed April 14, 2018; Rajarshi Choudhuri, "The Good, the Bad, and the Ugly of a Bootstrap Startup", Startups.co, May 30, 2017, https://www.startups.co/articles/bootstrap-startup-good-bad-ugly, accessed April 14, 2018; Brian Foley, "5 Reasons Bootstrapping Your Business Is the Best Thing You Can Do," *Entrepreneur*, January 18, 2017, https://www.entrepreneur.com/article/276974, accessed April 14, 2018; Robert J. Lahm Jr. and Harold T. Little Jr., "Bootstrapping Business Start-ups: A Review of Current Business Practices," Address, 2005 Conference on Emerging Issues in Business and Technology, http://citeseerx.ist.psu.edu/viewdoc/download?doi=10.1.1.453.1617&rep= rep1&type=pdf.

17   Zwilling, "The Smartest Entrepreneurs Bootstrap"; Smith, "Why Every Startup"; Choudhuri, "The Good, the Bad, and the Ugly"; Foley, "5 Reasons Bootstrapping Your Business."

18   Vivienne Decker, "How Susan Petersen of Freshly Picked Created a Multimillion-Dollar Business from Her Kitchen Table," Forbes, January 28, 2016, https://www.forbes.com/sites/viviennedecker/2016/01/28/how-susan-petersen-of-freshly-picked-created-a-multi-million-dollar-business-from-her-kitchen-table/#259d133b2b25, accessed July 20, 2018.

7장 기습을 예상하자

1   Press release or publicity materials, the Kauffman Foundation Series on Innovation and Leadership, from Noam Wasserman's, *The Founder's Dilemmas: Anticipating and Avoiding the Pitfalls That Can Sink a Start-Up* (Princeton, NJ: Princeton University Press, 2013,. http://www.kauffman.org/~/media/kauffman_org/resources/books/founders_dilemmas_surprising_facts.

9장 팀을 리드하라

1   "Entrepreneurial Winning Women: Home," Ernst & Young Winning Women, https://www.ey.com/us/en/services/strategic-growth-markets/entrepreneurial-winning-women, accessed July 18, 2018.

2 "Winning Women"; Menaha Shanmugam, R. D. G. Amaratunga, and R. P. Haigh, *"Leadership Styles: Gender Similarities, Differences and Perceptions,"* PhD diss., University of Salford (Salford, UK: Research Institute for the Built and Human Environment), https://pdfs.semanticscholar.org/b83c/5b565b74ed9169cd56a2a6315056076f3418.pdf.

3 Alice H. Eagly, Wendy Wood, and Amanda B. Diekman, "Social Role Theory of Sex Differences and Similarities," The Developmental Social Psychology of Gender (2000: 123–74, https://www.scholars.northwestern.edu/en/publications/social-role-theory-of-sex-differences-and-similarities-a-current-; Alice H. Eagly and Mary C. Johannesen-Schmidt, "The Leadership Styles of Women and Men," *Journal of Social Issues* 54, no. 4 (2001: 781–97, https://is.muni.cz/el/1421/jaro2009/PSB_516/6390561/the_leadership_styles_of_women_and_men.pdf; Cecilia L. Ridgeway, "Gender, Status, and Leadership," *Journal of Social Issues: A Journal of the Society for the Psychological Study of Social Issues*, Winter 2001, 637–55, http://onlinelibrary.wiley.com/doi/10.1111/0022–4537.00233/full; Cecilia L. Ridgeway and Shelley J. Correll, "Unpacking the Gender System," *Gender & Society* 18, no. 4 (2004: 510–31, doi:10.1177/0891243204265269; Alice H. Eagly and Blair T. Johnson. "Gender and Leadership Style: A Meta-analysis," *Psychological Bulletin* 108, no. 2 (1990: 233–56, doi:10.1037//0033–2909.108.2.233.

4 Ray Dalio, Principles (New York: Simon & Schuster, 2017, 137.

10장 더 크게 생각하라

1 David Zax, "37signals Earns Millions Each Year. Its CEO's Model? His Cleaning Lady," *Fast Company*, October 25, 2016, https://www.fastcompany.com/3000852/37signals-earns-millions-each-year-its-ceos-model-his-cleaning-lady, accessed April 26, 2018; see also: Jessica Stillman, "Slow Business: The Case Against Fast Growth," *Inc.*, September 18, 2012, https://www.inc.com/jessica-stillman/slow-business-fast-growth-is-not-good-for-the-company.html, accessed April 26, 2018.

11장 팔아야 할 때를 알라

1 Anna Klaile, "Why Are So Few Women Promoted into Top Management Positions?" October 6, 2013, https://kauppakamari.fi/wp-content/uploads/2014/10/annaklaile-why-are-so-few-women.pdf, accessed July 18, 2018.

13장 우아하게 빠져나가라

1   Rebecca Harrington, "When Companies Are in Crisis, Female CEOs Are More Likely to Be Blamed Than Male CEOs," Business Insider, November 1, 2016, https://www.businessinsider.com/female-ceos-blamed-company-scandals-2016-11.

결론

1   "(RED) Impact," (RED), https://www.red.org/impact, accessed July 21, 2018.

2   World Development Report 2011 (Washington, DC: The International Bank for Reconstruction and Development/The World Bank, 2011, https://siteresources.worldbank.org/INTWDRS/Resources/WDR2011_Full_Text.pdf.25 5

옮긴이 허진

서강대학교 영어영문학과와 이화여자대학교 통번역대학원 번역학과를 졸업했다. 옮긴 책
으로는 『픽윅 클럽 여행기』, 『친구들과의 대화』, 『시간의 틈』, 『황금방울새』, 『작은 친구들』,
『런던 필즈』, 『누가 개를 들여놓았나』, 『택시』, 『미라마르』, 『지하실의 검은 표범』 등이 있다.

여자는 사업을 모른다는 헛소리가 지겨워서

초판 1쇄 발행 2020년 8월 30일

지은이 래건 모야-존스
옮긴이 허진

펴낸이 김태균
펴낸곳 코쿤북스
등록　　제2019-000006호
주소　　서울특별시 서대문구 증가로25길 22 401호
디자인 필요한 디자인

ISBN　979-11-969992-2-3 03840